而立への旅

「見えない障害」中途難聴とともに歩んだ青春

組原　洋

学文社

まえがき

２０２０年は新型コロナ禍の影響で、私は日本の外に出ることができなかった。国内の移動もさまざまな影響を受けた。私はいつも動くのがあたりまえみたいな生活を送ってきたので、周囲の人たちから、つらいでしょうと随分同情された。

動けない時間がたっぷりとできたので、私はその間に過去に書いた自分の文章を読み直し、毎日書き続けてきている原稿としてまとめる作業を続けていた。まず２０１９年11月からやり始めていた「日常の記88－89抄録」の読み直し作業を２０２０年に入ってからも継続して行い、２０２０年の7月までに１９９０年代の日常の記をほぼ読み直した。

それから1ヶ月ほど間をおいて、２０２０年8月から「透視・第一部」と題して書いた原稿を読み直し、まとめた。「透視・第一部」は、私が難聴になってから大学生だった時までの自伝である。その後引き続き「透視・第一部」の補遺として、大学卒業後司法修習を修了するまでの記録をまとめ、さらに、１９７８年11月にラテンアメリカ縦断旅行に出発するまでの日記やメモ等も読み直してまとめた。

本書は、このうち、中途難聴になってから30歳になるまでの記録をまとめたものである。司法修習生は当時国家公務員で、その間は給料やボーナスも出たので、就職したと言えば言えるが、実質的に学生生活の続きみたいなものだった。本格的に就職したのは、1979年3月31日にラテンアメリカから帰国して、およそ1ヶ月後に沖縄に行って弁護士となり、さらに翌年沖縄大学専任講師となってからである。そういうわけで、本書は、私が定職に就くちょっと前までの記録になっているので、『論語』の言葉を借りて『而立への旅』という題にした。「自立」ではなく「而立」という言葉にしたのは、普通言われる「自立」というものが私が求めているものとは違うという意識を持って私は生きてきたからである。小六の終わり頃に中途難聴になってから当初は、私は自分が何をやりたいのか分からなくなった。周囲に合わせるだけで精一杯で、万事受け身だった。ところが、そうやって生きているうちに、だんだんと、たんに受け身で生きているのではないと思うことが増えていき、受け身的な形の中でも私のやりたいことは実現可能ではないかと思うようになっていった。そういう感じで進んでいったら幸運にも定職にも就けたので、この段階に達したことを「自立」とは別の言葉で表現したいと考えたわけである。

私が過去に書いた文章で「自立」という言葉を使っているものをあたってみたら、伊藤亜紗『目の見えない人は世界をどう見ているのか』（光文社新書、2015年）を読んでのまとめに次のような部分があった——脳性まひの小児科医である熊谷晋一郎氏が「自立とは依存先を増やすことである」と言っているそうだ。まわりから切り離されることではなく、さまざまな依存可能性をうまく使いこなすことこそが障害者の自立だ、と。今考えて、私もこんな感じで「自立」をとらえ、他人と接していたのだと思われる。最近私は共同研究仲間と沖縄農業の方向性について考えたりしているが、持続可能な農業というのが「自立」概念と深く関わっていることにはずっと気がついていた。今考えてみると、そういった関係分野においても、私が考えてきたような意味合いで「自立」を考えた方が落ち着きがいいようである。

司法修習修了後、私がどんな考えで生きていたかは、前著『旅の表層』の第2章「旅する哲学」で述べたことがあり、もとになったのは「哲学・第一部」と題してまとめたノートであるが、私の考えを形成するのに中途難聴者であったことが非常に大きく影響していた。

今回、新型コロナ禍がきっかけでこのような過去の時間への旅をすることになったのだが、この3年間ほど那覇市と沖縄市で要約筆記者養成講座を担当してきたことも読み直し作業を後押しした。中途難聴・失聴は「見えない障害」と言われ、近寄ってくる人と親しくなりたい気持ちは山々なのに、実際に近寄られたら困る、ということで、あえて他人との間に一線を引くといった態度が定着していき、私が一番苦労してきたのは他人との距離の取り方であったのだが、新型コロナ禍の世の中になって、「ソーシャルディスタンス」という言葉が氾濫するようになり、人との間に距離を取ることが積極的に「いいこと」とされるようになり、妙な既視感があった。そういうことで本書の副題も「「見えない障害」──中途難聴とともに歩んだ青春」とした。

人との距離を意識しながらも、常に私は人に助けられてきた。私に寄り添ってくれた人びとがあってこそ今の私があると確信している。これらの方々に対して、ここで心から感謝の意を表するとともに、私の経験が読者の皆さんに、多少なりともお役に立てればと祈念している。

なお、実名を出さない方がよいと思われた方々は仮名にしたが、恩師などお世話になった方々については、仮名にするのはかえって失礼と思われたので、あえて実名にした。

目次

第1章　高校卒業まで

「透視・第一部」と題した原稿は、原稿用紙をコピーしたものが残っている。全部で239枚である（原稿Aとする）。また、原稿用紙に手書きした題名のない原稿も残っていて、400字詰め原稿用紙に換算しておよそ300枚である（原稿Bとする）。題名のないノート四冊分の手書き原稿も残っている（原稿Cとする）。

今回、これらの原稿を再読するにあたってまず原稿Cを一太郎ファイルに入力し始めた。そして、原稿Aをあわせて読んでみたら、最初の方の内容は大筋一致していて、ただ、ごちゃごちゃ細かく書いてある部分は原稿Aでは省略されているところがある。

原稿C及び原稿Aの冒頭は、

「僕が大学生だった頃自伝を書いてみたことがある。400字詰めの原稿用紙でちょうど300枚になった」

となっていて、分量的には原稿Bが300枚程度だから、まず原稿Bを書いたあと原稿Cを書いたのではないか。原稿Bでは実名になっている部分が原稿Cでは一部分仮名になっていて、原稿Cのノートの表紙の裏に本名と仮名の対照が載っているのはこの推測を裏づける。原稿Cは、これから28歳になろうとしていた1976年8月から9月にかけて、東京・小平市の母の家に同居しているときに書いた。当時は全くの無職だった。

これら三つの原稿を書く以前も、何度も自伝を書こうとしては書きやめるということを繰り返していた。

入谷仙介・林瓢介『音から隔てられて――難聴者の声』（岩波新書 青版 936、1975年）という本を、1975年1月にユーラシア横断旅行を終えて帰ってきた頃読んで、私と同じように聞こえないために日常生活の中で困っている人たちがいることが分かって感激した。私も聞こえないために困ったこと、失敗したことを隠さずに書いてみようという気持ちになった。この本は「僕の哲学」形成にも影響があり、私にとっては重要な本だった。難聴・失聴は「見えない障害」であるが、その中で、「中途」難聴・失聴の場合は、難聴・失聴となる前に形成された生き方がうまくいかなくなって、つまずくという経験をすることになり、生まれながらの難聴・失聴者とはかなり違った経験をすることになる。そういう経験をあえて記録するのは、しかし、なかなか骨の折れる作業だった。

これから「透視・第一部」の原稿を読み直していきたい。必要に応じて今の時期の私の考えを挿入していきたい。

【1】

僕が大学生だった頃自伝を書いてみたことがある。400字詰めの原稿用紙でちょうど300枚になった。その自伝を書き始めた動機が何だったのか今ではハッキリ思い出すことができない。

昔から、とは言ってもせいぜい高校生の頃から、実際に書いてはいたのだが、何度書いてみても20枚ぐらいにしかならなかった。そんなことが何度か続いたので、僕は何としてでも長いやつを書いてみたいものだと夢見ていた。

だから、長編小説を読むとき、いつでも真っ先にその長さのことを考えた。どんな内容であろうと本になっている以上は何百枚、何千枚分の原稿用紙を埋めるに足る文字が並んでいるのだ。僕にはそれが不思議でならなかった。どういう風にしたらあんなにたくさんの文字を並べることができるのか、どうしても分からなかったのだ。いつかきっと長いやつを書いてやるぞと内心秘かに決意した。そしてこれが300枚の自伝を書いた一番の動機ではなかったかと僕は今考えている。

しかし僕は、年がら年中そんなことばかり考えていた訳では決してなかったのだ。だいたい僕は文学青年なんて柄じゃなかった。そんなものになるタイプじゃないと固く信じていたし、文学青年めいた人たちにはハッキリとした軽蔑の念をおぼえた。理由なんていちいち考えるまでもないほどにその感情は正当なものだと思っていた。簡単に言ってしまえば、僕はフラツイタものは何にしろ信用できないと心に決めていたのである。そして、文学青年呼ばわりされるような連中は皆クズなのだと、いっぺんの疑いもなく信じていた。

だからといって小説を読まなかったわけではない。それどころか、少なくともわが国の標準よりはかなりたくさん読んだ方だろう。そして、大いに感激したものもいくつかあった。不思議なことに、僕が心を動かされるものはどれもこれも文学を罵倒した作品ばかりだった。そんなのが文学全集に入っているのはおかしいんじゃないかと思った記憶があるが、ともかくも僕は文学と呼ばれているもののうちの文学にあらざるものを愛好していたのだ。

今でも時折思い出す。高校一年生のとき、僕は上野というニキビのすごいやつに誘われて文学サークルに入った。繰り返すが、そいつの顔はニキビででこぼこだった。随分と苦労してつぶしたんだろうな。苦心の結晶みたいなものだ。彼はニキビ面に安っぽい眼鏡をかけていた。その眼鏡はそんなに度はきつくなかったけれども、僕がレンズ越しに彼の目玉をのぞいてみると時々ズルそうな目つきをするのだ。といって、それほど利口そうにも見えなくて、気弱そうな感じさえした。言っちゃえばつまり、信用できんやつだなあという感じだ。謀反を起こすやつってのはこんな顔をしてるんじゃないのかなぁ、なんて考えたりした。だがともかく上野君は別に不良でもないし、暴力をふるうでもない善良そうなやつだったから、文学サークルを作ろうという誘いにも深く考えるではなしに話に乗った。僕の高校は新設高校で、僕はその第二期生というわけだから、文学サークルももともとあったのではなくて、新たに創ったのである。四、五人集まったと思う。どう見てもバカばかり集まったという感じだった。その連中の顔を見ていたら、どうせやることも同じぐらいにバカげたものなんだろうサ、とすぐに決めてしまった。

その第一回目の集まりというのが、佐藤春夫の詩だった。僕は佐藤春夫の詩なんて教科書でしか読んだことがなかったのだが、短い詩が黒板にていねいに書かれているのを見て、アホらしくなってしまった。何でこんな詩を四人も五人もで討論したりする必要があるのか？　おまけに顧問だという国語の先生まで出席してあれやこれやとベラベラしゃべる。僕は何も言わなかった。最後に、「センチメタルですね」と言ってやったら、皆がもっともそうな顔をしたので、ますますアホらしくなった。もうこれっきりにしようと決めてしまった。

実は、それっきりでやめてしまったのは別の理由があるのだ。家に帰ってから何度も、味なことを言ったなあと一人で感心しているうちに、センチメタルじゃ何だかおかしい、と思い始めて辞書を引いてみた。「センチメンタル」と出ている。たちまち顔がほてってってしまった。恥ずかしくて、もう顔を出すのがいやになった。

出なければすむことだから、他の人にはやめたとは言わなかった。僕が教室で父の持っていた吉川英治の『新・平家物語』を読んでいたりすると、上野君が肩越しにやってきてフーンと感心したような声を出したりするものだから、ますます彼はダメなやつなんだと決めた。あんまり休むものだから、サークルに参加している女の子から、

「どうして出ないの?」

ときかれた。

「僕は文学なんてもう全然関心ないんだから」

「どうして?」

「どうしてったってさ」

「だから、どうして?」

いいかげん面倒くさくなって、

「僕はもう、文学なんてつまらないものだと思ってる。今は哲学に関心があるんだ」

えへぇ、哲学だってさ。

本当は勉強の方が忙しくってそれどころじゃなかった。バカの見本みたいにせっせと勉強していた。僕は、東大に入ると決めていたのだ。それ以外に道はないと思っていた。フラツイタものはダメというのは、だから、そんなに立派な信条に基づいたものではなかった。間違いない。それは僕にとっては自明のことで、どうしてなんて部類のことじゃなかった。ドン・キホーテが騎士道精神を発揮して遍歴の旅に出かけたのとちっとも変わりはない。旅のはじまりとはみんなそういうものなのだ。

毎日7時間勉強した。今の僕にはとてもまねできないことだが、それは事実その通りで、僕の毎日は分刻みで時間割が組まれていた。たとえば、学校の授業が終わってからぼやぼやしていないでさっさと帰宅すれば何時何分に帰宅することができ、従って何時何分に寝ることになる、といった具合なのだ。

どうして毎日7時間でなければならないのか？　それはホームルームの時間に担任の徳田先生が、たぶん「少なくとも毎日1時間は予習しなさい」と言ったのを「7時間」と聞き違えてしまったからなのだ。そこでさっそくその日から実行に移したのだが、勉強に7時間取ると、あとは食べたり風呂に入ったりするぐらいしか時間が残らなかった。でも、そういうものなんだろうなと思って、しばらくはヘンだとも思わなかった。

でも僕は生き生きとやっていた。一人で勉強するのはもともと好きだったし、何をやるかなんて実際たいした問題じゃない。たまたまほかの人たちがつまらないと思うことが僕にとってやる気の湧き起こることだったとして何の不思議があろう。そして僕は、やらなきゃならぬと信じたことはやりたくて仕方がなくなるといったタイプに属する人間だったのだ。それでも、毎日7時間もやっていると、高校三年にもなればやることがなくなってしまう。第一、受験という観点から見ると高校のカリキュラムがそういうふうにできていて、2年間しっかりやっておけば大学には受かるはずだ。

そこで三年生になったら勉強時間が減ったのかというと、その逆で、毎日8時間近くやった。ちょうど二年生の終わり頃学校の近くに引っ越したということもあるが、とにかくいつの間にか8時間でなければならなくなってしまった。ただし、その内容が微妙に変わっていった。まず、国語に使う時間が増えた。国語というといかめしいが（何で日本語と言わないのか？）、その中味は読書に他ならない。何でもかんでも図書室から借りてきて読んだ。でも、何を読んだのか、ハッキリした記憶がない。小説ではなかった。あんなものバカの読むものだという固定観念は抜けていなかった。宿題で出した文章には、今社会科学も面白いと書いたおぼえがある。そうだ、少しずつ思い出してきたぞ。岩波新書の『マックス・ウェーバー』、これは何回か繰り返し読んだ。丸山真男の本、これは難しいところが気に入った。学問はこうでなくちゃならんと思ったりした。ミエで読んでいたんですね。

何度も自伝を書いてきたのは、たぶん、僕のうちで変化しないものとは何なのかを確かめてみようという意図があったのだと思う。僕のうちで変わらず一貫しているものがあるのか、あるとすればそれはどういうものか、それを知ろうとしたのではないか。そして、僕がそう欲したのも、僕が一貫したものに根強い愛着の念を持っているからに他ならない。

ところが、僕のたどった後を振り返ってみると、とても一貫しているようには見えず、なぜあんなことをやったのか分からないと思うことがたくさんある。だから、たとえば前に書いた自伝を読んでみても、あるときは面白いと思うのに、別のときは文字を追うことさえいやになる、ということも起こる。

いろいろに変化することを、歴史における時代区分のようなものと考えればいいのじゃないかと考えたこともあった。時代は変わっても、国自体が変わるわけではない、それと同じことだ。そして実際、時代区分の作業を何回か試みた。高校生の頃書こうと思ったのも、この時代区分を意識してのことだった。この前自伝を書いた時もやはり同様のことを意識していたと思う。

ところが今度それを読んでみて、そういう区分意識がかえって、僕のうちにおける変わらないものを探索するのに障害となっていることに気がついた。この頃はこういうふうだったはずだという先入観があるものだから、知らないうちに、実際にそうだったのとは違った感じに書いてしまっている。あえてウソをついた箇所はなくても、何を書くかという選択において、この区分意識に基づくゆがみがある。

そこで、できるだけそういう意識を捨てて改めて書いてみようという気になった。後になってみれば今の僕の態度には不満が出てくるかもしれないが、とにかく今はできるだけありのまま振り返ってみることにしよう。

［2］

いきなり話が飛ぶが、以下に1972年9月14日の日記を掲げる。

「裁判所に登庁。行きしなにSさんと四谷で一緒になる。5時から酒。途中小谷さんから電話がかかった。動転して書記官の人に代理を頼んだが後味悪し。気分消沈。西荻で降りて姉のアパートに行き、泊まる」

僕はこの日のことを一生忘れないだろう。

その頃僕は司法修習生だった。とは言っても、その頃でも法曹になりたいとハッキリ意欲していたのではなかった。そもそも僕は、「何になりたいか？」という問いに対してハッキリ答えられたことは一度もなかった。ほかに行き先がなかったので、修習生になってしまっただけのことである。

難聴――この言葉こそ僕が十余年にわたって付き合い続けてきた忘れがたい言葉だ。何と難しそうな言葉かと思う。小学校や中学校ではこの言葉の上にはたいてい読み仮名が振ってあった。いかにもごつい感じだ。堅固な城を思わせる。それなのに、この文字を見ていると砂糖が水に溶けて崩れていくような錯覚を起こしてしまう。そしてそのとき、かん高い悲鳴があたり一面に響き渡る。この難しい字を知っているということは決して名誉なことではない。

司法試験の受験勉強中はつらいとか不安とかを感じたことはなかった。裁判官だった父は、私が中学生の頃から法律関係のことをいろいろ教えてくれたが、僕が大学に入った年の夏に死んでしまった。その父に報いるために是非とも司法試験に受かろうと決意した。黙って一人で勉強するのは好きでもあり、得意でもあったので、この試験はそんなに難しく感じなかった。

そして司法修習生になってしまえば万事うまく軌道に乗るだろうと思っていたのだが、それが間違いだということにはすぐに気がついた。やがてはよくなるであろうという希望があれば……だが僕は知っている、難聴になって以来悪くなることはあってもよくなることはほとんどなかった。今は何とかごまかせる。では10年先はどうだろう。たった2、3年先のことだって僕にはまったく自信が持てなかった。

一方では司法修習生という身分が2年限りであることを喜びながら、2年後にはなんらかの決断をしなければならないということを思うといつでも体のまわりに鉛をぶら下げて歩いているような気がした。実際、僕はその頃ひどい猫背だった。

あと2年しかない。あせった。

司法修習生になると内定したときに、姉と一緒に、西荻で開業していたハリ師のところに行った。とても上手な人だという評判だったので、期待していた。

問診の後、先生は電気を測るメーターを取り出して、首から上の部分を丹念に調べた。それが終わるとしばらく計算みたいなことをやって、それから、

「まだ電気はありますのでね、まったくダメということはないですが、しかしもう10年以上たってますからねえ……悪くなって2、3年のうちなら、これは確かになおりますよ。でも、今やってもどのぐらいよくなるかわからないですね。お金もかかりますし……一度帰って相談してらっしゃい」

補聴器をつけていたから先生の言うことはよく聞き取れたのに、先生は姉の方に向かって話しかけるのだった。僕は無視されるのには慣れていたし、何よりも先生がダメだと言わなかったことがとても嬉しくて、ニコニコ上機嫌で、

「またまいりますから」

と言って椅子から立ち上がった。後ろを見ると姉はじっと立ったまま目を濡らしている。まるで姉の方が患者のような格好で、僕は姉の腰に手を置いて、「さぁ」と促して、先生に目礼してから診察室を出た。その頃姉はハリ治療所から歩いて10分ぐらいのところに住んでいて、僕たちはゆっくり歩いて帰った。ダメですよ、と言われないだけでも嬉しかった。なおるかもしれないという考えが頭の中に浮かんだのははじめてだった。なおるかもしれない、ダメと決まっているわけじゃない、やってみるつもりだ、と姉に言うと、姉も同意してくれた。なおる希望がほんのわずかでもあるならどんないかがわしい治療でも試してみないではいられない、あの重病人の気持ち。

右耳が90db（デシベル）、左耳が80db。はじめに聴力検査をしてくるように先生から言われて病院に行ったとき初めて知った。それまでは、相当悪いですねえ、というふうにしか言われたことがな

かったのだ。右の方がちょっといいと思っていたのに逆で、低い音の方がよく聞き取れると思っていたのにむしろ逆だといわれたのにもびっくりした。たぶんそうなったのは、左耳に高い音をよく拾える補聴器を長い間使っていたからだろうと、検査してくれた医者が説明してくれた。これからハリをやるつもりだと言うと、その医者は「とてもよくなるとは思えませんねえ」と、直ちにハッキリと言った。

ハリは30回を一単位として打つのである。それを1クールという。1クールすむごとに聴力検査を繰り返す。こうして一日おきに毎週三回ずつ打ってもらうことになった。

二回目の聴力検査の後グラフを見たら、前と同様に谷のような格好になっているけれど、少し上の方に移動していることが分かった。グラフの上の方から下の方に向かってdbの目盛りが打ってあるのだが、dbが小さいほどよく聞こえるということなのだ。

ハリの先生はそのグラフを前にしばらく計算してから、

「よくなってます、よくなってますよ。もう1クールやってみましょう」

と大きな声で言った。かすれたような声だった。

10dbぐらいよくなっているのだそうである。

2クール目が終わる頃には僕自身にもハッキリと分かるようになった。よくなっている。

その頃は司法研修所に通って修習を受けていたが、ほぼ一日おきに自宅起案があったのでこれまで通りにハリを打ってもらっていた。

2クール終わった後にまた聴力検査を受けて、グラフをハリの先生のところに持っていくと、

「前よりよくなっていますけどね、しかし、よくなる速度がちょっと落ちてます。まあどの辺までよくなるか分からないけど、もう1クールやってみましょう」

ことさら慎重に言っているのだろうと僕は思った。けれども、次の1クールをやっているうちに、聴力がまた少しずつ落ち始めているのが分かった。悪くなっている。

ハリを打ってもらうと、その後耳の周囲がカチンコチンになる。よくなっている間はそんなことは全然気にならなかったのに、だんだんと、ただ顔の側面を凍結させるために通っているような感じがしてきた。

効果がなくなってからもハリを続けていた。実に1年半以上もの間、ただ通い続けた。もう聴力検査に行きなさいと言われることもなくなったが、それでも望みを絶つことができなかったのである。もしや、という期待をむげに葬り去れるほど合理的でもなかった。

1972年の9月は、ハリの効果がなくなってから2、3ヶ月目ぐらいの頃である。だから、耳の調子は大学生だった頃と比べればかなりよかったが、また悪くなっているなあと、声にならぬ声が出始めていた。僕はその頃、民事裁判の実務修習のため裁判所に一日おきに通っていた。

僕はもう、長いこと電話を使った経験がなかった。電話にはつらい思い出がイバラのようにくっついている。電話を見るだけで冷や水をぶっかけられたような気がしてくる。長く鳴り続ける電話の呼び出し音が憎かった。わめき散らす赤ん坊の泣き声に思わずカーッとしたりするのはそのせい

かもしれない。

裁判所に通っている間、もしや僕に電話がかかってきたらどうしようかとはいつも考えていた。まさか、と否定してみても心配は消えなかった。

部長判事から初対面のとき、

「聞こえなきゃ、そもそも始まらんからね」

と言われて、デンマーク製のコード補聴器を買った。これで法廷でのやりとりがよく聞き取れるようになった。普通の人と完全に同じというわけにはいかないが、口の動きを見ておりさえすればだいたい分かった。嬉しかった。

けれども裁判ではたったの一言が決め手になることがある。だから、それですぐに法曹になろうと自信が持てたわけではなかった。しかし、せっかくいい補聴器を買ったのに、電話はやっぱり敬遠し続けていた。

部長判事は宴会好きで、1週間か2週間に一度、部の者全員が仕事が終わってから判事室に集まり、談笑する慣わしだった。9月14日もそうして楽しくやっていたのである。コード補聴器は法廷でしかつけておらず、左耳につけた耳かけ補聴器だけではよく聞き取れなかったものの、酒が入って陽気になっていた。その最中、隣の書記官室で電話のベルが鳴り始めた。書記官の人が出て、

「組原さん、電話、電話ですよ」

まさか――

しばらく、とは言ってもほんのちょっとだろうがボーッとして座ったままでいて、それから立ち上がった。酔いがいっぺんにさめてしまい、汗がにじみ出る。新しい補聴器のことは全然思い浮かばなかった。受話器を手に持つ勇気がどうしても湧かなかったので、書記官の人に代わってきいてもらうことにした。書記官の人はちょっとけげんな顔はしたが、何も言わずにかわってきいてくれた。電話の後。僕はもう顔を上げることができなかった。他の人たちは変わりなく談笑を続けていたが、その笑いの一つひとつが僕を突き刺した。

みじめな気持ちのまま帰宅する気にはなれなかったので、西荻の姉のアパートに行ったのである。ついてからしばらくぼんやりと座っていた。

「どうしたの?」

「僕……修習生をやめようと思う……」

「まあ、何かあったの?」

「……」

何年ぶりのことだろうか、僕は声を上げて泣き出したのだった。別に悔しいとか残念だとかいうのではなく、ただ泣きたくなってしまったのである。

本当に一時間ぐらいも泣いていたのではないか。姉はビックリし、そして次第に気味が悪くなってきたようで、そのうち母に電話をかけた。

「あっ、お母さん? あのね、今ここに洋がいるの。修習生をやめたいんだって……それがね、とってもつらいことがあったらしいの。声を上げて泣いているのよ……うん、うん、でもね洋がやめたいと言っているんだから……うん、うん……」

こういう調子で長らく続いていた。電話をかけているうちにとうとう姉も泣き出した。おしまいに母も、どうしてもやめたいというのであればと同意してくれたらしい。ところが、泣いているうちに僕はもう元気になっていた。

こうして姉と二人で辞職願を作り始めたのだが、誰を名宛人にしたらいいのか分からなかった。修習中の裁判所の所長か、司法研修所長か、それとも最高裁判所長官宛にすべきだろうか？　もう遅くなっていたので明日にしようということになった。

次の日起きるともう昼になっていた。姉の夫は僕の寝ているうちに帰ってきて、そして寝ているうちに出勤したそうだ。彼は姉から話を聞いて、せっかくここまで頑張ったのにもったいないと言ったそうである。起きて冷静に考えてみると、確かに人から非難されるようなことはしていない。ただ、恥ずかしい、もうあの部には行きたくない、それだけのことである。僕はもう現実的になっていて、辞職なんて考えもしなかった。

その日姉と二人でコード補聴器をもう一つ買いに行った。それを電話用にするつもりだった。そしてその翌日また、僕は平気な顔で裁判所に出かけたのだった。一昨日と何の変わりもない。部長判事は、僕が机の上に置いた新しい補聴器をじっと見つめて、僕にほほえんだ。

それから僕は毎日のように姉や友達に電話をかけて、電話できとる練習をした。友達というのはあの日裁判所に電話をかけてきた人である。

こういう具合で、僕の毎日は他人と関わりのあることだとたいてい冒険めいたものになる。ニコニコ笑ってはいても、いつもどこか緊張している。他にも僕より苦しい人はいくらでもいる。それは分かる。でも、だからといって僕の苦しみが軽くなるなんてことがあるのか？

それはともかく、僕が書こうと試みた自伝は常に中学校時代から始まっている。

〔3〕

中学生のとき同級生に、父親が大学の先生のやつがいた。茄子みたいな顔だなといつも思っていたのでナス君と言うことにしよう。僕たちは、ナス君の父親が働いている大学の附属中学校の生徒だった。こう言うとナス君がものすごい秀才のように思われるかもしれないが、そうではなかった。彼自身ダメだと言っていたし、授業中先生に当てられるとよくトンチンカンな返答をしていた。坊主頭で、ちょっとたれ目で、肌の色が目立って白かった。白いと言うより青いと言う方があたっているかもしれない。ちょっと受け口だったかもしれないが、そうではなかったかもしれない。

彼のことをつい先日夢を見て思い出した。どういう夢だったのかはすぐに忘れてしまったが、とうとう彼が夢に出てきたんだなあと思った。夢を見る夜が続いていて、記憶に残ったものは日記に書き留めていたのだが、夢の内容がだんだん昔にさかのぼっていくような感じを持っていた。

僕はナス君からいつもいびられていた。正面切ってぶん殴られたのではない。それどころか、ちょっと見には仲のいい友達に見えたかもしれない。きっとそうだろう。ナス君は嫌われっ子だった。なぜか皆から煙たがられていて、男子も女子も近づかなかった。そして、僕もまたたいてい一人ぼっちだった。

僕が学校で一番いやだったことの一つは、給食当番でないときに給食の準備ができるまで待っていることだった。図書室なり校庭なり、待つ場所はあるのだし、時間だってそんなに長くはないのだから、友達がいないなら一人でおればよい。聞きづらくて他人と一緒だと神経を使うというなら好んで誰かとくっつくことはないだろう。まったくもっともだが、それができなかった。人間というのはいつでも誰かと一緒にいてしゃべっているのが当然みたいに思い込んでいたらしい。三々五々に仲良しグループがどこかへ散っていく、ああ誰か誘ってくれないかなあ。結局誰も誘ってくれないと、いやでも図書館かどこかに逃げ込まざるを得なくなる。

僕は別段寂しがり屋ではなく、一人ぼっちでいること自体はいやではなかった。いやなのは、一人ぼっちに見えることだった。悪いことをしているような、やましい気持ちになってしまう。教室に戻ってみたらまだ準備中で、当番と先生しかいなかったりすると、すごく間の悪い思いをした。ああ分かってるよ、とでも言いたげな先生の顔とぶつかったりするとまったくいやになった。

嫌われ者のナス君と一緒にこの時間を過ごすようになったのは二年の終わり頃からだ。特に三年になって、校舎が鉄筋新築になって図書室が別の棟になってからは一緒のことが多かった。ナス君と一緒にいたいなんて全然思わなかったのだが、それでも友達らしいものがいるんだということを誰よりも自分に納得させたかったのだろう。

昼休みに彼と何をしたのか？　おぼえているのは屋上に出て、彼と相撲を取ったことだ。彼がやろうと言うからやった。いつも僕が負けた。歯がゆいぐらいに彼は強くて、すぐに勝負はついてしまう。何で僕みたいに弱いのを相手にせねばならんのだろう？　毎日相撲ばかりでいやになり、一緒に行くのを渋ると、

「ねえ、ねえ」

とかん高い声を出して僕を屋上にひっぱっていく。誰も見ていない階段まで来ると、もう無理矢理ひっぱっていかれるような具合になり、文句など言えっこなくなる。僕は内心とてもこわかった。ぎゅうっと握りしめる手の力もそうだし、一途に相撲ばかりやりたがる熱中ぶりも。ヘンなやつだなあというより、とにかくこわかった。他に一人でも二人でもついてきてくれるといいのに、と思うのに、誰もめったについてきてはくれない。二人きりのコンクリートの土俵の上で、彼は荒い息をハッ、ハッと吐き出すのである。荒々しい息なのに、何だかせつない感じがした。

僕もナス君も一人ぼっちだったけれど、感じが違っていた。僕の方は耳が遠いので、皆が遠慮しているだけだと思っていた。好かれているのか、それとも嫌われているのかについては、好かれていると推測していた。風邪をひいて休んだりしたとき、僕が出てこないので皆ビックリしているだろうな、などと考えてさえいたのだから、しょっていたんですね。僕は、一人で寂しかったというよりは周囲への気兼ねで一杯だったのだろう。

中学校一年生のときにはじめて補聴器をつけた。父から、

「補聴器は眼鏡と同じことだよ」

と説得されて覚悟を決めた。

社会科の先生の声がよく聞き取れなかったので、恥ずかしいのを我慢してつけてみたが、うるさい雑音が入ってくるだけで、何を言っているのか分からず、すぐにはずした。英語の時間にも試してみたが、やはり同じことだった。結局この補聴器はそれっきり全然使わなかった。国産で、8千円の品だった。慣れてくればだんだんよく聞き取れるようになるとあらかじめ言われていたので、もう少し我慢していればよかったのかもしれない。しかし僕は、補聴器をつけること自体とてもいやだった。外から見る限り障害があることは分からない。少々分からなくても聞こえるふりをしていればそれですむ。それを、こちらからわざわざ悟らせるなんて損だ、というふうに考えていた。

ただ、英語や国語の授業では先生から当てられるので、「ふり」は通用しない。特に英語の授業では困った。何か言うたびに恥ずかしい思いをしなければならない。

こんなのがいつまでも続くなんていやだなぁ、と繰り返し思っているうち、ある日学校から帰る途中で、死んだ方がいいんじゃないか、と考え至った。死んだ方がいいだろうな、とどこかから返事が聞こえた気がしたので、死ぬことに決めた。帰宅するとすぐに家を出て、神社のある公園を抜けて山に入った。家から歩いて10分か15分ぐらいのところである。山道を歩いていくと1メートルぐらいの縄が落ちていた。それを拾う。道の両側に背伸びすれば届くぐらいのところから枝分

かれしている木がまばらにはえていたので、そこに縄を引っ掛けて首をつることにする。どういう具合に引っ掛ければいいかと思いながら木の枝をしばらく見つめていた。落ちついていた。じっと枝を見つめていたら、空が薄い青色なのに気がついた。目が枝から空に移ったようだ。そして空を見つめているうちに、死のうと思ってやって来たことを忘れてしまった。そして、縄を手に持ったまま家に戻ってきたのだった。山道では誰にも会わなかった。

今でもライトブルーのものを見ると、ひょっとこのときのことを思い出すことがある。だからといって、僕の基調色がブルーになったなんてことはない。色合いというのがよく分からなくなってしまった。すべてが黒と白との間でしかなかった。原色が嫌いになった。

中学校二年生のとき、父がドイツ製の耳かけ補聴器を買ってくれた。これはいい品で、英語や国語の授業はだいぶラクになった。けれども、他の科目の授業では全然使わなかった。当てられさえしなければ聞こえなくてもつける気はなかった。そのため、補聴器用の水銀電池のことで父とよく口論になった。父からはいつでもつけているようにと言われていたのに、あまり使わないものだから電池はいっこうに減らない。もう電池がなくなる頃じゃないか、と父が尋ねるたびに、ああまたかと思いながら、

「まだある」

「もうなくなる頃じゃないか?」

「でも、まだあるから」

子どもに高い補聴器を買ってやったことを父は誇らしく思っていたようだ。僕が補聴器をつけているのを見ると喜んだ。日曜日はいつも父とキャッチボールをしていたが、たいていその前に補聴器をつけろと言うのだ。キャッチボールをするのになぜ補聴器をつけねばならないのか、僕には理解できなかった。しかし僕は父がこわかったので、父が見ているときは言われたとおりにした。電池のことではうまい言い訳が見つからず、まだ使わないまま捨ててしまったこともあった。

補聴器を買うため父と上京した際、父の旧知の耳鼻科の医者に診察してもらった。これまでどこの病院に行っても言われてきたように、ここでも、耳には異状はありませんと言われた。偉い先生なんだというのだが、患者としてみると別に偉くも何ともない。どうしてこうも同じことしかできないのかともどかしい。そのかわりおまけがあった。耳は何ともないが、鼻の骨が曲がっているというのだ。これをまっすぐにすれば、少しは耳に影響があるかもしれないという。中学生でもそうかなと思ったが、とにかくやってみるか、ということになって、中学二年生の終わりに修学旅行に行くのをやめて、この先生の湯河原にある病院で手術を受けることになった。そのことをナス君にだけ打ち明けた。鼻の手術をするとはいわず、ただ手術をするとだけ言ったら、ナス君はわがことのように喜んでくれた。

湯河原の病院で手術を受けた後、麻酔が切れて目がさめた。しばらく、どこだったっけかと考えていると、頭の回りに包帯が巻いてあって、ああそうだったと思って付き添いの母に声をかけた。やっぱりなあ。よくも悪くもなっていないやぁ。ナス君にしゃべった罰だと僕は思った。

再びナス君に会ったとき、彼はおかしかった。教室の隅に僕を連れていって、小さな小さな声で、

「どうだった?」

僕はただ微笑んだ。

東京の補聴器屋は銀座にあって、父と一緒に行って待っているときに「みみより」という雑誌が置いてあったので手に取ってみた。要約筆記者養成講座のテキストに中途失聴・難聴者の親睦会として1955年にみみより会が設立されたことが記されている。この時買ったドイツ製の耳かけ補聴器は7万円ぐらいだった。ちょうど同じときに店に来た紳士が、これはいいといって、一括払いで買っていったが、東京は金持ちがいるんだなと父はビックリしていた。

この店は輸入補聴器の専門店で、人工内耳をつけるまでずっとお世話になったが、現在はワイデックスというデンマークの会社の製品を取り扱っている。補聴器の値段はあまり変わらないままできたが、これは円がどんどん高くなっていったからだろう。ところが2000年代に入ってから補聴器がデジタル化されると値段も一気に跳ね上がって、30万円ぐらいはあたりまえになった。それで十分聞こえれば文句はないのだが、私の場合、耳に入ってくる音が大きくなりすぎて神経が麻痺状態になり、15分ぐらいも使うともう何が何だか分からず、うるさい音が聞こえるだけだった。もうほとんど失聴状態になっていた。


僕は変化に弱かった。

新しい先生は苦手だったし、教生もいやだった。あちらも同じ思いをしたかもしれない。当日学校に行ってみれば別にどうってこともないのだが、長い休みの後学校に行くのは不安でたまらなかった。クラス替えというのがもしあったならどんなにじたばたしたことだろうかと思う。

裁判官の父は、僕が中学校三年になったときに転勤になったが、よい転校先がないということで父だけ単身赴任した。一学期が終わる頃転校先が決まり、僕たちも引っ越すことになった。僕は勿論いやだったので、結局最後までウンとは言わず、無理強いで連れていかれる形になった。これが裁判官のやり方なのかと恨めしく思いはしたが、話が決まってからは僕は何も言わなかったし、泣きもしなかった。

引っ越す日に友達が三人しか見送りに来てくれなかったことは、屈辱だった。弟の友達がたくさん見送りに来ているのに体裁が悪いと思った。ああ、皆に好かれているはずだったのになぁ。その三人のうちにナス君がいた。

これで中学校のことは終わっている。これだけでは分かりにくいので、前後の事情を補足して述べておきたい。

私の父は戦争が終わるまで満州の牡丹江で裁判官をしていた。地図を見ると黒竜江省にあって、当時ソ連と接していた。父は先妻が日本の京都の病院で病死したので、ハルビンで病院の薬剤師をしていた母と再婚し、私の兄の肇が生まれた。先妻との間には娘が一人いて、これが福山に住んでいた姉である(2021年2月に亡くなった)。1945年8月15日に日本が戦争に負けて、裁判所は当然なくなり、有り金を山分けしてから母の女学校時代の恩師である筧先生を頼ってハルビンに引きあげてきたそうである。その途中で兄の肇は、食べ物が十分ない状態で疫痢のような病気にかかって死んだ。そして直後の8月25日に私の姉がハルビンで生まれた。父の家族は2年間ハルビンに隠れ住んでから1947年に舞鶴に引きあげてきた。そして父は故郷の鳥取市で弁護士を開業し、1948年10月10日に私が生まれた。当時われわれは鳥取市馬場町にあるお寺の一角の2階を借りて住んでいた。私が生まれてからちょっとして父は裁判官に任官し、松江に移った。最初は、小豆沢さんという人の家に間借りして住んでいた。川堤の下にあって、ここで私の弟が生まれた。川堤で遊んだことをおぼえている。その後北堀町の官舎を経てから南田町の官舎に引っ越し、私は島根大学附属小学校に入学した。一、二年のときの担任は山岡先生で、通信簿はほとんど3ばかりで「のんき坊主」と書かれていたのを記憶している。三、四年のときは複式学級で担任は真庭弘司先生だった。三年のときは四年に森脇さんというお茶屋の娘さんがいて、その人を私は「お姉ちゃん」と呼んで慕って、いつもくっついていた。四年になってからは五、六人の友達で秘密グループを作って一緒に遊んでいた。今でも何人か名前をおぼえている。私は社会科が好きで、松江市の店で売られているものがどこから送られてきているかを調べたり、近くにある製糸工場や農機の会社を訪ねたりし、研究授業では水の旅ということで、川の上流から下流まで紙芝居みたいにまとめて、グループで発表したりしたこともあった。五、六年のときの担任は石倉先生だったが、この頃の記憶はほとんどない。六年の二学期が終わったところで、父は鳥取に転任になって引っ越した。松江市には11年ぐらいも住んだので、ものすごくたくさんの人が駅に見送りに来た。

鳥取に移ってから私は、家の近くの鳥取市立修立小学校に転入した。担任は和田洋先生だった。この小学校には六年の三学期だけしかいなかったのだが、いろいろおぼえている。この頃から私は難聴だということが周囲にもハッキリ分かるようになったが、でもまだそんなに困ったという記憶はない。修立小学校から鳥取大学附属中学校を受験した者が私も含めて四人いて、和田先生は放課後このための指導もしてくれて、四人とも合格した。クラスに矢部君といういじめられっ子がいて、私は彼と親しくなった。彼の方から接近してきて、いろいろ親切に教えてくれたからである。大工さんの息子で、家はすごく貧乏のようだったし、勉強もできないようだった。しかし私と一緒のときは彼は元気いっぱいで、仲良くやって楽しかった。でもすぐに、彼があちこちで実際にいじめられるのを見ることになった。いじめっ子の一人が一緒に附属中学校に進学した裁判官の息子だった。和田先生は鳥取市白兎にお住まいで、今も年賀状を送っている。

鳥取大学附属中学校には三年一学期までいて、二学期から岡山大学附属中学校に転入した。岡山大学附属中学校に転入する前に転入試験を受けたら、父は、岡山大学医学部の教授で附属中学校の校長を兼任していた南先生から、「この成績なら東大に受かりますよ」と言われたのだそうで、家に帰ってうれし泣きしたのだが、母の方はそんなことより、私が友達を作って、普通に学校に行ってくれることばかり祈っていたようである。授業がない日なのに気がつかずに行ったときなども、友達を持たないからよ、と強く私をなじった。実際、今思い返しても、鳥取の中学校では友達らしい友達はほとんどいなかった。岡山に引っ越す際に見送りに来てくれた三人のうちの一人は、お父さんが共産党員で、私の父の友達だった。彼と同じ団地に住んでいたもう一人も見送りに来てくれた。

ナス君を除き、私がいじめられるということもなくすんだのは、たぶん父のおかげだろう。裁判官というと地方では名士で、そして父は教育熱心で、子どもたちの担任の先生とも積極的に交わっていた。そういうことでたぶん私はいじめられにくい状況に置いてもらえていたのではないかと思う。

こういう環境だったので、私はいつも本を読んでいた。父が持っていた本を読んだ。今も特に記憶に残っているのは吉川英治の『宮本武蔵』と『新・平家物語』である。どちらも夢中になった。筑摩書房の日本文学全集の読みたいものは次から次へと片っ端から読んで、特に夏目漱石のものが好きだった。中央公論社から出版が続いていた「世界の文学」全集も読んだが、これは高校に入ってからかもしれない。フランクルの『夜と霧』もあったのを記憶しているが、ユダヤ人が素っ裸にされて並んで立っている写真を見ただけで、内容は全然読まなかった。この本が、現在は愛読書になっている。法律関係の本も徐々に読むようになって、確か末広厳太郎『法学入門』(日本評論社)という本に、馬車は右を走るべきか左を走るべきか、と書いてあり、これについて父に質問したらすごく喜んでくれた。そしてその後、迷惑に感じるぐらい次々と法律書を読まされることとなった。このように本ばかり読んでいたので、いつの間にか学力がついたのではないだろうか。

この頃は私の難聴の度が進んでいっていて、もう普通に就職するのは無理な感じになっていた。母が、薬剤師なら聞こえなくても仕事ができると言ったのに対して、父は、裁判官をやめて地元の鳥取で弁護士業をやり、私をそこで働かせようと計画していたようである。

岡山大学附属中学校に編入してからちょっとして、旺文社の全国学力テストがあって、全科目だったのか一部の科目だったのかハッキリしないが、私は27番だった。それで賞状ももらった。あれほど転校をいやがっていたのに、岡山に来てみれば知り合いは全然おらず、気兼ねしないで勝手にできたのでかえってのびのびできたのではないか。毎朝一校時が始まる30分ぐらい前に学校に行って、英文法の本を勉強していた。私のほかにもう一人、女子が早くから来ていて、話はしなかったが今も名前をおぼえている。

このようにして結果的に秀才ということになったのだが、競争しての結果では全然なかった。学校の勉強ができて成績がよいということは、私にとっては、何というか防壁みたいな機能を果たしてくれたような印象で、一種の財産みたいなものだなと感じるようになった。

[4]

この後高校時代の話になるのだが、原稿Aではこの時期のことが「高校時代の僕（H）」と原稿を書いた当時の「僕」との対話形式になっていて、具体的に何があったのかがよく分からない。ノートに書いた原稿Cを見てみたら、ほぼ同じ形で、書いた時期はユーラシア大陸横断旅行が終わった後である(1976年8〜9月)。

それで、それより先に書かれたと思われる原稿Bに目を通してみたら、原稿用箋七冊のうち、一冊目が中学校から高校にかけての頃、二冊目と三冊目が高校の頃のことを書いている。何があったのか思い出せないことには話が始まらないので、これからまず原稿Bの三冊目までをざっと読んで、今の時点でまとめてみたい。

一冊目の用箋は「私の気持はいつもみじめだった」という文章から始まっている。これまで中学校時代のことを見てきて、本当にまあよく死なないで生きて来れたものだなあと思ったぐらいだから、同感できる。私自身も「救済不能な憐れな少年」という自己イメージを持っていた。

で、みじめになってからの私は「神さま」を信じていたのであった。母が生長の家に入っていた影響もあったかと思うが、なぜだか「神さまありがとうございます」と繰り返しさえすれば万事よくなると信じていた。その回数は気のせいかだんだんふえていったように思われた。毎晩寝る前に頭の中で繰り返し唱えていた。ちょっと不思議に思うのは、「耳がよくなりますように」とは一度も願わなかったことである。じゃ何を願ったのかというと、周囲のみんなと同じように気持ちよくできること、これだった。普通になりたかったんですね、結局。でも今考えると、耳が聞こえさえすれば普通になれたわけだから、神さまにも、不可能なことはお願いしませんよ、と遠慮したのだろうか。普通になりたいわけだから、成績がよくなりますようにと願ったりはしなかったのだが、皮肉にも、聞こえなくなればなるほど成績は上がっていった。

耳は確実に悪くなっていっていたから、どうしても授業中に「事件」は起こった。鳥取の中学校でのことを二つ具体的に挙げてあるが、一つは国語の授業で漢字の聞き取り試験があり、前後の者同士で採点することになったが、私は先生の声がまったく聞き取れなかったので白紙だった。教室内を回っていた先生がそれを見て、けげんな顔で「どうしたの？」と尋ねた。私はそれをきいてわっと泣き出したのだった。私自身は泣いたらかえってさっぱりしたのだが、先生も同級生もしーんとしていた。

それからこういうこともあった。一学期の間だけミネソタ大学の偉い先生が来て、週に一度英語の発音や会話の指導をすることになった。会話などは適当に対応できたが、発音で引っかかった。確か母音の「i」の発音について、私には何回きいても日本語の「イ」にしか聞こえなかった。どこが違うんだろうと思っているうちに先生の指揮棒が私のところに来て止まった。それまで皆1回でOKになっていたのが、私だけOKにならない。一〇回ぐらいも繰り返しただろうか、先生にも当惑の表情がありありと見えた。授業の後、クラスの男子から「可哀想だなあ」と言われたことは今も記憶している。

こんな状態だったから、「ユーモアに欠けた暗い性格の人間」と見られていることは私も十分感じていたが、でも私自身は、暗いだけの人間じゃないよ、と思っていた。それどころか、先に述べたように、好かれているとさえ思っていたわけである。

鳥取から岡山に移ったら、岡山というところにはすぐに慣れた。鳥取と比較すれば都会的なんですね。勉強にしても、決まった内容を能率的にこなしていけばいい。連日授業の後に補習があった。人間関係も割とさっぱりしていて、直線的で、私には気楽で与しやすく思われた。私の隣が山下君という人だったが、彼は京大に入るんだと言っていた。中学生でそんなことまで考えているのかと私はビックリした。その後彼がどうなったのかは知らない。

私は中学校の後、高校入試に受かって、岡山県立大安寺高校に入学した。当時、岡山市に住んでいて入学できる普通科の県立高校は三つあって、そのいずれに行くかは自分では選べなかった。私が入学することになった大安寺高校は岡山市のはずれにあって、私で二期目の新設高校で、一期生は私が入学する前年は他の高校の校舎を借りて授業をやっていたので、建物はできたてのピカピカだった。校庭に至ってはまだ整備されていなくて、体育の時間にローラーをひいて整備したりすることもあった。校長は、われわれは「パイオニア」だと言い、実際新聞でも「パイオニアの入学式」として記事になった。

ちょっと前この大安寺高校がなくなったと伝え聞いたので、岡山の中学校同窓生に尋ねてみたら、廃校となったのではなく中高一貫校となって、現在も岡山県立岡山大安寺中等教育学校という名前で存続していることが分かった。

大安寺高校に入学した頃、一番記憶に残っているのは城口正子さんのことである。

大安寺高校は男女混合でアイウエオ順に名簿が作られていて、教室でも最初は名簿順に席が割り当てられていた。城口というのは「きぐち」と読むので、私の前が城口さんで、机も隣だった。大安寺高校では試験の結果は例外なく順位順に張り出されたのだが、最初に張り出された試験結果で抜群の全校1位だったのがこの城口さんだった。彼女は勉強ができるだけでなく、同時にすらりとした美人だったが、血の気がなくて、白っぽい印象だった。

一年生のときの理科は生物で、担任の徳田先生が生物の先生でもあったのだが、たいてい理科実験室で、二人か四人かが一組になって実験した。ところが最初の一回か二回出た後、城口さんは欠席するようになり、だんだんと欠席が増えて、やがてほとんど欠席ばかりになった。そういうことで、私はたいてい実験の相棒がいなくて一人でやらなければいけなくて、大変困惑したのである。

それから2年後に、私の弟も大安寺高校に入学したが、なんとそのときも城口さんが隣だった。つまり、彼女はその後2年留年して私の弟と同じクラスになったのである。そういう関係で私の弟が城口さんと親しくなり、彼女が学校を休むと担任の先生から、彼女の家に様子を見に行ってくれないか、と言われるぐらいになった。何でも、クラスの中で話ができるのは私の弟ぐらいしかいないらしかった。私の弟が声をかけたのが功を奏したのか、彼女はその後は三年生になるまで弟と一緒に進級でき、卒業もできて、早稲田に受かったということだ。弟から聞いた話では、いつからかは不明だが彼女は熱心な創価学会会員になり、選挙のときにウグイス嬢もやったりして、創価学会の中では目立った存在になったらしいが、その後についてはきいていない。実は、私が入学した年に城口さんは留年して2年目だったということを後できいた。だからあんなにいい点が取れたんですね。

後楽園の近くにあった家から大安寺高校まで自転車で30分か40分かかった。大安寺駅からは、舗装はされていたが、両側ともい草の畑の道だった。授業では相変わらずトンチンカンなことを言ってはいたが、試験の結果が張り出されるおかげで、私はバカではないとみんなが分かってくれていて、そういう意味では気持ちはラクだった。そして、授業が終わるやいなや一目散に帰宅し、とにかく7時間毎日机の前で頑張った。たとえば運動会とか遠足とかで帰宅が遅くなったときも、7時間机の前にいるという原則は曲げなかった。今考えると頑固というか、バカがつく真面目さだが、そういう自分を「現実主義者」と評していた。

現実主義という言葉が当を得ているかどうかはともかく、こういう生活を続けていればよほどのバカでない限り成績は上がる。そして岡山県というのはそのような成績に非常に敏感な県の一つで、それが、成績がいい私を当てないでパスするという形で現れた。二年になった頃から、国語や英語で順に当てていく場合、私を当てないでそのまま通り越すということが起こるようになって、やがてそれが普通になったのである。普通の言葉で言えばこれは「無視」だろう。でも、私には非常に有り難かった。無駄なエネルギーを使わず自分でやりたいことに邁進できる。ということで、特に世界史などでは教室の中でも授業はまったく無視して、最初から受験参考書をやるようになったりした。受験参考書の方が教科書より詳しいわけだからわざわざ教科書をやる必要はないと思ったのである。これで時間が節約できた分、家で好きな本が読めた。

高校二年の時期に二人友人ができたが、二人は全然タイプが違っていた。原稿Bを書いていた頃はこの二人とまだ関係があったようで、「生涯の友」的な関係だと書いているが、現在は二人とも連絡がない。

一人は岡山近郊の妹尾に住んでいたから妹尾君と言っておこう。私が難聴のためにやむなく世間と没交渉になりがちだったのと比較すると、彼は性格的に一人ぼっちなのだった。彼の母親の言うところではずっと小さいときからそうだったという。彼は、授業の休み時間にも昼休み時間にも黙々と静座して立たないし、昼食のときには常に文庫本を手許に置いて、それを読みながら長い時間かけてぼそぼそと食べるのである。そして授業時間はといえば、微動だにせずじっと目をつぶっているように見えた。姿勢をただすためか、時々両手の先を奇妙につないで目と本の間に置くのだった。しかし筋肉はもりもりとたくましくて、重量あげの選手のように逆三角形の体つきだった。きいたところでは彼は、毎日自宅にある鉄棒で鍛えているとのことだった。

彼とは一年の時も同じクラスだったが二年でも同じクラスになった。その彼が二年になったばかりの土曜日の放課後私と一緒に帰ろうと私に言う。一緒に帰るといっても家の方向がまるで反対だし、自転車に乗って話そうにも私の耳では聞こえないだろう。それで私は返事をしなかったのだが、彼は勝手についてきた。自転車に乗りながら私が何を話したのかはまったく思い出せないが、自分の思っていることを一方的に話したようである。それを聞いた彼の様子を見ると、分からないというのでも、興味がないというのでもないらしく見えた。途中で、彼は別れた。月曜日に登校したら、一校時目が終わった後私を階段に誘い、私への反論をまくし立てるみたいに話した。私は彼のいうことが十分聞こえなかったし、理解しようという気持ちもなくて、ただ相づちを打っていた。彼はそれで満足したらしく、それからわれわれは友達ということになった。私から見ると、彼はアウトサイダーに見えた。私もアウトサイダーと見られていたと思うが、私自身はそう考えてはおらず、彼と付き合っても得られるものがあるとは思えなかった。でも一人ぼっちでいたわれわれが寄り集まったわけだから、それなりの意味はあったのだろう。三年になったときも彼と同じクラスだったのは、われわれが一緒にいるのを先生方が見て、意識的にやってくれたことと思われる。

もう一人の友人は大倉正丈君である。彼の名前は一年生のときから知っていた。彼が生徒会の副会長をやっていたからである。その立候補演説を見て、かっこいいと思った。彼の歩き方は颯爽としていて、妹尾君なんかのようなのらりくらりした動きとは逆さまだった。その彼と2年で同じクラスになった。彼の颯爽とした歩きぶりは変わりがなかったが、一年生の頃彼を取り巻いていた人たちはいなくなっていた。彼が教室にとどまっているのは授業時間以外はほとんどなかった。颯爽とした歩きぶりに似合わず、彼は朝は毎日のように遅刻してきた。休憩時間はどこかに姿をくらませ、昼食後も弁当を食べ終えると飛ぶように消えてしまう。こういうふうだったから親しく話すこともなかったのだが、2学期が始まった頃彼のことが気になり始めた。彼は授業時間中割合よく発言する方で、しかも長時間にわたって話すこともたびたびあった。彼の声は大きな声でも割れずによく通り、私にも聞こえた。ある時彼が授業中に話した内容が、何の授業で具体的にどういう内容だったのか、原稿Bを書いた段階でもすでに忘れていたが、彼の意見というのは「人は自分のために生きる」のであり、他人は結局他人であるから、「自己に忠実に生きる」べきであるということだったらしい。これを聞いて私はカチンと来て、その授業時間が終わるや飛ぶように彼のところに行って、彼の意見を批判した。彼は、ややけげんな面持ちで私の言うことを聞いてから反論をし、それに私が再反論したところで次の授業時間開始のブザーが鳴った。当時の私は、個人というのは決して第一義的な存在ではなく、個人を超えたより高次のものこそが大切だ、と考えていたらしい。「個人を超えたより高次なもの」というと「社会」ということですかね？　とにかく個人というのは「ある何か」の手段に過ぎないのであった。

他人は他人、と考える点においては、むしろ私の方が経験が深かったのではないかと今思う。というのは、難聴という「見えない障害」を背負っているため、親だって、家族だってこの苦しみを分かってくれない、結局みんな他人なんだなあ、という経験を何度もさせられてきていたからである。そして「自分の問題」があまりに大きかったので、他人のことなど考える余裕もなかった、というのが実情に近い。というよりは、自分なんか押し出せるような環境ではなかった。とにかくカメレオンみたいに目立たないで、自分を他人の中に埋没できれば、それが最高のことだった。

だから、そういう私が大倉君との関係では、むしろ逆のことを主張したということになる。これについては、私は彼に憧れたのであって、決して対立したわけではないというふうに今は感じる。むしろ、あえて見かけの対立を楽しんでいたといった方がいいのかもしれない。ただ、個人を超えた社会というものについての基本的なイメージの違いはあったと思う。私は「現実主義者」と自認していた。立場が非常に弱いのでじっとしているしかないという状況の中で、私としては、個人を超えた何かというのは結局「力」であって、社会というのは権力闘争の場であり、つまり弱いものは負けるという認識を持っていた。それを「常識」とか「良心」とかのきれいな言葉で表現できるのは余裕のある者の贅沢であって、私はそんな立場にはいなかったということである。

その後も大倉君とは機会があるたびに、教室だけでなく、自転車置き場等でも論戦らしいことを繰り返した。論戦の筋道はいつも同じで、いつも平行線のまま終わった。私はそういう論戦自体が楽しかったし、大倉君の方でも私に関心を持ち出してくれたように思われた。それで2年も終わりに近づいた頃に、私は大倉君に、私が毎晩寝る前に「神さま」に祈っていることを打ち明けた。それに対して彼は、「君は信じているんだ」と言ったのだった。彼のことも徐々に分かり始めた。彼の母親は2年間病院で寝たきりで、体が少しずつ死んでいく状態だったのが、とうとう死んだのだそうだ。それで彼は父親と弟のために食事の準備をしなければならなくなって、毎朝のように遅刻するのはそのためらしいと分かった。そのように聞いても、私は全然同情を感じなかった。経験が乏しかったというより、それぐらい「自分の問題」が大きかった。と書いて、1年の時に同じクラスの女子が亡くなったときのことを思い出した。この人は何の病気かは知らないが入学時からやせ細っていて、やがて学校にも来なくなり、亡くなったのだという。同じクラスの女子から葬式に一緒に行きましょうと誘われたのだが、自分の時間が削られるのがいやで、私は行かなかった。今考えても冷たい人間だったなと思う。

大倉君はまた彼の失恋経験なども話してくれるようになった。それで自殺未遂とかもやったらしいのだが、私からすればそういう相手がいるだけでもすごいことだった。他人との問題で自殺なんてね。

私と論争めいたことをするようになった頃から大倉君は授業に熱心でなくなっていったように見えた。国語の時間は特にひどくて、国語は担任の幾多先生だったが、大倉君はいつでも教科書ではなく別の本を読んでいるのである。当時彼はヘッセの『シッダールタ』を読んでいた。ヘッセというと中学時代あたりで『車輪の下』を読む人が多いのではないかと思われる。私も『デミアン』はもう読んでいたが、彼がヘッセを読んでいるのを見てから、家にあった中央公論社の「世界の文学」第37巻（ヘッセ）に収録されている『聖母の泉〈ナルチスとゴルトムント〉』（新潮文庫では『知と愛』という題になっている）を読んだ。ヘッセというのは青少年向きのロマンチックな純情物語を書いた人のように見られることが多いが、Wikipedia を参照すると、ヘッセは第一次大戦中非戦論を唱えたために母国ドイツから裏切り者として白眼視されて苦境に陥り、内的にも深い精神的危機を経験して、スイス南部・ティチーノ州のモンタニョーラという小さな村に落ち着き、カール・グスタフ・ユングの弟子たちの助けを借りながら精神の回復を遂げた。そういう状況の中でヘッセの精神世界を描いた作品が1919年の『デミアン』であり、ユング心理学の基礎知識があると非常に分かりやすいだろう。それ以降の作品には、現代文明への強烈な批判と洞察、精神的な問題点などが多く描かれていて、たとえば私の好きだった『荒野の狼』などはこういう系列の作品である。大倉君はヘッセの「夢」的な生き方をそのまま実践しようとしていたのだろう。私自身もそのような生き方は好きだったが、望んでもそれはできっこない相談だったわけである。

私は『シッダールタ』をこれまで読んだことがなかったので、那覇のジュンク堂で買ってきて読んでみた。短い文を重ねていくタイプの文章で、読みやすい。

この本では、悟りを開いたゴータマ仏陀とシッダールタは別人ということになっている。シッダールタは友人のゴーヴィンダとともに出家して、修行をして、悟りを開いた仏陀に会う。シッダールタは仏陀が最高の目標に到達したということは分かったのだが、それは仏陀が自ら獲得したものであり、仏陀の教えは仏陀自身が一人で体験したことの秘密を含んではいないと考える。つまり、自分で体験しないで仏陀の教えを聞くだけでは絶対に分からないものがある、ということで、それを体験するためにシッダールタは俗世（小児人《しょうにじん》の世界）に戻っていくというのが第一部の内容である。

第二部は、遊女カマーラとの関係構築から始まって、商人カーマスワーミとも関係を持ち、シッダールタは世俗と享楽の生活を送る。しかし、やっと40代になったところで彼はそういう生活がいやになってしまうのである。そこで、仏陀のところを去ったときに渡った川のほとりに戻ってきて遍歴中のゴーヴィンダと再会し、さらに以前渡し舟に乗せてくれた渡し守ヴァズデーヴァのもとにとどまる。歳月が過ぎて、あるとき仏陀の信者である僧たちが、仏陀が涅槃に入るであろうと聞いて帰ってきて川を渡してほしいと頼む。カマーラも、シッダールタとの間に生まれた男の子（小さなシッダールタ）とともにやって来る。しかし、カマーラは渡し場近くで黒い蛇にかまれて死んでしまう。シッダールタはむすこと一緒に住むことにするが、むすこは逃げてしまう。やがてヴァズデーヴァは老いて死ぬ。その後、遍歴の旅を続けていたゴーヴィンダが賢者だと思われている渡し守、つまりシッダールタを訪ねてやって来る。最後の、ゴーヴィンダとシッダールタの会話が、ヘッセのたどり着いた境地であろう。何度も出てくるのは「統一（性）」という言葉である。つまり世界は一面的でないということであり、一面的になればとらえ損なうということである。探り求めるというのは目標を持つことであり、目標にとらわれるとそれ以外のものは見えなくなる。そうではなく、自由に心を開いて見出すことが必要なのだとシッダールタはゴーヴィンダに言う。真理を伝えるというのも、ことばでは一面的な表現しかできず、全体を欠き、統一を欠いている。世界そのものは一面的ではなく、全面的に神聖であるとか、全面的に涅槃であるとかいうことは決してなく、さらに、そのように見えるのは時間が実在するものだという迷いにとらわれているからであって、時間が実在しないなら世界と永遠、悩みと幸福、善と悪の間に存在するように見える隔たりも一つの迷いに過ぎないのであり、いつかは涅槃に到達するであろう、仏陀になるであろう、この「いつか」というのが迷いなのだとシッダールタは言う。「罪びとの中に、今、今日すでに未来の仏陀がいるのだ。彼の未来はすべてすでにそこにある。おん身は罪びとの中に、おん身の中に、一切衆生の中に、成りつつある、可能なる、隠れた仏陀をあがめなければならない」（新潮文庫、182-

183頁）

この最後の考えは、大乗涅槃経における、われわれは皆、生まれながらに仏性を持っていて、「ブッダは私の中にいる」という「仏性思想」と重なる。ブッダとしての資質が自分の内部に備わっていることを「仏性を持っている」と言い、そのような考えは「もともとわれわれの内部にブッダが存在していて、私とブッダは常に一体である」という「如来蔵思想」につながった。

私の「現実主義」といってもその「現実」というのはほんのちょっとで崩れてしまうようなもので、毎日を大過なく過ごしたいというだけの「保守主義」に近いものであることは誰よりも私が認識していた。でも、大倉君のような友達ができて少しは自信らしいものも生まれてきたようである。

それで思い出すのは、大倉君、妹尾君と三人でそろって試験をボイコットして休んだことだ。私は、たんに暗記したことを確認するために試験をするのは無意味で、考える力を試すような試験にすべきではないかと考えていた。私は、授業の開始前に連続的に行われていた英単語試験では全校でトップだったそうで、全校集会で表彰されたりしたのだが、だんだんと試験の内容が愚劣だと思うようになり、そういう試験には回答しないということを繰り返すようになった。大倉君ともそういう話をしたら、彼もまったく同じ意見なのだった。それで、どういう試験だったのか忘れたが、まる一日かけて行われた試験日に学校を休んでボイコットすることにした。これに妹尾君も同調したので、三人がそろって休んだことになったわけである。私の家では父も母も非常にビックリしたようだが、何も言わなかった。先生方からも何も言われなかった。

二年生のときバレンタインデーにハート型のチョコレートをもらったことはよくおぼえている。担任の幾多先生がみんなが見ているところで手渡してくれたのだが、私は嬉しいというよりただビックリしてしまった。学校でも冷やかされたし、家に持って帰ると家中で大騒ぎで、チョコレートも結局弟に全部食べられてしまった。手紙がついていて、私のことを好きだというより励ましてくれているような内容だった。文章の終わりにイニシャルが書かれていて、それが二文字なら想像がつくのだが、三つか四つの文字が並んでいたのでどう考えても見当がつかなかった。あるいは一人ではなく何人かが相談して共同で贈ってくれたのかもしれない。それで、その後ずっと、贈ってくれたのは誰なのかと考え続けたが、分からないままだった。ひょっとしたら今、目の前に立っているこの人が贈ってくれたのかもしれないと考えたりしているうちにクラスの女子全員に恋をしているような錯覚を起こしたりした。でも、私に好意を持ってくれている人がいるということは確認できたわけで、表向きは目立って迷惑だという態度を取ったが、自信につながったと思う。

三年になるときに進路に応じたクラス分けがあった。文科系の中でも京大志望の人は理科が2科目あり一つにまとまっていた。大倉君もこのクラスに入った。私も最初は京大志望の届けを学校に出していたのだが、京大の英語の試験はヒアリングテストが含まれていて、これで落ちたらいやだなと考えて、結局京大志望は撤回し、東大を受けることにしたのである。前記のように妹尾君は私と同じクラスになった。

三年になって初日に行われた選挙で私は級長に選ばれた。予想外だった。たぶん私が難聴だということも知らない人が多数いてこういう結果になったのではないかと思う。担任の荒木先生が私に、他の委員の選挙をやれと言ったが、私は立たずにじっとしていた。2、3分ぐらいたって荒木先生は、しょうがないという感じで次点者を当選ということにして先に進めた。自分の勉強のことしか考えないエゴイスト、みたいに見た人もいたかもしれないが、私としては、みんなのためにというのが大切だと考えていたにしても、できないものはできないと考えたのだった。その後も似たようなことは私の人生で起こってきた。

三年生になってから席替えがあり、くじをひいたら、私は教壇に向かって左端の真ん中あたりだったが、実際に席替えしてみたら、みんなが席の取引をやった結果、私以外の男子は全員教壇に向かって右半分に集まり、左側は私を弁当の中の梅干しみたいに残して、あとは全員女子だった。この結果を見て担任の荒木先生は絶句したが、私はへっちゃらだった。私の隣は確か板野さんという人だったが、親切で話しやすく、何でも相談できた。卒業後は彼女と会っていないが、全日空の搭乗員になったと伝え聞いている。

この後もう一度席替えがあり、私は取引して教壇に向かって右端の一番後ろを陣取った。この頃はもう、私は授業でも全然当てられなくなっていたので、授業中も教科書などとは無関係に、まったく自分勝手にやっていた。大安寺高校のクラス棟は建物全体が四角い輪の形になっていて、A～E組とF～J組とが中庭を挟んで向かい合うような形になっていた。私はC組で、大倉君はH

組だったので、自分の席に座っていればＨ組の動きはよく分かった。そういうふうにして遠くから颯爽として動いている大倉君を眺めていた。

私は先生方からは扱いにくい人物とマークされていた。それは、大安寺高校に入学してきた弟からきいて分かった。よい評判はないようで、あんな勝手なことばかりしていたら東大なんか受からない、みたいに言われていたらしい。

授業のこともいくつか原稿Ｂに書いてある。

日本史の試験答案返却の後に、解答と解説を先生がやっていて、「上野」と書くべきところまできたら先生は、上野、下野、上総、下総と並べて、二、三人に読めるかときいたが、誰も読めなかった。先生が読み上げ、皆がそれをノートに記したときに私は、

「その、上とか下とかというのはどういう意味ですか？」

と先生にきいた。先生も分からないようである。

「上というのは京都に近いということじゃないでしょうか？」

「ああ、そうかもしれんな」

「それなら、上総と下総は逆の位置になっていないですか？」

現在の鉄道では、千葉県には下総、上総の順で行くことになる。

「三浦半島から房総半島に船で渡ればいい」

さすがに先生はよく知っていた。実際そうなのである。

授業中のことがもう一つ書いてある。今読んでも思い出せないが、できるだけ原稿Bに書かれている通りに書いてみよう。数学の授業中だった。

クラスになんだかすごく虚弱に見える女子がいた。前歯が抜けていて、目はぎょろめで、骨ばった体つきで、かわいいとは言えない顔かたちだった。ところが、時として表情がすごく素敵になることがあり、私は気に入っていた。この彼女が数学の時間に当てられて、問題ができなくて黒板の前で立ち往生していた。そして、まだ二、三人が黒板の前で頑張っているのに、彼女はできぬままほったらかして、さっさと自分の席に引きあげてしまったのである。私が代わってやっていいのか迷ったが、何というか体の方が動いてしまって、黒板まで行って、やりかけのままになっていた部分をバサッとすべて消してしまった。数学の河本先生がけげんな顔で近づいてきて、

「なんで消すんだ?」

「間違っていたからです」

「そんなら別の場所に書いたらいいじゃないか。なんで他人の書いたところを消さなきゃならんのだ」

まったく、もっともである。だが、私は沈黙を通した。すると先生は、

「まあいい。そんならお前やってみろ」

クラスの皆が日本史のときのようにゲラゲラ笑った。

やり始めたら、この問題は昨日家でやってみてどうしても解けなかった問題だと気がついた。私

はそれから黒板を前にして必死になって考え、黒板の残りを全部をほとんど埋め尽くしてやっと解答を得ることができた。そのとき授業時間の残りはほんのわずかになってしまっていた。でもとにかく解答できたのである。非常に難しい問題だった。

以上のように書いてあるが、今私は彼女がどんな顔をしていた人なのか全然思い出せない。クラスの女子のうちの何人かはおぼえているが、そのどれでもないように思われる。私は彼女が困惑しているのを黙って見ておれずに黒板に向かったように思われるのだが、本当にこんなことあったのかなという感じだ。だいたい私は女性のために親切にしたりする柄ではなかった。

原稿Bにはこの部分の後に、私がサルトルの『嘔吐』を読んで書いた読書記録が挙げてある。

「読みながらいろいろ思ったが、どうもうまく書けない。サルトルはこの本の中で「存在する」ということについて考察する。「存在する」とはただそこにあることであって、考える必要もないじゃないかと思う。ロカンタンはいろいろ考えているが、少し馬鹿げている。ただあるというだけのことだから。アニーという人は魅惑的である。うまく書けないからもうやめる」

これを読んで笑ってしまった。あっさりしすぎだが、同時に、ごちゃごちゃと意味のないことを考えないのは今の私と通じているところがあるとも思う。

私と「神さま」との関係はこの頃から不和になり始めた。その有用性に疑いを持ち始めたというよりは、「神さま」との関係を断ち切れない自分がいやになった。三年の二学期が半ば過ぎた頃私は「神さま」と縁を切った。自分のことは自分で心配するということである。たぶん大倉君と接して、自信が持てるようになったことが影響したのだろう。高校の中庭越しに見える彼はいつも一人で歩き、暗いながらもなお軽快さを失わず、そしてそれがまことによく似合っていたのだが学生服の一番上のボタンを故意にかそうでないのかはずしていた。一人ぽつんと立ちつくしている彼をよく見るようになったので、授業をさぼっていたのかもしれない。たぶん三年になってからだったと思うが、岡山市の中心部にあった丸善に行ったときに大倉君とばったり会ったことがある。そのとき彼は雨が降っていないのに傘を持って歩いていて、それがしゃれて見えた。誘われて一緒に喫茶店に入ってちょっとだけだが話した。高校生時代に喫茶店に入ったのはこの時だけだったからよくおぼえている。

原稿Bで、高校三年の頃のことについては筆が進まないと書いている。あまり思い出したくないことが多かったのだろう。にもかかわらず書いていたのはなぜか？　私は「現実主義者」と自認していただけあって、無駄なことはしなかった。何にしても、曖昧にしておかないでハッキリさせる方が好きである。にもかかわらず自分について明確な位置づけができたとは思えず、当時「よいもの」と思っていたことも、いずれはそうではなくなるかもしれないと思っていたようである。だから、今は「透視」できないが、いずれ時が来て「透視」できるようになったときのために記録を残しておこう、といったような意識があったのではないかと想像する。「自分のために生きる」という命題には、私は真実性を感じず、それは別の何かから離れるための言い訳に過ぎないと感じられた。われわれの生きている世の中というのはとにかく人間くさく、人間関係的なものであるのは間違いなく、ならば私の求める「よいもの」もそのようなものであるはずなのである。にもかかわらずそうなっていないという意識があったのだろう。

原稿Bで次のように書いている。

「私が他人とは違う何かだという考え方には嫌悪を感じる。素材の同一性を認めてほしいというのはほとんど本能的なものである。私には人間的なものへの関心がたんなる手段としての関心にとどまるものであるとは考えられない。私の場合、たんなる「物」への関心というのはきわめて低い。ほとんどない。三島由紀夫の小説にはよく無機物的なものが出てくる。太陽とか月とか、何もない海面であるとかがひんぱんに出てきて、それらのものの状態が長々と述べられているが、あれは、彼としてはたんなる修辞のつもりではないのであろう。（中略）私が小説を書くとしてもそれが果たして人間的な内容のものになるのかどうか、私には自信が持てない。むしろ「星のごとき」何かになるのではないか？（中略）私がまず少なくとも1冊の「完結した」小説を書くのが一番早道かもしれない。私は実際こうした考えにワクワクした感じを抱くのである。何を書くのかも分からず、どういう結果を導き出すのかも分からず書くということは何かすばらしいことのように思われる。それは人間的な喜びではないらしい。私が楽しいとかすばらしいとか感じるものは、総じて人間的なものとはあまり縁がないらしい。私もこのことを一つのジレンマとして承認せざるを得ないということなのだろうか？」

三年の三学期に入って私が一番熱心にやった授業は体育である。大学受験の時期が迫って、体育の時間はさぼって図書室等で勉強するような人たちもいたが、私は3年間存分に勉強して、お勉強はもう十分という感じだった。本当に思いっきり動き回った。体育はそれまでいつも成績は「3」だったが最後に初めて「4」になった。体育の授業でバスケットの試合をやって、私は一人バックを守っていたのだが、こちらにボールが来ると力一杯先方に投げ返して敵方にボールが渡るのを防いでいた。ところが何度目かに、このボールがヒューンときれいなカーブを描いて反射板にバターンとあたるや、次の瞬間ネットにスッポリ入ってしまった。あまりのことに、皆しばらく笑い続けた。私は身長は高くないし、姿勢も猫背だったが、バスケットのシュートは得意で、中学校に入った頃はそれでバスケット部に入らないかと勧誘されたぐらいだった。

[5]

以上で一応、原稿Bの高校時代のところを読み終わったので、原稿Aの、「高校時代の僕（H）」と原稿を書いた当時の「僕」との対話形式になっている部分を以下に記そう。

高校生の僕（H）「こんにちは。僕、誰かと思いっきり話してみたいといつも思っていたんですよ」

僕「こんにちは、か。お行儀いいんだな。で、いったい何を話したいんですか？」

H「改まってそうきかれると分からなくなっちゃいますが、でも同じ根から出てきているんですから僕のいうこと聞いたら分かってもらえると思うんです。

僕はいつでも格好を気にしているもんですから、聞こえなくても聞き返す気にならないんですね。だもんだから、たまに妹尾君とか大倉君とかとしゃべることはあっても対話にならないんですね。話すことはいつでもだいたい同じようなもんだから、相手のいうことが聞こえなくても、だいたいこんなところだろうなって勝手に想像して、僕がしゃべる番になるとワーッと一気にしゃべりまくるみたいな調子で言い切ってしまうんですよ。

妹尾君なんか気の利いたところがあって、筆談してくれることもあるんですけど、分かるのはいいけど半人前の扱いしか受けていないような気がしてイヤですね。

本を読むときも対話って感じじゃありません。実利第一主義なもんだから、書いてあることをどう利用すればいいのかばかり考えるせいらしいです。だから本文よりは解説をまず熱心に読むし、解説が付いていないと不安になったりして……」

僕「えらく自信のないことだね」

H「そういわれても仕方がないですが、自分のことを自信がないやつなんて考えたことはないです。特にすばらしいとも思わないけど、ダメだとも思わない。

僕は今東大に入るつもりでやっていて、一所懸命みたいにやってます」

僕「一所懸命みたいって、一所懸命じゃないの?」

H「一所懸命です。実際ほとんど余裕ないですから。

こうハッキリ言っていいのか、とも思うんですが、僕は友達づきあいなんて、何となくバカらしく思ってます。あんなもの信ずるに足りなくて、どうにでもなるという気持ちがあります。それに比べれば勉強していた方が楽しい。いや、そりゃ皆と仲良くできればそれに越したことはないと思いますが、時間がかかってしようがない。1週間ぐらい風邪をひいて休んだ後に試験を受けたらこれまでになくいい成績だったということもありましたけどね」

僕「大学でもそういうことはあったよ。一回も講義に出ないで受けると不思議にいいんだね。大学の終わり頃はそのせいもあって講義にはあまり出なかった」

H「そうですか。いずれそんなふうになっちゃうんですか。

　僕は自分には農学部が合うんじゃないかと思っていますが、いつもみたいに父に押し切られてしまうんでしょう。父は僕を裁判官にしたがっているみたいです。いい補聴器さえあれば絶対大丈夫だと言っているけど、こういう問題になると親もやっぱり他人だなと思っちゃう。難聴というのはどうも中途半端で嫌いですね。いっそ全然聞こえなくなってくれると随分ラクになるんですけど」

僕「ちょっときいてみたいのはね、君は高校でだんだん変わってきて、明るくなってきたみたいに感じてるんですけど、どうですか？」

H「人にはよくそういわれます。もっと人付き合いをして、冗談ぐらい言えるようにならなきゃダメだと言われていたのが、ユーモアがあるなんてことになり、しっかりしているとも言われるようになってきましたからね」

僕「君自身はどう思っているんですか？」

H「僕の方では、変わろうと思ったって変われるもんじゃないという感じがあって、変わってみようなんてあまり考えてないです。耳の調子次第ですね。まあだんだん悪くなってきているようだし、今の調子だと友達と仲良くするなんて難しいから、せいぜい勉強するぐらいしか残りませんよ。

そりゃ、試験で何点とれたなんてことがバカらしいのはよく分かりますから、あんまりバカらしいことはボイコットしてます。学校は正直言ってもうイヤですね。中退しようかと真剣に考えることもあります。放浪の旅なんかすてきですが、せめて家にじっとしていられたら随分いいと思うんですね。それで時々何も手につかなくなることもあります。

でも、一方では、これもポーズに過ぎないんだってことはよく分かっているんです。つまり、僕はちゃんと大学に入るだろうし、あれこれ考えてもどうせもとの道に戻ってくるでしょうから、そんならバカな騒ぎを起こさないでじっとしていた方が利口だという計算になります。

僕の雰囲気が明るくなったのは僕も感じていて、明るいというより何だかはしゃいでいるみたいです。でもそれは外面だけで、僕自身は別に変わったつもりはないんです。僕の周囲にいる人がえらく僕を持ち上げてくれるようになって、外から見ても一人ぼっちには見えなくなってきたわけですが、なぜそうなったかと考えると疑問が出てくるんですね」

僕「どういう人がちやほやするのか、それをみれば一番手っ取り早いんじゃないかな？」

H「そうですね。まず先生たちというのは成績がいいからかまってくれるんだとだいたいハッキリしてます。何しろ教育県で、その上新設高校だから何とか頑張って実績を出さねばっていう意気込みが見え見えですからね。もし僕の成績がガクンと落ちでもしたらどうなるか、察しはつきます。でもそういうことはちょっと起こらないでしょう。だって、頭がいいとかいうことより、何時間かけて勉強したかで決まるようなことばっかりですからね。そういう勉強がイヤじゃないということになると、これは落ちっこないですよ」

僕「大変立派に聞こえるね、今の僕には」

H「立派も何もなくて、そういうものなんです。友達にも同じような人がいて、僕より僕の成績に詳しい人もいます。僕に代わって合計点を計算してくれたりして、なんであんなに人の点数を熱心に計算する気になれるのか分かりません。

　あとの大半は、僕のことをまあ嫌いではないって人たちのようです」

僕「本当は好かれていると言いたいんだろうけどさ、君のどこが好かれていると思う？」

H「そうですね……もともと僕の性質がおとなしいってことはあるでしょうね。もともとって言っても、だんだん慣らされて来たのかもしれませんね。昔はよく泣いたし、感情にムラがありましたから。人と顔をつきあわせると緊張しすぎて長続きしなかったたし。それを和らげるために微笑癖ができたのかもしれませんね。微笑って大変便利ですね、だって聞き取れないときでも適当に首を振って、あとニコッとしときゃ、相手の方でいい具合に取ってくれるじゃないですか。あんまり乱用するとばれちゃいますが、ほかにどうしようもないじゃありませんか？　あなたも同じですか？」

僕「まだ微笑癖は残ってるけど、無理に笑いをこしらえると顔の筋肉に無理がいって、口元やほっぺたが気持ち悪くなる。でも知らず知らずに笑っているってことは今もある。癖になるとなかなか抜けない」

H「形の問題だから、笑って損はないので、そんなに神経質になることはないと思うんですが？」

僕「形とか格好とかをえらく重大視しているみたいだけど、バカらしいとは思わないの？」

H「決してそうじゃないです。どういう顔をしてるかってのはとっても重要なことです。努力してつくった顔のせいでおかしな誤解をされることもありますが、たいていはいい方向に誤解してくれるようですから結構じゃないでしょうか」

僕「というより、はじめから誤解されることを期待してるみたいだ」

H「それもまた誤解なんですよ」

僕「バレンタインデーにチョコレートもらったことあったね」

H「はあ、あれは恥ずかしかったです。チョコレートは食べる気にならなくて弟が全部食べちゃいました。もらったこと自体は嬉しかったですが、ただ、誰からなのか、どう考えても分からなくって、せっかくもらったのにお礼も言えないのが残念で、女子になら誰にでもニコニコしてみたんですが、その反応がますます分からなくなって困りました」

僕「分からなくてよかったんじゃない？　君ときたら目立つのが大嫌いなんだから、分かったらその人が憎たらしくてたまらなくなったんじゃないかな？」

H「昔はそうだったかもしれませんが、今は違うんじゃないでしょうか。そりゃ今でも、好きになったり嫌いになったりを繰り返してますが、それは別に人がどうこうだからじゃないと思います。僕の場合、好き嫌いもすごく規則的な周期を持ってますから、一種の病気じゃないかと思うこともあります」

僕「妹尾君との関係なんかは確かにそうだったね。半年ぐらい親密な時期が続くと、次の半年は一言も口をきかない、なんてことを繰り返してた。大倉の場合は一度も嫌いになったりしなかったようだけど？」

H「そりゃ大倉はとってもすばらしい人ですからね。彼を見習っていると僕まですばらしくなったような気がして。でも、彼の場合は例外ですね」

僕「その後の彼のことを教えてあげようか？」

H「いや、いいです。そんなに先のことまで考えても仕方がないです」

この対話を読むと、私は高校時代から農学部に行きたいという希望を持っていたようである。大学に入ってから、駒場の教養課程から専門学部に進学する際に、農学部の農業経済学科なら文科系の者も進学可能だったので考えたことがあるが実現しなかった。「放浪の旅なんかすてきですが、せめて家にじっとしていられたら随分いいと思うんですね」とも言っている。私は旅も好きだが、家でじっとしているのも好きなのである。主夫になれたらいいのになぁ、とはよく考えた。

第2章　大学生になって

【1】

僕が大学に入った年の夏に父が死んだ。

東大に首尾よく合格して僕が落ち着いた先は浪人専門の下宿だった。下宿探しが遅くなって、ほかにいいところが見つからなかったのである。横浜国立大学で教えているという家主さんと話したら僕のことを気に入ってくれたようで、大学生でも入居していいと言ってくれた。二階建ての棟が三つあって、そこに三十人ぐらい下宿していたと思う。家主さんは別の棟に住んでいた。僕の入ったのは奥の棟の二階で、三畳間だった。手前に小さい畳が一畳分三つ並んでいて、奥の方の二畳が一段と高くなっていた。

この下宿には不便なことが二つあった。一つは水道の便がよくなくて、特に夕方になるとたいてい断水してしまうのである。共同炊事場の下水管がもう古くなっていて、時々その下の部屋がびしゃびしゃになることもあった。もう一つは共同便所が二つしかないため、朝はたいてい人が入っていて使えなかった。だから大学の便所で用を足すことが多かった。その他に「女人禁制」という貼り紙がしてあり、家主さんからは女友達を連れてこないようにと注意されたが、これは僕にはさしあたり関係がなかった。こういう下宿だったし、掃除婦のおばさんでさえ「きたないわねえ」と連発するほどきたなかったのだが、僕は気に入った。日光がよく入ったし、部屋代が確か3千円ちょっとで、安かったからである。場所は小田急線の世田谷代田駅近くで、大学にも電車で一五分ぐらいで行けた。

大学に入って、僕はまた一人ぼっちになった。大学でクラスはあったが、一緒になるのはドイツ語と体育の時間だけだから、親しいというほどの友人はなかなかできなかった。サークルにも入らなかった。

下宿の隣部屋にいた人とは、夜多少話すことがある程度まで親しくなった。彼は当時慶應の3年生で、浪人時代が終わってからもずっとこの下宿にいたのである。大学生は彼と僕の二人だけだった。彼とどんな話をしたのかおぼえていないが、口癖のように、「住めば都ですよ」と言っていたのを記憶している。あと、彼は、ヘッセが好きだとも言っていた。

大学での授業には、はじめはだいたい出ていたが、大教室での講義は補聴器をつけても聞き取れなかったので、じきに出るのをやめた。音量は十分大きいのだが、マイクを通すと音が割れてしまうため、かえって分からなくなるのだった。先生のまん前に席を陣取ればたぶん分かっただろうが、それほどの熱意はなかった。それで受講する科目は、できるだけきちんと教科書のまとまったものだけを選択するようにし、自分一人で勉強できるものを選ぶようにだんだんなっていったのだが、最初の学期はまだ要領が飲み込めず、成績はパッとしなかった。大学で人気のある授業というのはだいたいおしゃべり上手な先生の講義で、そのさわりの部分から試験問題も作成されるわけだから当然の結果である。

私は一人になっても別に、寂しいと思ったりはしなかった。楽しいというほどでもなかったが、イヤでたまらないということもなかった。時間は十分あったが、退屈も感じなかった。というか、外食はしなかったので、毎日ご飯を炊き、おかずをつくらなければならなかった。それまで自炊の経験はなかったが、見よう見まねで何とかなった。冷蔵庫は使わなかったから買いだめはできなかった。

あとは散歩するだけで、残りの時間はたいてい本を読んでいた。多くは大学の授業の教科書や参考書だったと思うが、ほとんど記憶に残っていない。ただ、法律関係の勉強はかなりやったはずである。大学に入ったあと父に頼んで民法の本を送ってもらったことがあり、それを読んでいた。先に述べたように中学生の頃から父に勧められて法律書を読んでいたのだが、高校2年の終わり頃になったら、まず大学に入るのが先と父も考えたのか、中断していた。

夏休みは岡山の家に帰らないことにした。たぶん強がって見せたのだろう。しかし実際に夏休みに入り、下宿に残っている人がだんだん減ってくると僕も帰りたくなった。

姉もまだ、目白にある日本女子大学の寮に残っていた。卒論の準備でもしていたのではないかと思う。姉は7月の半ばに僕の下宿にやってくることになっていた。父や母が下宿をかわった方がいいと姉を通じて言ってきたのを僕は無視していたのだが、見るだけでもいいからと姉に言われて、一緒に見に行こうということになっていたのである。

だから、確か日曜日の朝から姉が来ても別に驚きはしなかったが、姉は黙ったきり何も言わないのである。何だか言いたげなのに言えないような様子である。それで僕は、ああ夢があたったのかもしれないと思ったのだった。その朝父が死んだ夢を見たのである。そんな夢を見たのは、窓際に布団を敷いていたために直射日光が当たり、夏になってからはいつも起きぎわは頭がクラクラするような状態だったことも影響していたのだろう。姉がどうしても言えない様子なので、

「お父ちゃんがどうかしたんじゃない？」

と、探るようにきいてみた。姉は何度か首を縦に振った。

「で、もうダメなの？」

「ううん、そんなにひどくはないんだって。今入院してるって……」

「なんで？」

「それがよく分からないの。さっき電話があったんだけど、そんなにひどくはないから、下宿を見てからすぐ帰るようにって」

昼過ぎまで父の友人だという鳥取出身のおばさんが世話してくれた、杉並区の久我山にあるアパートを見てから、その近くにあるおばさんの住んでいるアパートで昼御飯をごちそうになり、それから東京駅に行った。

こだまで京都まで行き、乗り換えて岡山に着いたのが夜の10時過ぎだった。

弟が一人で留守番していた。父は脳卒中で倒れたが、そんなにひどくないという。

姉が病院にいる母と電話する。長い電話で、姉はただウン、ウンと繰り返し言っていた。母は、今晩父の様子が急変したのですぐに来るようにと言ったのだそうだ。

国立岡山病院に行くと、エレベーターはもうとまっていたので、階段で六階の病室に行った。六

階の階段の近くに母が立っていた。

病室の扉に「面会謝絶」の札がぶら下がっていた。病室内には会ったことのないおじさんが一人いて、父と同僚の判事さんだそうだ。父を見ると、口もとと頭に細いビニール管がついていた。母が、早くお父ちゃんって呼んであげなさいと言うので、

「お父ちゃん」

とゆっくり大きめな声で言った。すると、眠り込んでいるように見えた顔がゆっくり動いて笑ったようになり、しばらくそれが続いてからまた元通りの顔に戻った。このちょっとあとに姉が同じように呼びかけたときにはもう何の反応もなかった。

東京の下宿での朝も暑かったが、岡山の病院の階段の折り返しのところに簡易ベッドを置いて過ごした数日間はもっと暑かった。全然風が通わないのである。父の病室にも家から扇風機を運んできた。その風も締まりのない風で、僕たちは何度もアイスクリームを買ってきて食べた。

母に入院前後の様子をきいた。母は薬剤師の仕事をしていたので、薬局に行くため金曜日に家から父と一緒に出発したが、何の用もないのに少しずつ片手を上げるのである。

「お父ちゃん、どうしたの?」

ときいたら父はビックリして手を下げたのだが、しばらくするとまたさっきのようにだんだんと手が上がっていくのである。母はヘンだと思って、そのまますぐにかかりつけの医者のところに父を連れていった。その医者は、

「脳軟化症です。家で安静にしていてください」

と言ったのだそうだ。母は、脳軟化症っていったらすごい病気じゃないかと驚愕して、医者にお願いして大きな国立病院に入院することになったのだった。そのとき父は気分が悪いとか、ものが分からないとかいうことはなくて、

「子どもたちには、ビックリするから知らせるんじゃない」

と母に言っていたそうである。その程度だったから、最初は十人ぐらいの人たちと一緒の病室だった。

翌日は土曜日で、係の先生が帰ってしまった頃から父の様子はだんだんとおかしくなっていったらしい。宿直の医師が来て、

「アーって言ってごらんなさい」

と言うと、そのときはちゃんと言えたのだそうである。苦しそうだったと母は言ったが、そのときはまさかこれが最後の言葉になるとは母も全然思っていなかった。その後父はしゃべれなくなり、意識もなくなり、病室はいったん四人部屋に移されたあと、さらに個室に移された。日曜日も宿直の医師が時々来て診察してくれていたが、医師は母からまだ家族や親戚には知らせていないと聞くとびっくりして、もうぐずぐずしている時じゃありませんよ、早く呼ばなきゃいけません、と言うので、母もそれを聞いてそんなに重い状態なのかと知ったのだという。

月曜日の晩から父はたんが気管につまって苦しみ始めた。看護婦さんに頼むと一時間に一回ぐら

い器械を使ってたんを取り除いてくれた。そのとき父はものすごく大きな声を上げた。われわれが来てから三日目の火曜日の早朝に父は死んだ。

病室で父の様子を見ているときに、父がびっこだったのをはじめて知った。左足が骨ばっていて、右の半分ぐらいの太さしかないのを見たときは、てっきり、今度の病気のけいれんで引きつってこうなったのだろうと思ったのだが、母にきいたら、もともとこうだったのだそうで、太さだけではなく長さもちょっと違うのだという。ずっと昔怪我したらしいのだが、どうしてこうなったのかは知らないそうだ。それにしても、小さい頃はたいてい父に風呂に入れてもらっていたのに、全然気がつかなかった。よく近所の人から、ゆうゆうと歩いてご立派ですねぇ、と言われていたのも、考えてみると、走らないのではなく走れなかったということなのか。ズボンがだぶだぶで、地面に届くほど長かったのも、びっこの脚を隠すためだったのかもしれない。母によると、靴底に敷物を敷いて高さを調節していたそうである。そのため松江では行きつけの靴屋があって、私も一緒に連れていってもらったし、姉のお古を私用に作り直してもらったこともあった。塀や屋根に登るとおかしなぐらいきつく叱られたことも思い出した。(注：姉からのメールでは、父がびっこになったのは若いとき柔道をやって怪我をしたのが原因と聞いている、とのことだった。)

元気だった父がなぜこのような形で急死することになったのか。父の死後解剖もしてもらったが、母からきいたところでは、父は私が東大に受かった後、岡山大学附属中学校の校長だった南先生のお宅に報告に行って飲んで、その時に酔って転んで頭をペチカにぶつけ、出血したそうである。

そのまま放置したら、7月になって、頭の血管が破れたということのようである。南先生はこのことを非常に苦にしていたそうで、そのためかどうかは知らないが、しばらくして亡くなった。

父が死んだ直後はそれほど悲しく感じなかった。大学に入学後しばらく父と会っていなかったためかもしれない。葬式は万事、父の職場だった裁判所の人たちが準備してくれたのでわれわれは特にやることもなかった。葬式場でも笑ってしまった。私は家族の葬式というのはこの時が初めてで、お寺ともほとんど縁がなく、葬式場のお寺のいろいろな置物や飾りが珍しかった。親戚と控えにいたらやがてお坊さんのたたく太鼓の音が聞こえてきて、それがポンポコポンポコと軽妙なリズムで、弟と顔を見合わせながら聞いているうちにおかしくてたまらなくなってふき出したのである。それにつられて親戚の人たちも笑ったのだった。たぶん来賓席にいた人たちにも聞こえただろう。でも、式に出てみると、来賓の席にいる人たちは目を真っ赤にしているのだった。父の死がきわめて急だったからだろう。

父は急に死んだので、財産らしいものは何も残さなかった。母が葬式前に何か計算していたが、それが終わると僕たちのところへやって来て、

「退職金と恩給と、それに私が今まで通り働いていれば、食べるだけは何とかなりそうよ」

と言い、にっこり笑った。

父の退職金や恩給の計算は最初は、戦後日本本土に戻ってきてからという計算だったが、一緒に働いていた判事さんたちがいろいろ言ってくれた結果、満州にいたときの分も計算に入れてくれ

ることとなった。ただ、満州の分は日本本土の三分の二とかだったと聞いた。

裁判所からは遺品をもらったが、法服だの判決原稿だのに混じって、女の人の手紙が入っていたそうである。母はその手紙を見せてくれなかったが、少し後でその人から母宛に届いた手紙は見せてくれた。満州にいたときに知り合った人らしくて、結婚しないで先生をしているそうで、その手紙を読むと、何もなかったんですよと書かれていて、父の片想いだったように読めた。僕が高校生だった頃に父は、九州の山村に住んでいるその人をはるばる訪ねていったことがあったらしい。母はいやがってそっとしておきたがったが、僕や姉や弟は、「お父ちゃんらしくていいやぁ」と冷やかして、笑い合った。

原稿Aには父の葬式前後のことはこれだけしか書かれていない。今読むとあっけないぐらい短くまとめられていて、触れるのをあえて避けたような感じもする。身近な人が死ぬと、それについて冷静に書けるようになるまでには随分時間がかかるということを妻が死んだあとも経験したので、当時の私の気持ちはよく分かる。

原稿Cを見てみると、父のことがもうちょっと詳しく書かれている。

父は学校でよくできたが、家が貧しく、教育熱心でもなかった。それで遠い親戚のおばさんがこのままで終わるのはもったいないと言って、父を早稲田に入れてくれたのだった。早稲田を出て、一緒に司法試験の受験勉強をしていた仲間はみな落ちた中で、父だけ受かり、満州に裁判官として赴任した。満州では裁判官のことを審判官と言っていたようで、そのハンコを見たことがある。

このように、人様のおかげで勉強させてもらえたことがよっぽど有り難かったようで、勉強しようという意欲のある人への応援は熱心だった。これは松江にいたときだったが、父と一緒に裁判所書記官をやっていた人が司法試験に合格したことがあり、お祝いするために合格した人の家に連れていってもらったことがあるが、父はすごい喜びようだった。親戚の中にも目をかけて援助していた人もいたのだが、これは受からないまま終わった。私も父の期待を受けて頑張らされたわけで、葬式の場で焼香するとき、父の位牌を前にして、お返しはするからね、と心に誓った。

先に述べたように、父は満州から引きあげてきてみるとしばらくは裁判官の口もなかったので弁護士業を始めたが、戦後すぐの当時は客がほとんどなくて、裁判官として再就職したのである。その際の、最高裁判所長官宛の求職状みたいなものを見たことがあるが、弁護士業をやってみたら世間は汚れていて、弁護士商売にはたえられなくなった、みたいなことが書かれていて、笑ってしまった。父は裁判官という仕事が好きだったんですね。でも弁護士時代に、たとえば浄土真宗の女性の住職さんを代理してお寺関係で勝った事件があり、この住職さんは父が裁判官になってからもしばしば顔を見せていた。

松江にいた頃はわれわれも楽しかった。一家そろって観世流の仕舞いや謡を練習し、京都の家元にも行ったりした。しかし、松江から鳥取、岡山と動くたびにいろんな管理職ポストがつくようになり、あまり楽しそうではなくなっていた。母に、出世しようと思って人を蹴落としてでも上にへつらう人がいる、なんて話も父はしていたそうである。父が仕事自体のことで悩んでいるのを見たのは一度きりしかなくて、それは父がはじめて死刑判決を言い渡した日である。これは父の死後はじめて母から聞いたことだが、刑事裁判官をしていた父の量刑は非常に重くて恐れられていたそうである。そういう点がお上の気に召して、上から引きあげられるようになっていったのかもしれない。母から聞いたところでは死ぬちょっと前に、東京に来ないかという打診もあったらしい。

弟が高校二年の途中だったので、母も当分岡山にいることになり、それまで住んでいた官舎に当分そのまま居らせてもらえることになった。夏休みの間に、鳥取市内にある曹洞宗のお寺に納骨のために行ったが、とにかく暑かった。鳥取市には父の兄の家があり、奥さんはもう亡くなって、父の兄は一人で住んでいた。父は分家したため、並びの場所ではあったが、お墓は別になっていた。本家の墓と分家の墓の間に大きな墓があって、これが組原家の創始者の墓らしいのだが、親戚の誰も詳しい由来は知らない。

なお現在、分家の墓はもうない。1999年に私の妻が亡くなった後、分家の墓に埋葬されていたお骨をすべて東京都の多磨霊園に移したためである。

〔2〕

夏休みが終わってから新しい下宿に移りそこで姉と一緒に暮らすことになった。引っ越した下宿は岡山に帰る前に姉と下見した久我山のアパートで、六畳間で、台所つき、便所は共同だった。

もともと僕を姉と一緒に暮らさせようというのが父のもくろみだったそうである。僕は一人ではちゃんとやっていけないと思われていたらしい。大学に入ったらできるだけ早く嫁を見つけ、僕の身の回りの世話をさせるのがいいと父は母に言っていたそうだ。そして、そのための生活費は僕が働くようになるまでは父が負担するつもりだったらしい。働くといっても普通の人のようにはいかないだろうから、父の地元の銀行にでも頼もうかということで、その銀行の株を実際に買い、その株券を母が父の死後見せてくれた。どうしてもダメなら、先に述べたように裁判官を辞めて弁護士開業し、そこの手伝いをさせようと考えていたのだという。僕自身はそんな心配をされているなんて全然気がつかなかった。

食事の準備は姉がやってくれたので、僕はヒマになった。こうしてまた本ばかり読む日が続くようになった。その頃私が読んでいたのは、ゲーテとニーチェである。ニーチェのものは大学の図書館で全集を借りてきて読んでいたが、この頃読んでいたのは『人間的、あまりに人間的』をはじめとする中期のアフォリズム集だった。通読するのではなく、頁をパラパラめくっては面白そうなところを拾い読みし、気に入った部分を筆写した。

姉とは一緒になって2ヶ月ぐらいたったところで喧嘩してしまった。姉は当時日本女子大学教育学科の四年次で、地理教育の卒論の準備に忙殺されていた。そのため帰宅が遅くなることが多く、姉はとても疲れていたらしく、食事の準備なども投げやり気味になっていった。その日も疲れていたのだろう、夕食の後姉はごろりと横になってしまった。僕が、

「お茶」

と言うと、

「自分で入れなさい」

「お茶」

「お茶ぐらい自分で入れたらいいじゃないの」

「いらないよ」

　こんなことで、その後姉とは全然話さなくなった。夕食も大学の食堂ですませるようになった。ほとんど病気ですね。一人で生活していれば料理も、食後の後かたづけもイヤだと思わずやっていたのに、姉と一緒になったら面倒でたまらなくなった。こんなわがままな性格だと、僕を満足させてくれそうな嫁さんなんて見つかりっこないと思う。

　姉と仲違いしていた頃はよく自転車であちこち走り回った。明るいうちに出ても、帰るのはたいてい真夜中になってからだった。よく迷った。スピードを出しすぎてよくランプが切れた。寒くなってくるとますますぶっ飛ばした。そのため肌がかさかさに荒れた。大学にも時々自転車で通っていた。片道50分ぐらいかかった。府中市多磨町の祖母の家にも時々行った。こちらは片道30分ぐらいで行けた。時々警官から職務質問を受けたが、当時はそのことをむしろ得意に思っていた。そういうのが格好いいことだと思っていたのである。

　こんなふうにしてやっていながら、やっぱり友達がほしいと思った。大学でも二、三人顔見知りはできたが、もっと打ちとけられる相手がほしかった。周囲にそういう人がいなかったので、大倉君に手紙を出すことに決めた。高校卒業後、彼がどこで何をしているのか、何も知らなかったのだが、高校生の時の住所を控えてあったので、そこへ出した。11月頃だったと思うが、彼からはすぐに返事が来た。

彼の手紙はいつの間にか散逸してしまい、現在封書一通とはがき一枚が残っているだけである。それも文通をやり始めた頃のではない。

彼は最初の手紙に、今デカダンの状態だと書いてきたと思う。大学入試にすべって、翌年もう一度受験するつもりでいたようだ。そしてそれは、大学に入れば4年間働かなくていいからなのだそうで、とにかく元気がなさそうだった。

僕は彼を慰めたりはしなかった。とにかく手紙のやりとりをする相手ができて嬉しくてたまらず、急に生き生きと手紙を書き始めた。特に大学で習ったばかりの唯物論関係のことについて、彼の気持ちなど考えもせずにせっせと書いては投函した。法律を自分なりに勉強していることも書いた。桑原武夫の訳したルソーの『告白』を当時読んでいて、この本はすばらしいとも書いた。日記のかわりに手紙を書いていたようなものだった。

彼が体系だとか主義だとかになじめない人であるのはよく知っていたが、そのように彼が言ってきても、また高校二年の時のように論争ができると、むしろ喜んだ。そして、意識的に彼とは別の立場をとろうとした記憶もある。

けれども彼から、僕が本来法律向きにできていないと言われたのには驚いたし、異論もあった。彼に言わせると、もし僕が法律などに生き甲斐を感じるなんてことがあれば、それは相当無理をしているのであり、いずれ疲れて、彼のようにデカダンになってしまうであろう、と。僕自身は裁判官流の中立公正やら潔癖さを好きなつもりでいたので、これは誤解だと思った。しかし別に反論はしなかった。

彼とのやりとりで印象に残っているのは、高校生の時に僕は彼に「女は嫌いだ」と言ったのだそうで、それが興味深かったと書いてきたことである。僕自身はそんなことを言った記憶がなかったが、ありそうなことだなとも思った。

こんな調子で勝手に書いていたためか、この年の暮れ頃には彼から返事が来なくなり、その後がらりと変わった感じの手紙が届いた。

まず、これまではマジメに相手をしていなかったと詫び、今後は少しは相手もできそうだと書かれていた。なんでも彼は生き返ったのだそうである。どういうことなのか見当もつかなかったが、結構なことには違いない。その後ちょっとして、「しばらくしたら東京で会うことになるだろう」とあった。

ちょうどその頃僕は一つもくろみを持っていた。女友達をつくりたいと思っていたのである。僕の周囲には僕と付き合ってくれそうな人はいなかったので、姉の友達のうちの誰かにしようと決めていた。具体的に誰にするかは、そんなに迷うことなくあっさり決まった。まだ姉と喧嘩する前に姉宛に手紙を書いてくる人がいて、姉からそれらの手紙を見せてもらいながら、どういう人なのかと尋ねることがあったが、その中で館岡えふ子さんという人のことが印象に残った。姉が言うには、きれいとか頭がいいとかいうより、普通の人とちょっと違うのだそうである。そして、姉への彼女の手紙にはニーチェを卒論のテーマにしているとあった。写真も姉に見せてもらったが、かわいらしい顔で、姉によれば小柄だということだった。

彼女は姉宛の手紙に、是非一度下宿をお伺いしたいと書いていたので、いつやって来るかと心待ちしていたのだが、一向にやってこなかった。姉と同じくもうすぐ卒業なので、それまでに関係をつくっておかないとチャンスはなくなってしまうかもしれない。そう思ってこちらから接近しようと考え始めたのだが、姉とはああだし、何よりじかに話し合ってうまく持っていく勇気も自信もない。結局、文通してくださいと書き送る以外に方法はないと思った。

冬休みに姉は岡山の母のところに帰っていたが、僕は大倉君から連絡があるかもしれないと思って下宿に残っていた。正月に店が閉まることとさえ知らなかったので、食べるものがなくなり、往生したのをおぼえている。そのとき館岡さんに送る手紙を書いていた。何度も書き直した。長いのや短いの、いろいろだ。しかし彼女がどういう人なのかよく分からず、したがって、彼女が僕の手紙にどう反応するか予想がつかず、あれこれ推測しているうちに面倒になった。それで最後は、文通してくださいとだけ書き、後は彼女の出方次第で決めることにした。包装紙を使って自分でつくった封筒に入れ、封をしてしまった。

ところがいざとなると投函する勇気がない。こんなことしていいのだろうか、と思った。それで封筒は机の引き出しに入れたままにしていた。ルソーの『告白』を読みながらどうしようかと考え続けていた。1ヶ月ぐらいたって、『告白』のどの部分だったかもう記憶がないが、そこに書かれている文章を読んで投函する勇気が湧き、すぐに投函してしまった。2月のはじめだった。やったぞ、と思ってついほほえみがこぼれ、そのほほえみを姉に見せまいと苦労した。

四、五日たって、姉が困ったような顔をして帰ってきて、

「館岡さんがね……」

と切り出したので、僕の方で先回りして、

「ああ、あの人に手紙書いて出したよ」

「うん、それは知ってるけど……」

「どうして?」

「館岡さんからきいたの」

姉の顔から判断して断られたのだなと思った。その通りだった。館岡さんは思いあまって姉に相談したのだが、姉は彼女にやめた方がいいと助言したらしい。彼女の方が年上なので、どちらかだけが好きになってしまったら不幸なことになるかもしれないと姉は言うのだが、僕にはその考えがよく分からなかった。館岡さんは、どうして住所が分かったのだろうといぶかしがってもいたそうだ。

次の日、彼女の返事が届いた。封を切ったら、僕が出した手紙が同封されていたのにまず腹が立った。バカにしてる。彼女の手紙の内容は、文通なんかより直接の付き合いの方がいい、彼女が相手をしても僕にとってはプラスにならないだろうし、僕は友達を見つけやすい場にいるのだから彼女でなければならないということもないだろうというものだった。そして、姉に相談してしまったことを詫びていた。

今読むとまったくもっともな内容なのだが、いかにもなだめすかされたような気がして、僕はカッとなり、その日すぐにもう一通書いた。それは邪推に満ちた内容で、僕の方では相手にすべき人は彼女しかいなかったから書いたのに、説教するみたいな調子で断ってくるなんてなんだ、と書き、さらに彼女を傲慢な人間と決めつけた。とにかく読んでもらわなきゃならないと思ったので、封筒の裏側に「開くだけは開けてください。見るだけは見てください。それだけで結構」と小さな字で書いておいた。僕の見込みではこれぐらい徹底的にけなしてやれば、あちらでも本音を吐くに違いないと思っていた。そして、別の相手がいないのであれば付き合ってくれるんじゃないだろうかとも思った。

【3】

館岡さんに2通目を出した翌日、大倉君は久我山の下宿にやってきた。彼は肌がよく引き締まり、元気そうに見えた。髪がかなり長くなっていて、後ろの方に厚みがついていた。ジャンパーを着ていて、持っている荷物はナップザックだけだった。その中に生活道具一切が詰めてあるらしい。きくと、ちょっと前から上京していたそうで、今は高校の音楽クラブで一緒だった人のところにいるのだという。久我山のアパートには前日も来たのだそうだが、僕は気がつかなかった。実は台所と六畳間の間のふすまをしめてしまうと入口のドアをたたいても聞こえないので、前日たぶん彼が来た後にブザーを取りつけたのである。つけた翌日さっそくこれが鳴って、出てみると彼だったわけだ。

彼は高校を出た後ずっと図書館通いしていたらしい。そこで僕と同様にニーチェも読んだようだ。やがて受験勉強がイヤになり出し、彼流に言えばデカダンになっていたところに僕の手紙が舞い込んだというわけである。

久し振りに会えたのが嬉しくて、僕はよくしゃべった。彼の方は最初の方は主に聞き役に回っていたが、自然な感じでよく笑った。

手許に置いてあった『告白』をもう読んだかと彼にきいてみたら、まだというので、勧めてみたら、

「もう冷たくなりすぎたから」

夕方になって姉が帰ってきた。館岡さんのことがあってから姉とはほんのちょっと話すようにはなっていたが、まだぎこちなかった。でもお客さんの前で黙っているわけにもいかないので、彼を姉に紹介した。三人で姉のつくってくれた夕食を食べ終わってからもそのままおしゃべりを続けた。

だんだんと大倉君と姉がしゃべるのを僕が黙って聞くみたいな形になった。姉は大倉君とはなかなかウマが合うようだったが、それより僕と黙りっきりの生活を続けてきたので、口を動かすこと自体が楽しかったのかもしれない。

館岡さんのことも話に出て、僕の二通目の手紙が館岡さんに届いたのを知っての上でか、

「私はやっぱりやめた方がいいと思うわ。年が離れすぎているから……」

年が離れていると言っても、たった三つ違うだけである。大倉君は僕の肩を持ってくれた。

この夜は三人が川の字になって寝た。大倉君と並んで寝るなんてことがあるとは想像もしていなかったので幸せな気持ちだったが、同時にちょっとでまたお別れなんだろうなとも思っていた。

翌日彼と二人で最初に銀座まで出て、それから別れた。以後2週間に一度ぐらい、大倉君は僕のアパートに来るようになった。僕の方からも何度か彼のいるアパートに行ってみたがいつも留守だった。彼は昼間はアルバイトをしていた。

彼の上京目的はフランス語を勉強するためのようだった。たぶんフランスに行くためだろう。彼は高校生の時から日本は嫌いだとハッキリ言っていた。息がつまりそうだとも、バカバカしい国だとも言っていた。当時僕は外国に行きたいとは思わなかったし、行けるとも思わなかった。日本が好きだの嫌いだのというのは、何の足しにもならないたわごとだと信じていた。

外国に行くことなど考えたこともなかったのに、僕は言葉の勉強は大好きだった。それで、また彼のマネをしてドイツ語以外に何か別の外国語を勉強してみようかという気になった。最初は、

彼と同じフランス語では邪魔しているみたいな気がしてロシア語に決め、二年間ぐらいNHKラジオと参考書で独習した。しかし、ロシア語の勉強を始めてからちょっとしてフランス語の勉強も結局やり始めた。最初は参考書だけで独習していたが、その後大倉君の通っているアテネフランセに通い始めたのである。フランス語の勉強をしたいというより、彼と会えたら愉快だなと思ったのである。クラスは違っていたが二度ほど会えたときはまったく嬉しくてたまらなかった。

外国語の勉強に関しては僕は浮気っぽくて、NHKテレビで中国語もやった。やっていたらスペイン語の講座もあるのに気がついてこれも同時にやった。イタリア語もいいなと思ってちょっとだけやった。ギリシャ語は、アルファベットをおぼえただけで頓挫した。日本語さえ十分聞き取れない耳なので、外国語がものになるなどとは最初から期待していなかった。だから、ちょっと分かるようになったら、これから先は無駄だと思ってやめるのも早かった。そして今、スペイン語を勉強し直している。

スペイン語は母音が日本語と同じなので、日本語が聞き取れればスペイン語も聞き取れるはずである。1976年にNHKテレビでスペイン語講座を担当していたのが寿里順平先生で、講座内容はラテンアメリカに住んでいる人たちの話が中心になっていた。ラテンアメリカで実際に話されているスペイン語の発音はスペインとはかなり違い、私の耳にはスペインで話されているスペイン語の方が聞き取りやすいが、とにかく、これでスペイン語の勉強とラテンアメリカの旅とがつながり、3年ほどスペイン語の勉強をしてから1978年11月にラテンアメリカ縦断旅行に出発したのだった。

【4】

それから一週間ぐらいして姉がまた思案顔で帰ってきた。

「館岡さんのこと?」

「うん」

「文通してくれるって?」

しばらく間を置いてから、

「返事を書いたけど、出せなかったんだって」

と言いながら彼女の手紙と僕の二通目の手紙とを一緒に差し出した。あれまぁ、また戻ってきたのか。

彼女の手紙を読むと「見るだけは見てください」と書いた僕の作戦は当たり、読み始めたら、誤解と一人合点に満ちた文面に怒ってしまってペンを取ったらしい。まっすぐ断らなかった点は彼女も率直に謝っていた。別に好きな人がいるとかでもないらしい。異性としての彼女を求めてくるなら文通はできないが、友達としてなら文通してもいいと彼女は思っているのだという。断ったのは、姉がやめた方がいいと言うからだということらしい。文通してくれるのかどうか、曖昧でハッキリしない内容だった。

それで僕の方から三通目を書いて出したら、それにはちゃんと返事が来たのだった。うまくいったと喜びはしたが、あまり満足でもなかった。僕が本当に望んでいたのは「女友達を持つということ」自体で、それも、できれば恋人のほうがいいに決まっている。ひどい回り道だ！　体は確かに大人になっていたが、自分だけの世界の中で生きてきた僕には、その先はまだ自分が登場しない訳の分からない世界で、その世界に入り込むには、ためらいと恥ずかしさが混じった感情が邪魔をしていた。「おくて」というのとはちょっと違って、普通の人ならなんでもないことができないので、その世界に入り込んだとしても、その先どう動けばいいのか見当もつかなかった。僕が難聴であるということは、たぶん姉が話して館岡さんも知っていたと思うが、僕の方からそのことをハッキリ言っていなかったこともすごく心に引っかかっていた。

館岡さんは当時とても忙しかった。卒論の指導教授から「テーマが大きすぎる」と言われてニーチェに関するテーマをあきらめ、別のテーマにかえたのが一つ。もう一つは、別の大学に学士入学するための入試の準備。それはフランス文学を専攻するためだそうで、姉の話では、こちらについては卒業間近になって決めたことらしい。この入試に受かれば彼女はあと二年間は東京にいると思うと、僕は、合格してくれるといいなと祈らずにはおれなかった。僕が春休みで岡山の母のところに帰っているときに彼女の入試があり、彼女は僕が姉と住んでいた久我山のアパートに泊まって、そこから試験を受けに行った。姉は就職のことで東京に残っていたし、館岡さんはそれまで住んでいたところを引き払って、群馬県の実家に引きあげていたからである。

彼女は学士入学の試験に合格した。そしてしばらくの間、片道2時間半もかけて実家から通学していた。僕は彼女が合格したことが嬉しいというよりは誇らしくて、その気持ちを書き送ったが、彼女は嬉しそうではなかった。彼女は、本当は自活したかったのだ。好きな勉強を続けるにしても、それは働きながらにすべきだと考え、そうできなかったのは自分が弱かったからだと悔やんでいるようだった。

一方、姉の就職先は母校の寮監だった。職名だけで判断するといい就職口みたいだが、実際は一種の監禁生活を強いられるので、皆いやがって、なり手がいないのだそうだ。姉も本当はアパートから通勤できるところに決めたかったのだが、僕との関係があぁいう状態だったのであえてこの仕事を選んだらしい。

岡山の母と弟は、それまで住んでいた官舎から出て新たに住むところが決まったので、弟が高校を卒業するまで岡山にいて、それから上京することになった。

僕の当面の目標は司法試験に受かることだった。これは父の供養のために誓ったことなので、法曹になるとかということは全然考えていなかった。そして、僕としてはできるだけ早く受かりたかった。司法試験は2年間の大学教養課程を終えれば第二次試験から受けることができたが、第一次試験に受かれば教養課程に在籍中でも第二次試験を受験できたので、その年のはじめに実施された第一次試験を受けたら受かった。高校の教科書を理解していれば解けるような問題ばかりで、僕には非常に簡単だった。それで、続いて第二次試験の準備を始めたのだが、当時は、択一、論文、口述試験の最初の択一試験の三科目（憲法、民法、刑法）もまだ全部はやっていない段階だったので、5月の択一試験までにはとにかくこの三科目をやっておこうと頑張っていた。大倉君から法律に向いていないと言われても、僕はとにかく受かりさえすればいいと考えていた。

［5］

三、四通手紙を書いたら、館岡さんがどういうことを考え、どういうことに関心を持っているのか、だいたい飲み込めたような気がした。

もっとも僕は彼女の手紙をよく読んではいなかった。たいていただ一度だけさっと読むだけだった。それより彼女の手紙には何となく僕を反発させるような語句が使われていて、それにどう反論すればいいのか考えはじめてしまうということもあった。誤解だと言われても、それはこっちの言うことだと頑固に思い込んでしまうようなところが僕にはあった。

彼女の主要関心事は、何を信じたらよいかということだったらしい。彼女は、神を信じたことは一度もないという。大学四年の時に唯物論研究会に入っていたそうだが、それも同じ関心からだそうである。ただ、唯物論というのはあまりに巨視的すぎてピンと来なかったそうで、結局、信じられるものは自分の実感だけだというのが当時の彼女の考えだった。

館岡さんには、ちょうど僕が大倉君を眺めていたような感じで付き合っている友達がいて、彼女はその友達にとても惹かれていたようだ。その友達は館岡さんの考えをもう一歩進めて、信じるに足るものなんて一つもない、つまり万事は虚無である、という、どこかで聞いたような考えだったらしい。にもかかわらず人は「愛」を求めて行かざるを得ないのだともその友達は言っていたそうだ。つまり、「愛はまやかし」であることが分かっていながら「愛」を求めざるを得ない、ということである。館岡さんによれば、これと比較すれば僕はおよそなんでも信じていける、そういう人間なのだということだった。

僕は館岡さんよりその友達の方がステキだと思った。なんとかその友達に会ってみたくなった。勿論それを言うわけにはいかないので、大倉君のことを頭に置いていろいろ書いたようだ。結局館岡さんの友達には一度も会わなかったが、僕は、館岡さんと大倉君、館岡さんの友達と僕という組み合わせが落ち着きがいいと思った。ゲーテの『親和力』みたいな発想である。

これまでも述べてきたように、僕は耳が遠くなってからはとにかく普通になりたかった。普通の人と一緒でありたくても、どうしようもなく違っているのである。その違うということと、「非凡」であることとが混線しているような感じを、館岡さんと文通しながら僕は感じた。そして、館岡さんは「非凡」になりたいんだな、と僕は思い込み、「見方によっては、すべての人が非凡です」などと書いたりした。

5月の半ば過ぎに館岡さんは都心の下宿に移り、彼女の妹と同居していた。

そのちょっと後僕は、第二次試験の択一試験にすべった。とうとう三科目全部に目を通すことは間に合わなかったので、試し受けとさえ言えない状態だった。

6月になって、「愛」がどうこうという議論に僕は飽き飽きしてしまい、もうここら辺で文通はよそうと決めた。難聴のことも打ち明けられずにいたので、そのままできれいに終わらせたいということだったのかもしれない。「本当の自分を隠し、ただ付き合いたいためだけの付き合いという感じで書いてきた」みたいなことを書いて、それを詫び、文通はもうよしましょう、と僕は書いた。

それに対する館岡さんの返事は次のようなものだった。

「今日あなたの手紙を受け取りました。読んで愕然としました。自分が今まで何をしてきたのか分からなくなりました。

今こうして落ちついて考えてみると、あなたが書いていらっしゃることには矛盾があるように思えます。「今まで書いたことはウソということになりますが残念ながら否定できません」と言いながら、「あなたにまるっきりのウソでかためた手紙は書いておりません」と。私にはわかりません。(中略)あなたは意識的に自分をあらわさぬようにしたとおっしゃいますが、そういう文面でも本当の自分というものが姿をのぞかせるのではないかと思います。私はそう思うのです。現に今度のあなたの手紙を読んでいても、私のあなたに対するimageがかわるようなことはほとんどありません。ただあなたが秘密にしていらっしゃることは私にはわかりませんが……。

私があなたとの文通を承諾したのはあなたへの何らかの信頼があったからだと思うのです。今度のあなたの文面を読んでいても、その信頼が崩れたと感じるわけではないのですが、愕然としました。それもなぜだかわからないのですが、あなたの私に対するimageが現にこうして生きている私とあまりに違っていたからなのかもしれません。(中略)

「普通の人間」にかえれるあなたをよいなと思うと、あなたが本気でおっしゃっているのか……私には皮肉のように聞こえます。(中略)

何も書く気がしなかったのですが、書いているうちに長くなりました。あなたが誤解とおっしゃるような「ズレ」があったことは確かでしょう。そしてこのまま文通していっても、そのズレがどうなるものかわかりません。それはお互いの努力によって埋められるでしょう。今のあなたがそれを欲しないなら、それはそれで仕方のないことでしょう。

ただ、私にわからないのは、表面的な挨拶のやりとりがどうしてあなたにとって意味があるというのでしょう。それも真実の関係を求めるあなたにとって。

と言っても、私はあなたのprivacyに触れたいなどとは思っていません。言いたくないことは言いたくないのだし、言いたい相手には自然と言いたくなるでしょうから。それにタイミングというか、流れるように何かを言いたくなる時期があるでしょうから。

書いてさっぱりしました。

私にはやっぱりあなたがはっきりつかめていないのですね。だいたいの輪郭しか。

今日はこの辺で。

6月6日　えふ子」

この手紙に具体的にどういう返事をしたのかおぼえていないが、努めて冷静に対応しようと努力したと思う。僕はこの手紙ではじめて女らしさみたいなものを感じて、好きになった。そして、6月中に僕が難聴であることも彼女に告げた。

〔6〕

その頃大倉君が引っ越した。そのことに関して今でも恥ずかしく思っていることがある。

引っ越し先が決まる前に彼が僕のアパートにやってきたときに、落ち着き先が決まらなくて彼が困っているのにすぐ気づいた。そして、僕と一緒に住んだらどうかとすすめてみようと思い、それを言おうとする一歩手前でのみこんだ。彼もそれを望んでいるようだったのに。彼と一緒になればダメになる—勿論僕の方が—と、僕は本能的に感じた。そう感じたのがあたっていたのかどうかは別として、とにかくすすめなかった自分を恥ずかしく思い、今もそれは変わりない。

彼の新しい下宿は僕のところから自転車で5分ぐらいの距離だった。近かったので何度か行ったのだが、いつも留守だった。その頃彼がどういうふうに暮らしていたのか、今も分からない。ただ彼は以前と同じぐらいの頻度で僕のところに訪ねてきてくれていた。

7月になって、姉が僕のところに来たときに、生活費がなくなったと言うと、姉は、

「たまには私の方へ取りに来たら?」

と言った。その頃は、姉が生活費を届けに来てくれていたのである。次の日曜日に日本女子大に

近い目白駅で待ち合わせることにした。姉がいる寮には女性しか入れないからである。

約束した日は暑かった。そのうえ風がないものだからむしむしする。下着のシャツは着ないで、ポロシャツ一枚で出かけた。目白駅の改札まで来ると姉が立っていた。妙にニコニコしている。この暑いのに何が嬉しいんだろう、と思いながら改札を出ると、姉の横に若い女性が立っているのに気がついた。

「誰だと思う?」

「誰って言ったって…ああ…」

下着を着てこなかったことをさっそく後悔した。

「お金はあとであげるわ。その前にどこか喫茶店にでも行って、お話ししない?」

「またにしてほしいんだけど」

「そんなこと言わないで、ねっ、いいでしょ?」

「……」

当惑してしまった。館岡さんも同様らしい。彼女は曖昧に笑って見せた。ところが姉は一人で決めてしまって、切符を買いに行った。どこかいいところを知っているらしい。館岡さんを改めて見てみると、彼女はちょっと顔をそらせた。水色のゆったりした感じのワンピースを着ていて、そのせいか写真よりはふっくらして見えた。

電車の中で、今日は帰してくれないかともう一度姉に頼んでみたが、姉は全然取り合ってくれなかった。代々木で降りて喫茶店に行くまで、姉の足に少しも迷いがなかったところをみると、姉の行きつけの喫茶店だったのだろう。薄暗い喫茶店で、テーブルごとに青色の照明が当たるようになっていて、ちょっとしゃれたムードだった。それはそれでいい。困ったのは、音楽がうるさくて声がよく聞き取れないのだ。補聴器をつけてみたが、声が雑音に消されてしまう。まいった。「さあ話しなさいよ」とか、「こんな時には大いに話すものよ」とか言って、姉はしきりに促したが、声が出ない。館岡さんもやっぱり黙りがちである。

入って10分ほど経ってからだと思うが、姉が、

「私、帰るわね」

と言って立ち上がり、包んだお金を僕の前に置き、三人分の勘定を済ませると出ていった。ああ、いい気なもんだな、姉ちゃんも。

何をしゃべったらいいか分からなかったので、かなり長い間彼女の顔をじっと見つめていた。照明のせいか、外で見たよりやせて見えた。顔もきれいだったが、特に鼻の線が上品でステキだと思った。こういうデートをしたことがなかったので、現実味が感じられなかった。やがて彼女の方から話しかけてきたが、何を言っているのか聞き取れなかった。姉の声よりずっと小さい。これではいけないと思って、大いにしゃべりまくってやろうと決めた。そうすれば僕のペースで話が進められるから、少なくとも何の話をしているのか分からないということはなくなる。彼女の言うことには、ああ、とか、はあ、とか言って、適当に答えておけばいい。僕はもともとは、しゃべるより

は聞いている方が好きだが、そんなことは言っておれない。主に手紙で意見を交換したことについて話したと思う。とにかく口を動かさなきゃという意識が先に立つものだから、何をしゃべっているのか僕自身もよく分からなくなった。

そんなふうにしてどれぐらいたったのか、とにかく僕にはすごい長時間のように思われた。トイレに行きたくなり、それを我慢しているうち、とうとうこらえきれなくなった。彼女に断ってトイレに立つのが恥ずかしかったので、

「もう、出ましょう」

と言って立ち、先に店の外に出た。彼女を待たずに駅の方に歩き始めたら、彼女が後ろから小走りに近寄ってきて、手を差し出した。ぽかんとしてその手を見たら、姉が置いていってくれたお金の包みを彼女は握っていた。思わず笑いながら、彼女の手にじかに触れないように注意しながらその包みを受け取り、ポケットに突っ込んだ。彼女もおかしくてたまらない様子で笑った。

彼女と僕とは方向が逆になるので、同じ電車に乗らずにすむのが嬉しかった。駅の構内で別れてからすぐに便所に飛び込み、それからできるだけゆっくりとホームに出ると、向かいのホームに電車が入っていた。電車が行ってしまったあと、もう彼女の姿はなかったのでホッと安堵した。同時に力が抜けてぐったりしてしまった。楽しいどころではなく、2、3日は疲れが抜けなかった。

このちょっと前から僕は徒歩旅行をしようと思っていた。場所は、まだ一度も行ったことのなかった東北に決めた。遊びに来た大倉君にこのことを言ったら、彼も近々東北へ行こうと思ってい

たのだそうである。彼はいろいろ教えてくれたが、彼に言わせれば旅館に泊まるなんてバカのすることで、野宿するなり、通りすがりの民家に泊めてもらえばいいということだった。彼自身はいつもそうしていると言うので、僕もまねすることにし、寝袋を買ってきた。そして、野宿している自分の姿を想像しながら、アパートでも寝袋で寝ていた。

一人旅ははじめてで、どういうものになるのか見当がつかず、旅のことを考えると不安になった。それで、今から考えるとおかしいぐらい入念に準備した。ノートに必要と思われるものを細大漏らさず書いたら、一頁まるまる埋まってしまった。それをリュックに詰めてみるとぎゅうぎゅう詰めになり、必要なものをすぐに取り出すのは難しかった。そのリュックをかついでアパートの室内を歩き回り、旅の予行演習をした。仙台の母の知人と、秋田の親戚のうちに、宿をお願いしますとはがきを出しておいた。

いよいよ出発の前日になり、食べ物を残らず始末した。それで、外食しようと思って外に出て、バス停のところまで来たとき、ちょうど向こうからバスがやってきた。そのままちょっと歩いていたら、僕の横から女性の顔がにゅっと出てきた。館岡さんだった。息がハッ、ハッ、と言っている。

「今のバスで来たの？」

「ええ、降りようと思って立っていたらあなたが見えたから」

「で、何か用？」

「……」

彼女が黙っているので、ハァと首をかしげたら、彼女は笑って、

「ちょっと話したいの」

それで、アパートに戻ろうとしたら、彼女が追ってきて、何か言いたげだ。

「ああ……じゃ、井の頭公園ではどうですか？」

「どのぐらい？」

「歩いて一五分ぐらいかな。ゆっくり行けば、もう少しかかるかもしれない」

「いいわ」

しばらく先になって歩いてから後ろを振り返ると、彼女がだいぶあとからついてくる。彼女なりにはやあしで歩いている様子だが、ついて来れないようである。彼女が近づくまで待って、それからまた同じことを繰り返した。一緒に歩けばよさそうなものだが、僕は人と並んで歩くのは嫌いだった。彼女の方は当惑した表情だったが、僕が立ちどまっていて距離が近づいてくると微笑んで見せた。

そんなことを何度か繰り返しているうちに、妙なことに道に迷った。いつもなら行ける公園が出てこない。彼女が近づくのを待ってから、

「あのー、道に迷っちゃった」

彼女は笑い出して、

「だって、知っているんでしょう？」

「うん、よく行くよ。でも、迷っちゃった」

彼女が通りがかりの人にきいてくれた。どうやら、公園のまわりをぐるぐる歩いていたようで、左に折れると5分ぐらいで公園に着いた。公園の池の前のベンチに並んで腰掛けた。それから補聴器をつけた。雑音がないので、よく聞こえる。

彼女は、このまえ僕と会って話してみても、僕が何者なのかまったく分からなかったそうで、それをききに来たというのである。なんだ、そんなことか。おかしくなってゲラゲラ笑ってしまった。しかし、無理もない、僕だって何をしゃべったのかちんぷんかんぷんだったから。

僕はこの前みたいな話をする気はなかったので、この日はもっぱら彼女の生活の様子をきいた。家族の人数だとか、一緒に下宿している妹さんのこと、実家の仕事、彼女が1週間に何回風呂に入るか、買い物はどうやっているのか、といったようなことだ。質問のたびに彼女は、「どうしてそんなこときかなきゃならないの?」といった顔をし、実際何度か口にも出してそう言った。一番意外だったのは、彼女が、早くお嫁さんになりたい、そして子どもがほしい、と言ったことである。それを聞いて僕は、彼女みたいになんだか学者みたいな人とちゃんとやっていくにはよっぽど頭のいいお婿さんでなきゃ無理だなと思った。

その日は3時間ぐらい話して、吉祥寺駅で別れた。今度はこの前と比べるとずっと仲良しふうになって、二人ともニコニコして別れることができた。僕は本当にゴキゲンだった。

[7]

その翌日の早朝下宿を出発した。予定通り福島駅まで列車で行き、そこから歩き始めた。福島市街を北に向かって歩いていたら、いつの間にか奥州街道に出た。別に面白い眺めもない。自動車、それも多くはトラックがひっきりなしに走っている広い道路をただ歩き続ける。一時間ぐらい歩いたあと乾パンを食べながら一休みし、また歩き続ける。そうして昼まで歩いてから、ドライブインで牛乳を二本飲み、さらに歩き続ける。午後3時頃になると「仙台まであと○km」という看板が出始める。今日中にはとても着けないと分かりだした。

今地図を見ると福島市から仙台まで約80キロメートルあるから、だいたい2日はかかると分かるし、列車時刻表でも所要時間を調べれば1日どのあたりまで進めるか、およその見当はつく。けれどもこの時は、1日歩いてどの程度行けるのか、全然分かっていなかった。

やがて足が痛み出した。少し休めばいいのに、バカみたいに歩き続けた。それでも小川に出たときは、ちょっと土手に座って足を水につけた。ヤギが放し飼いになっていた。

夕方になって、今日は白石まで行けそうだと見当がついた。白石駅の二つ手前の越河（こすごう）駅に着いたときは本当にホッとした。そして、このあとは列車にしようと思って時刻表を見てみると、次の列車まで1時間ある。1時間待つなら歩いた方が早いんじゃないかと思い、また歩き出した。ところが僕の持っていた道路地図では分からないのだが、このあたりから坂道ばかりになった。上り坂と下り坂が交互にやってくる。そしてまわりは山ばかり。暗くなってきて、風が冷たくなる。

通過する自動車もまばらになってきた。白石の一つ手前の駅はいつの間にか通り過ぎてしまったらしい。そこで、まだ暗くなったばかりなのに、野宿するのに適当な場所はないかと考えながら進んだ。ドライブインに出たので、そこでカツ丼を食べたらちょっと元気になった。しかし、体はかえってだるくなった。道から脇に入るとすぐ山林なので、ヘビやトカゲが出るんじゃないかとこわくなって、ここら辺での野宿はあきらめた。

どうしようかなあ、と思いながら歩き続けていたら、先方に街の灯りが見え始めた。やれやれ。ところが、山にさえぎられて見え隠れするその灯りは目前のように見えるのに、歩けど歩けどたどり着かない。2時間も歩いたというのにまだだ。だんだんイライラし始めた。歩くのがイヤになったのと、温泉でゆっくりするよりは野宿の方がステキだと思ったのとで、白石まで行くのはやめようかと考え始めたころ、家々がまばらに建ち並んでいる場所に出た。そこに交番があったので、ちょっとためらってから入る。奥の方で、家族で夕食中のようだった。出てきたお巡りさんに、

「あのー、白石まで歩いてどれぐらいですか？」

「歩いて？」

「はぁ、旅行中なもんですから」

「そうねぇ、30分ぐらいかなぁ……」

「そうですか。この辺に旅館はありませんか？」

「白石まで行かんと、ないね」

「寝袋持っているんですけど、このあたりで野宿してもかまいませんね？」

「野宿？　そりゃかまわんが、しかし、野宿は体にこたえるよ」

そうなのかな？　なにぶん経験がないので分からない。お巡りさんは、心配そうに、というよりいぶかしそうに、

「少ないけどバスが通るから、白石まで行った方がいいんじゃないかと思うけどね」

「いや、いいです。どうもおじゃまさま」

交番からちょっと行ったところで横にそれて、畑道に入っていってみた。ひゃあ、すごい蚊だ。こんなところではとてもダメだ。

もとの道に戻り、今度は幅3メートルぐらいの横道に入っていってみる。両側とも田んぼで、道路脇にわらが積んである。ここに決めた。すぐに寝袋を出して広げ、横になる。蚊がいるので、頭も寝袋の中に入れ、顔の上にタオルをかけた。しかしなかなか寝つけない。かなりたってからだったと思うが、小雨が降り始めた。足の部分をビニールで覆う。寝ころんだまま、胸のあたりがかぶさるように傘を広げて置いた。眠るどころじゃない。そうやってごそごそ動き回っているうちに、わら屑が寝袋の中に入ってしまってチクチクささる。おまけにムッとするような湿気である。夜中過ぎに雨がやみ、ちょっとうとうとしたと思ったら、まだ暗いうちから目がさめた。しばらくそのままじっとしていたが、居心地が悪い。シャツを着替え、荷物を整理してからまた歩き出した。

歩いてみたら、足がビックリするほど痛んだ。そして体を動かすのがだるい。それでも30分足ら

ずで白石市街に入った。なんだかバカを見たような気がした。

道路には人がほとんどいなかった。白石市の中心部に入ったと思われる頃、前方からブルドッグみたいな大きな犬がやってきた。悠々たるものだ。僕はこわくなって横道にそれ、回り道をしていたらいつの間にか市街を抜けていた。だるいから列車にしようかなぁ、と内心考えていたのだが、いったん駅を通り過ぎてしまったら戻るのが面倒になり、そのまま歩き続けた。

もう白石まで引き返すことはとてもできないと思われるぐらい行ったときに、また雨が降り出した。しかも相当強い。傘を差し、レインコートを着て1時間ばかりも歩いただろうか、やっぱり誰にも出会わない。時折車が通過するだけだ。いったい何時だろうかと思って時計をみると、なんだ、まだ5時である。この1時間でほとほと疲れてしまった。歩くのがイヤになった。と言っても、ちょうど川沿いの道で、線路は川の向こう側で、そして橋一本ない。仮に橋があったとしても、駅までどれぐらいあるかわかったものじゃない。ぶらりぶらりと、浮浪者みたいな足取りで進んでいたら、やっとドライブインに出た。

朝飯を食べていたら、横にトラックの運転手さんらしいおじさんがいたので、乗せてもらえるかな、と話しかけた。

「あのー、トラックでしょ?」

「ああ」

「仙台の方へ行くんだけど、乗せてくれませんか?」

「ああ、いいよ。こっちも助かる。一人だと、眠くってね。あんた、旅行してんの？」

「ええ、東京から」

「へぇ、東京から。いつ出たの？」

「もうだいぶ前。歩いてきたんで」

「へぇ、すごいじゃないか。おーい、姉ちゃん、この若い人、東京から歩いてきたんだってよー」

給仕をしていた若い女性も近寄ってきた。

「そいで、どこまで行くつもり、あんた？」

「北の方ならどこまででも」

「そりゃでっかいことやるじゃないか。俺はこれから札幌まで行くよ」

「へぇ、北海道。すごいなぁ」

「なに、いつも行ってるからな。別に面白くもないよ。でも、あんた目的でもあるの？」

「目的？」

「そう、目的。ええっ、なんで歩いているの？　あんた学生さんだろ？」

「大学だけど……別に目的なんてないなぁ」

「ないって言ったって、やっぱり何かしらあるだろう？」

「ウーン、何もないなぁ。ただ歩いているだけだから」

「へぇ、ただ歩いてるだけ？　ふーん」

このおじさんの運転していたトラックは大型で、座席の後ろの寝台には彼の相棒が寝ていた。カーテンが掛かっていたが、僕たちが乗るときにちょっと顔を出して、また引っ込めた。トラックの中はうるさくておじさんの声は聞き取りにくかった。しかし、耳が遠いんです、と言ったら大きな声でしゃべってくれた。彼らは名古屋から来たそうで、本社がそこにあり、奥さんもそこに住んでいるそうだ。週に一度はこの道を通るのだという。

「あちこち行けていいですね」

「景色を見てるヒマなんて、ないね」

おじさんはちょっとムッとしたみたいだった。

トラックはビックリするほど速かった。ほんの1時間足らずで仙台郊外まで来てしまった。その頃はもう雨もやんでいて、僕は仙台バイパス入口で降ろしてもらった。

それからまた歩き始めてみたら、感じがかわってしまったのに気づいた。トラックに乗ったらリズムが狂ってしまって、どうしてもぶらぶら歩こうという気にならない。仕方なく電車に乗ることに決めた。近くの名取駅に行って、朝のラッシュにもまれて仙台駅に着いた。まだ朝の9時前だった。

仙台に住んでいる母の知人宅には、たぶんこの日の夕方頃に行けると思うと速達を出してあったので、夕方までどうしようかと駅の待合室で考えたが、疲れたのと、眠いのと、そして持ち前の短気さが一緒になって、もう東京に帰ろうと決めた。知人の家に、事情があっていけないとハガキを書いて投函すると、すぐに上野行きの急行に乗った。

[8]

館岡さんに、帰ったと書いて送ったら、すぐに返事が来た。ビックリしたようだった。そうでしょう。僕もゆっくり寝たら、今度のことが何ともだらしなく思われ、もう一度行ってみようと決めた。今度のことで、疲れすぎると根気がなくなることが分かった。疲れないように、荷物はできるだけ少なくしたが、寝袋は、迷ったあげく持っていくことにした。そして、途中で帰りたくなっても帰りにくくするために均一周遊券を買った。

こうして1週間もたたないうちにまた出発した。仙台までは別に変わったこともなく着いた。ただ、列車の窓から眺めるのと、歩きながら行くのとでは景色が全然別のもののように見えた。

仙台では、この前泊めてもらう予定だったところにもう一度手紙を書いてお願いした。これは母の友達の薬剤師さんの家で、東北大学の近くにあった。その人の夫に娘が三人、婿養子だという長女の夫も同居していて、その間にまだ赤ちゃんの子どもが一人いたから、七人が同居していた。みんなとても親切に受け入れてくれたのだが、最初来る予定だった日の夜は遅くまで夕食を食べないで待っていてくれたのだそうで、その後さらにのこのことまたやってきたのだから、あきれかえっていたのではないかと思う。下の娘さん二人は東北大学の農学と薬学専攻の学生で、結婚した長女も東北大学卒だそうだった。テレビがない家で、そのおかげでいろいろ話した。みんな理科系なので、文科系とどっちがトクなのかという話をしたことはおぼえていて、おじさんが即座に、そりゃぁ文科系だよと言ったのが今も頭に残っている。観光もしたらと言ってくれたので、二晩泊めてもらって、翌日は一人で松島に行ってきた。塩釜まで列車で行き、そこから船に乗ったのだが、間違えて手前の桂浜というビーチで降りてしまった。ビーチに寝ころんで、午後まで昼寝した。松島には特に興味はなかったので、あとは仙台に戻ってきて、街の中をぶらついた。

二泊後、まず平泉駅まで行って、中尊寺まで歩いた。つい先だって50キロメートルぐらいも歩いたはずなのに、駅からお寺までのわずかな距離がだるくてたまらなかった。山の上のお寺には、一般の人も泊まれますと書いた札がぶら下がっていたが、まだ早かったのですぐに引きあげ、盛岡まで行って、駅で近くの宿を斡旋してもらった。一人で宿に泊まったのはこれがはじめてである。名前を聞かれたので、東大の学生証を見せたら、テレビつきの部屋にかえてくれた。

部屋に電話があったが、かかったら困ると思って受話器をはずしてから旅館の中をブラブラして様子をみた。部屋に戻ってみたら、はずしたはずの受話器が元通りになっている。あれっ、女中さんが戻したのかなと思いながらまたはずすと、ちょっとしておかみさんがやって来て、黙って受話器を元に戻してから、

「この電話は、はずすと自動的に下の方でベルが鳴るんです。壊れたのかと思って来てみたんですが……」

「はあ、どうも」

僕は恐縮して、きちんと座って謝った。おかみさんは硬い表情をしていたが、僕が、耳が遠いので電話が嫌いなんですと言うと、すぐに気の毒そうな顔になり、お風呂の時は女中を部屋まで行かせますからと言って出ていった。街に出てみたが、盛岡城趾ぐらいしか見るものもなさそうで、旅館のすぐそばのレストランで夜遅くまで時間をつぶした。

これ以来、僕は部屋に電話が備え付けてあるような旅館には、一人ではできるだけ泊まらないようにしている。あれこれ世話を焼かないで放っておいてくれるのが一番いい。そういう僕の好みだと、スペインとかイタリアの田舎にあるペンションはすばらしい。宿代は安いし、部屋にはきちんと鍵がかかる。それでいてなんとなく旅行者の心をあたためてくれるような雰囲気があって、くつろげる。

翌朝、盛岡駅で行き先をじっと考えていた。結局、親戚のいる秋田に決めた。はがきの返事は来なかったが、改めて返事をするまでもないと考えたのだろうと思っていた。田沢湖線に乗って秋田に向かうと、途中、田沢湖近くの景色がきれいだったので降りようかとも思ったが、足が動かず、窓から眺めてただボンヤリしていた。

お昼前に秋田に着いた。親戚というのは、東京の府中に住んでいる母方の祖母がもともと秋田出身で、母が住所を教えてくれたので、僕は行ったことはなかったが行ってみようかと考えたのである。田舎だから小さい町だろうと高をくくって、駅近くの本屋でちょっと地図を立ち読みしただけでその家の方へ歩き始めた。地図を見た感じでは道路が縦と横に整頓された感じで並んでいたのですぐに見つかると思った。そして、かなり距離はあったが、親戚が住んでいる泉銀の町に割とすんなりと出た。ところが肝心の目指す家が見つからないのである。ヘンだなぁと思って通りがかりのおばさんにきいてみたら、この町は随分細長い町で手前に広がっている畑の向こう側も同じ町だということだった。それで、あぜ道を歩くような感じで向こう側まで行き、探してみた。ところが、こちら側には町名や番地の表示がまったくなく、そのうえ家があちこちに散らばっている。親戚はその頃引っ越してきたばかりだったが、ここら辺全体が最近造成されたばかりの住宅地のようで、人にきいてみても、誰も近所のことを知らない。探しているうちに強い日光で頭がクラクラし始めた。一軒一軒まわってみるなんてとてもできそうにない。それでも、小さな食堂でラーメンとかき氷を食べたらちょっと元気が出て、しばらくうろうろ探したのだが、見つからなかった。バス停が出てきたところで、たまたま向こうから秋田駅行きのバスがやってきたので何も考えずに乗って、いったん駅に戻った。このまま見つからないのもしゃくだと思って、今度は荷物を駅に預けてから、タクシーで行ってみた。すると着いたところは最初に行ったところである。運転手さんは二、三人にきいてみてくれたが、見つからなかった。あきらめて、歩いて駅に戻った。

あとになって母からきいたところでは、どうやらその家はバス停の脇からちょっと奥へ入ったところだったらしい。母は、岡山から上京したあと、秋田のこの親戚宅にも遊びに行ったのである。母が行く前に親戚は地図を書き送ってきていて、確かに分かりにくい場所のようだった。

親戚の家探しにのぼせ上がっているうちに暗くなり始めた。歩き疲れて、もう足がいうことをきかない。秋田市内の旅館を探すぐらい簡単なことだと思うのだが、それさえ面倒でイヤになった。そしてこの前仙台に着いたときと同じで、もう帰ろうという気持ちになった。ちょうど上野行きの夜行列車が出るところだったので、それに乗り込み、車内で駅弁を食べ終わるとすぐに眠り込んでしまった。

ふと目がさめると、ぼーっとした目にかわいらしい女児が入ってきた。かわいらしいなぁ、とボンヤリ見ているうちに、ああ夜行列車に乗っていたんだと思い出した。外はもう真っ暗になっていて、僕の顔がガラス窓に映っている。なんだか空気が冷たい。そう思って、寝袋を出して膝にかけた。かなり疲れは抜けたようだし、冷たい空気で頭がさえてくる。しばらく周囲の人たちをきょろきょろ見まわして、それから膝にかけた寝袋をじっと見つめていたら、こんなに早く戻るんではつまらないなぁと思った。この寝袋を使ってもう一度どこかで野宿してみたいと考え始めた。時々通過する駅名を頼りに現在地を調べると、海岸沿いに山形県の中ほどまで来ている。この列車は新潟県まわりの上野行きだったのである。新潟県に入ってしまえば周遊券では東北に戻れなくなる。急いで時刻表を調べてみると、あった、あった、なんと読むのか分からなかったが「温海」という山形県内の駅で停車するのである。もうじきだ。僕は急いで荷物をまとめた。まわりの人たちがきょとんとして不思議そうに僕の方を見ているのを見たら楽しくなってしまった。

ホームに降り立ったら、駅名は「あつみ」と読むのだった。近くに温泉があるらしく、五、六人が降りた。駅前にタクシーが二台停まっていて、降りた人たちは皆それに乗り込んだ。僕にも手招きしてくれたが、手を振って断った。すぐに駅前は僕一人になった。いきなり一人きりになってみたら、僕は自分でも驚くぐらい落ちついていた。寝る場所を探さなきゃ、なんて心配は全然起きず、まあなるようになるさ、と平気で思った。

駅からブラブラ散歩でもするような感じで通りを歩いていった。街灯がぽつんぽつんとついている。おや？　時々小さくだけど、私の耳にもザザーッ、ザザーッと音が聞こえた。道を左に折れ、ゆるやかな坂道をおりていくと石段に出て、その下が砂浜だった。はじめは何も見えなかったが、目が暗さに慣れてくると海が動いているのがかすかに見えた。いいなぁ。そう思いながら、しばらく砂浜の波打ち際を行ったり来たりしていた。海水浴の休憩小屋らしいものがあったので、その床の上に上がって寝袋を広げた。背中がちっとも痛くない。これは上等だ。アパートで想像していたように、空にはたくさんの星が見えた。月は出ていなかった。

こうしてゆっくり横になれたので、さあ眠ろうと自分に言い聞かせた。しかし、さっきまで列車内で眠っていたせいか、イヤになるほど頭がさえていて、ここに来るまでにやったことを振り返っていたら頭はますますさえて、興奮してきた。蚊はそんなにいないようだが、一匹か二匹執念深いのがいて、刺されると飛び上がるほど痛い。顔中手ぬぐいでおおったのに、そのうえから平気で刺す。手ぬぐいをもう一枚かぶせた。そんなことをしていたら頭がますますさえてきた。考えまい、考えまい、と思っても、次から次へと想念が湧き起こってくる。この一週間ばかりのこと、館岡さんと会ったときのこと、父のこと、高校の頃のこと……と、次から次へと頭の中に浮かんでくる。

突然バーンと頭が粉々になるような気がして、そして、「ああ僕は一人ぼっちだ、かわいそうに」と痛切に思った。じっとしていると気が狂いそうでこわかった。眠ろうとするのをやめて、起きあがり、膝を組んでじっとしていた。でも、一人ぼっちだ、孤独だ、と言う声はだんだん大きくなって、頭がガンガンした。寂しいなぁ、と思ったとたんに涙がこぼれた。随分長い時間に思われた。星を見ているとますます頭がバラバラになっていくようでこわくて、じっとうつむいていた。涙が出てしまったらちょっと気が楽になって横になったけれども、もう眠ろうとは考えなかった。明るくなり始めた頃、真っ黒に日焼けした老人が出てきた。漁師のようで、小舟に乗って一人で沖へ出ていった。

この晩のことは深く頭に刻み込まれている。あの、バーンと頭をぶち割られたような衝撃は忘れようにも忘れられない。旅を繰り返すうちに同じような衝撃が起こったことは時々あった。根室で、バルセロナで、パトラスで、トルコのスィノプで、コルバビーチでと、いつでも海辺の町や海岸そのものだった。外国だとじっと我慢するしかないけれど、根室でそんな感じになったときは、30時間以上ぶっ続けで列車に乗って東京に帰ってきた。

この時もそうで、どうしたら一番早く東京に帰れるだろうかということを考えた。温海から一番列車で鶴岡まで行き、そこから急行で仙台まで行った。ひどい暑さだったがまったく気にならなかった。仙台から上野行きの急行に乗った。もう誰の顔も見る気にならなくて、乗り降り口際でリュックを尻に敷いてじっとしていた。早く、早く、と心の中でそう繰り返していた。どういうわけだかこの列車は時刻表より1時間も早く上野に着いた。上野駅に降り立ったときは何とも言えないぐらいに嬉しく、快かった。

〔9〕

夏はぼくの一番好きな季節で、例年気力が充実している。この夏も、旅行後すぐに元気を取り戻した。なんとなく一人でいたくて、岡山の母のところへは帰らなかった。毎日同じようなものを飽きもせずに食べていた。ピーナツバターをつけた食パン、ジャガイモの油炒め、生野菜、それに豆腐か納豆。これらは毎日食べた。肉はほとんど食べなかった。冷蔵庫がなかったので、豆腐は毎日スーパーに買いに行っていた。

旅の反動でか、一つ一つ積み重ねていくような落ちついた傾向の本に惹かれ、古典のがっちりしたものを読んでいた。ドイツのものが多く、当時はまだラテン系のものには魅力を感じていなかった。

館岡さんには、2、3日に一通ぐらいのペースで書いていたが、カフカの『ミレナへの手紙』を読むうち、毎日書いてやろうという考えにはまってしまった。毎朝起きるとまず彼女に手紙を書き、投函しに行く。午前中は勉強し、午後はたいてい自転車で遠出した。今でも思い出すが、荻窪駅前の交差点で右折に失敗し、バスにひかれそうになったことがあった。間一髪で衝突を免れ、後ろを見ると、運転手さんは呆然とした表情で怒る気力もない様子だった。

毎日手紙を書いているうちに、だんだんと手紙を書くこと自体に熱中し始め、朝と夕方の二回書くことも少なくなくなった。二通目を投函してアパートに戻ってみたら、集配時刻を気にしたせいで空っぽのまま投函したことに気づき、あわてて三通目を出しにいったこともある。こういう具合だから、何を書いたのかはまったく記憶していないのである。ただ、調子がだんだん高ぶって、退屈だと思っていたはずの「愛」だの「恋」だのについて書きまくっていたのではないか。ところが、館岡さんからはばったり手紙が届かなくなった。それでまず、ぼくの手紙が彼女の手許までちゃんと届いているのだろうかと心配になった。彼女には普通の常識からちょっと外れたところがあるのは確かなようだが、それでもとにかく届いていれば受け取ったとだけでも言ってきそうなものだと思った。とすると、彼女はちゃんと返事を書いて出しているのに、このアパートに住んでいる誰かがそれを共同郵便受けから横取りしているのかもしれない。でも、これもちょっと考えにくいことである。そうすると彼女はもう、ぼくには書きたくないのか。彼女の気にさわるようなことを何か書いたのか？　といったことをあれこれ考えていたらノイローゼ状態になってきた。勉強にも身が入らなくなった。井の頭公園のベンチに寝ころんで過ごす日が多くなった。寝ころびながらカップルを眺めて、恨めしかった。

でも、まったく一人きりというわけでもなかった。大倉君はお父さんが交通事故で怪我をしたとかで、しばらく岡山の家に帰っていたが、アパートを紹介してくれた父の知り合いのおばさんのところには、なにしろすぐのところなので、時々遊びに行った。おばさんの亡くなったお兄さんが小さいとき父と同級生だったそうで、その頃おばさんも父とよく遊んだのだそうだ。だから父が死んだことを本当に悲しんでいるように見えた。未亡人で、僕より二つ年下の娘と二人で暮らしていた。この娘さんとは時間の関係でか、ほとんど会わなかったが、おばさんとはよく話した。おばさんは刺繍で生活を立てていたので、たいていいつもいて、夜でも喜んで中に入れてくれた。おばさんは大地主の娘だったところ、農地改革で一気に没落したのだそうで、そういった話になると愚痴っぽくなったが、普段は活発な感じで、僕の話にもよく笑った。おばさんは僕の食費があまりにわずかなものだから驚いて、どうしたらそんなに安くできるのかしら、と言われた時は僕はちょっと閉口した。おばさんは貧乏だと口癖のように言っていたのだが、食べるものを見るとそういうふうには見えなかった。

二度目の旅から帰ったあと、8月10日頃の昼前にようやく館岡さんの手紙が届いた。文通はやっぱり止めた方がよさそうですと書かれていた。その部分を読んでグサリと来たが、すぐに外に出て、夕方戻ってきてみたら、もう僕は落ちついていた。あちらがやめたいと言うんだから仕方ないな、と自分でもビックリするぐらいあっさりとあきらめがついた。

夜彼女の文面を検討してみたら、例の「ちがう」ということに彼女は引っかかっているらしい。彼女と僕はちがう、だから文通はよしましょう、というわけだ。どのようにちがうのかが書かれていなかったので、やめてもいいけど、どうちがうのか教えてください、と返事を書いて投函した。返事はあるまいと思っていたら、すぐに来た。僕は「社会主義(研究?)」の方向に行くであろうし、彼女は「文学を基盤にしてゆく」だろうというのが彼女の考える「ちがい」の内容らしかった。それを読んで僕は、彼女は人を見る目がないな、と思った。社会主義云々というのは、以前僕が彼女に、自分だけが幸せになってもつまらないと言ったせいではないかと思ったが、かなり見当違いだなと思った。彼女が『ミレナへの手紙』を読みたいと言ってきたので、それを送った以外は9月になるまで僕は一通も書かなかった。

8月の終わりに下宿をかえた。二通ほど館岡さんの手紙が届いていないことが分かったからである。これと直接関係があるかどうかは分からないが、父の知り合いのおばさんが、僕が文通していることをちゃんと知っていて、盛んに冷やかすので、どうして知っているのか尋ねてみたら、僕と同じアパートに住んでいる女性が教えてくれたのだという。40歳ぐらいの、一人暮らしの女性で、顔は僕も知っていた。それを聞いたら、詮索されているみたいでイヤになった。

姉と一緒に下宿の斡旋所に行き、姉に適当に選んでもらって下見に行くと、大きいけれど普通の家で、間貸しである。出てきたおじさんに案内してもらうと部屋はきちんと別々になっているし、下宿人専用の共同炊事場と裏玄関もある。姉はおじさんに、僕の耳で大丈夫だろうかときいていた。ちょうど姉が友達と会う約束になっていたので、保留したままいったん引きあげた。代々木駅からの所要時間が7分と聞いていたのに15分はかかったので、止めた方がいいんじゃないかと二人で話した。姉の友達には僕も一緒に会い、それがすんでからまたさっきの家に行くと、今度はおばさんが出てきた。でっぷり頼もしいぐらいに太っていて、それでいて動きが軽かった。笑うと子どもみたいな感じがした。僕はこのおばさんが断然気に入ってしまい、すぐに契約をまとめた。よく話が合い、かなり話した。おじさんが大学の先生をやっていること、上の娘さんが体が不自由で、特別の学校に通うための手間と時間が大変であることなどを自然な調子で聞かせてくれた。駅から15分かかったというと、そんなことはないとおばさんは言い、下の小さな女の子を腕に抱えて駅まで一緒に行ってくれた。姉がちゃんと時計を見ていて、別れたあと、10分もかからなかったわ、と言った。

翌日、姉が斡旋所に、契約がまとまった旨電話したら、「とてもいい人を紹介してくれてありがとうと家主さんが言っていました」と言われたそうだった。

〔10〕

その数日後の引っ越しの日は雨だった。姉と二人でするつもりだったのに、引っ越しの車が着くちょっと前に大倉君が来てくれた。岡山の家と下宿に転居の知らせを出してはおいたが、引っ越しの手伝いに来てくれるなんて思ってもいなかった。彼はやって来ていきなりズボンを脱ぎだしたので、びっくりして見ていたら、下に半ズボンをはいていた。

姉の持ち物がほとんど残っていたし、父の本もあったので荷物は多かった。腰掛け机は、ここに入居したときはちゃんと入ったのにどうしても出せず、バラバラに分解して、引き出しと上の大きな板だけを持っていくことにした。この机は、刑務所でつくられたのを父が安く買ってきたものだった。

僕と大倉君が車で一緒に行くことにし、姉は掃除をすませてから電車で行くことになった。雨がポツポツ降る中を車は走り出した。

この日は何の整理もせずに、荷物に埋もれて寝た。次の日から2、3日、置き場所をどこにしようかと考えながらゆっくり片づけた。僕の心配は、本の重みで床が落ちやしないかということだった。この家は建ててからもう相当たっている感じで、部屋の中を歩くだけで振動するのである。柱や天井はもちろん変色してしまっている。考えた結果、本を一箇所にまとめずに、段ボール箱で作った五つか六つの本箱に入れて分散することにした。もともと大学生には必要のない法律実務書が多かったので、分散しても不便ということはなかった。片づけている最中に二、三度、おばさんがいきなり入ってきて、部屋の様子を見てから出ていったが、鍋やお釜などを一番熱心に見ていた。

自転車は、別に頼まなかったのに、おじさんが裏玄関の横のところに置いてあった空き箱を整理して置き場所を作ってくれた。

片づけ始めた日の夕方、銭湯から帰ってくると、裏玄関奥の炊事場で女性が調理していた。僕は彼女の横顔をちらっと見ただけで左手の表玄関際の階段の方に行ったが、やせていて、スッと鼻筋の通った顔だった。僕の部屋は表玄関際の階段をあがった左手の六畳間だが、台所の後方にもう一つ別の階段があって、彼女はその裏階段を上がった部屋に住んでいた。僕もその翌日から自炊を始めた。台所を使うのはおもに夕方だが、ご飯を炊くのと、その間にみそ汁を作るだけだからせいぜい20分もあればできる。できるだけ彼女とかち合わないようにしようとは思ったし、一緒になってしまったときは手早く切り上げるように努めたのだが、彼女の方はそれほど僕に頓着していないようで、少しずつだが話すようになった。彼女は僕と同い年で、翌年の春まで洋裁学校に通い、それが終わったら家業の洋裁屋を手伝うそうだ。彼女はお兄さんと住んでいて、お兄さんは当時立教の三年だったが、毎晩帰りが遅く、めったに会わなかった。

食べ終わってから皿洗いをする頃にちょうど帰ってくる人がいて、この人とはよく話すようになった。台所の奥の一階の部屋に住んでいて、帰ってくるとすぐにやかんを持って台所に出てくるので、湯が沸くまで立ち話をし、時々コーヒーもごちそうになった。当時東工大大学院で土木の勉強をしていて、ワンダーフォーゲルに入っているそうで、筋肉がたくましく、よく日焼けしていた。彼とは話しやすくて、だんだん僕の方からおしゃべりしに行くようになった。山の写真を見せてもらったのをおぼえている。

台所裏から階段を上がった二階には、二部屋あり、洋裁学校の人たちのほかに、早稲田に入って7年目だかの人もいた。この人は、昼間はたいてい下宿にいるようで、時々台所で会った。洋裁学校の人の話では、この人は麻雀にこっているらしく、実際最初にかけられた言葉が、「キミ、麻雀できますか?」だった。

僕の部屋は先に述べたように、玄関際の階段を上がって左手にあり、その奥がおじさんの書斎、右手の部屋には明治大学四年の人がいて、司法試験の勉強をしていた。毎晩帰ってくるのが10時半頃で、いつも気むずかしい顔をしていたから、めったに話さなかった。ただ、部屋が目の前だから、だいぶたってからだが、

「キミも法学部なんだってね。僕の部屋に来てみないかい?」

と、彼の部屋に誘ってくれた。四畳半の部屋で、彼が今読んでいるという本を二、三冊手に取り上げたが、僕はどれも持っていたので、そう言うと、

「フーン、随分読んでいるんだね」

「いや、読んではいないけど、父の本だから」

「ああ、お父さん法律家?」

「裁判官でした。もう死んじゃいましたけど」

それで、今度は彼の方が僕の部屋に来て本箱を見まわし、感心したように何か言った。

彼の部屋と比較すると僕の部屋の方が断然環境がよかった。僕の部屋には南と東に窓があって、この下宿では一番いい部屋であるが、彼の部屋は、隣の建物と接していて、日が全然当たらないのである。

引っ越して最初の土曜日の夕方、おばさんが天ぷらを持ってきてくれた。引っ越しのお祝いだろうと思っていたら、その次の土曜日にも持ってきてくれた。以後、土曜日はいつも天ぷらを持ってきてくれて、ご飯を一緒に持ってきてくれることもあった。お彼岸の時はぼた餅だった。

おばさんたちは、僕の部屋の下の一階に住んでいたのでどうしても顔を合わせることが多く、よく立ち話をした。やっぱり一番多かったのは上の女の子の話だった。上の女の子は出産時に脳に血がまわらなくて、肢体が不自由になった。おばさんはその子を背負って、毎朝電車で学校へ連れていき、昼過ぎにまた迎えにいっていた。「大きくなってきて重いわ」と言っていた。おばさんは洗濯をしながら和歌の雑誌を読む癖があって、好きな歌人は西行だと言っていた。

おじさんは早稲田大学で教えているフランス文学の研究者で、その頃サン＝テグジュペリ関係の翻訳書を出版したという話をしていた。おじさんは山梨県出身で、おじさんのお母さんも同居していて、このお母さんは地震恐怖症だった。東京大震災以来だそうである。そのため時々、階段を静かに上がってくれとおばさんから叱られた。しかし、どんなにゆっくり上がっても、階段はギイギイきしむのだった。下の女の子はちょうどよちよち歩きができるようになったばかりで、時々僕の部屋に入ってきた。毎朝この子が僕の部屋の扉の下に新聞をはさんでくれた。

〔11〕

夏休みのちょっと前に、大学に機動隊が入った。9月になっても大学は封鎖されたままで、休校状態が続いた。はじめのうちは、どういうことなのかさっぱり分からなかった。新聞を注意して読んでいるうちに、僕としては封鎖も結構だ、という意見になった。授業がなくても、別にどうということはない。ただ、図書館が使えなくなったのには困った。

だんだんと、学生なら誰もがデモに参加すべきだ、みたいな空気ができていったが、僕はデモには参加しなかった。今は大蔵省とか通産省とかの役人になったクラスメートからデモに誘われたときも、

「僕一人が加わっても抜けても全然変わらないだろう」

と言って断った。捕まって前科を作ったりしたくないという気持ちもないではなかったが、それより、大勢が集まってワーッとやるなんて気には全然ならなかった。なにしろ友達も思うように作れないで生きてきたんですからね。

棍棒をふるうかわりに、先に述べたように、9月はじめから御茶の水のフランス語学校に通い始めた。大学の授業のことはほとんどおぼえていないのに、ここでの授業のことは不思議によくおぼえている。

入ったのは夜間の中級クラスで、授業は隔日、講師は男性のフランス人だった。10月21日に新宿駅がデモ隊に占拠され、国電が止まった時は休んだが、それ以外は休まず、4ヶ月か5ヶ月通った。10月21日に国電が止まった日は、この授業もてっきり休講になっただろうと思ったのに、次に行ってみたら一課先に進んでいた。僕は10月21日は新宿駅南口の陸橋から占拠の様子を眺めて、興奮した。警官に追い立てられるようにして下宿に帰ってからもずっとテレビの中継を見ていた。

フランス語の中級のテキストはよく分かったが、なにしろこの耳だ。いつも笑われていた。出席を取るときからしてそうで、はじめは oui と返事をしていたのだが、他の人たちは別の返事をして

いる。何と言っているのか分からず、しばらくはoui と返事を続けていた。他の受講者にきいてみる気にならなかったのだ。耳が遠いと思われるより、バカと思われる方がましと思っていたのだった。でもやっぱり間違ったままではよくないと思い、日本語で「ハイ」と返事をすることにしたが、フランス人の先生はいい顔をしなかった。ユーモアがないなぁ、と思った。（注：フランス語に堪能な、中学校の同窓生に尋ねてみたら、「プレザン（present）」でいいのではないか、ということだった。）

授業中に毎回一度は当てられたが、間の抜けた返事が多かったらしく、みんなからよく笑われた。たまに上手に答えると、それがまたおかしいらしくて笑われた。ずっと後になって外国旅行に行くことになった際に、発音に注意しながら復習してみたが、そのとき発音がめちゃくちゃだったことに気がついた。

なにしろ時間は十分にあったから、教科書はていねいに予習した。一応意味が分かったら、次に、先生がどういう質問をするだろうかと考え、それにどう答えればよいかをあらかじめ想定してから行った。予想が的中したときは嬉しくて、手を挙げて進んで答えたりしたこともあった。

フランス語学校には自転車で通っていた。電車だとちょっと分からないが、代々木の下宿から学校までゆるやかな下り坂になっている。だから行きはラクで30分もあれば着いたが、帰りはきつかった。時間も行きの倍ぐらいかかり、冬でも汗びっしょりになった。それだけならいいが、車が片道3列も走っているような道を自転車で走るのは圧迫感があって、振動が神経に障った。だから、たまにパンクして歩いて帰ったりするときはかえってホッとした。ということで、パンクでなくても自転車から降りてブラブラ歩いて帰ることが増え、やがて電車で行くことが多くなった。

はじめはクラス一杯いた生徒はどんどん減っていき、10月頃にはもう半分ぐらいになっていた。最後まで続けたのは三分の一ぐらいだろう。席は自由だったが、自然に決まってくる。僕はいつでも前から二番目の左端の席を取った。僕の隣にはいつも30歳ぐらいの女性が座った。ほとんど話さなかったが、真面目な感じで、彼女と並んで座ると落ちついた。

授業が全部終わってから最後に試験があったが、ほとんど聞き取り試験で、もちろん僕は落第だった。

館岡さんとは9月から10月にかけて、非常に規則的に文通を続けた。一週間に一回書き、返事も来た。文通が楽しかったというより、ちゃんと相手をしてくれる人がいることを誇示できるということが僕には嬉しかった。おばさんが下宿に届いた彼女の手紙を持ってきて、にやりと笑いながら手渡してくれたが、そういうことが僕には意味があると思えていたのである。

館岡さんは自分のことを「尋常ではない」と感じているらしく、それが「ちがう」ということの内容をなしているようで、だから僕が彼女に以前、「誰もがある意味非凡です」と書いたらとても安心したそうなのだ。なんだまったく「普通」の反応じゃないか、と僕は思い、たぶん自分が何者なのかについて彼女は自信が持てないでいるんだろうなと考え、僕との距離を感じたのだろう。だから、館岡さんが、プルーストに惹かれると書いてきたときには、僕は一度もプルーストを読んだことはなかったのに、あんなシュールものに惹かれるほどバカじゃないよ、と思い、断固としてプルーストの本を読むのを拒んだ。

こんな僕につきあってくれる彼女の気持ちがよく分からなかった。当時でさえ僕は、僕自身のことを独断過剰だなと思っていたのだが、彼女はそれをむしろいい意味に取ってくれていたようなのだ。たとえば、夏にやった僕の旅など、本当にぶざまで、話にならないな、と僕自身が思っていたのに、彼女は、「どんな事件からも養分を吸収していくような健全さ」を感じ、「圧倒され、反感とまではいかないにしても羨望とやりきれなさ」を感じてきたと書いてきた。彼女が僕のことをそのように見てくれたこと自体はとても嬉しかったし、励みにもなったのだが、でも、手紙ではむしろ逆に、怒ったような、反発を感じたような、そんな感じの返事を書いた。僕は「言い当てる」のが好きだったくせに、「言い当てられる」と理屈抜きで反発するようなところがあった。自分のことに触れられること自体に逆上してしまうんですね。

館岡さんとは、文通なんかするより直接会いたいといつも思い、実際二度ほど彼女の住んでいたアパートに行ってみようと出かけたのだが、見つからなかった。やがて彼女の方からまた、文通を止めましょうと書いてきたのをしおに、誤解があるようだから直接会いましょうと提案したら彼女も同意した。僕も館岡さんも場所を決めるのをためらったものだから、仕方なく姉に決めてもらおうなんてことになった。これには姉もあきれて、それぐらい自分たちで決めなさいよ、と言い、はねつけられてしまった。僕としては、誤解の大部分は彼女の方にあると勝手に考えていたので、一度僕の生活の場を見てもらおうと思い、下宿に来てもらうことにし、11月末の土曜日と決まった。

待つ、ってのは疲れることだと知ったのはこの時がはじめてではないか。この日、約束の午後2時が来たときには緊張で頭がボーッとなってしまっていて、いっそすっぽかそうかと思って、直前に一度は外に出たが、すぐに思い直して部屋に戻った。おばさんが、

「お客さんよ」

と言いに来た。おばさんの顔を見ると笑っている。館岡さんは僕の部屋に入ってからも何も言わなかった。まだ何も言わないうちに、お盆にお茶をのせておばさんが入ってきた。おばさんが館岡さんと挨拶するのを僕はポカンと見ていた。別に僕から紹介する必要もなさそうだった。おばさんが出ていくと、館岡さんが、

「随分親切なおばさんね」

と言う。僕は下宿の様子は手紙に書いていたが、それにしてもこんなに親切だとは思わなかったらしい。そうでしょう、なにしろお茶まで持ってきてもらったのははじめてだった。館岡さんが下宿のことを質問してくるのにぼそぼそ答えていたら、またおばさんが入ってきた。今度はお菓子入れを手に持っている。

「何もございませんが、どうぞ」

「はあ」

こんなに入って来られちゃ、やりたいこともできないじゃないか。見ると、館岡さんの方もまたカチコチなのだ。筋肉が心持ちけいれんしているんじゃないかと見えるぐらいで、とにかく彼女が

緊張していたのは間違いない。会えば会うで、また誤解が深まるもんなんですよねえ。

その後の彼女の質問は、僕の生活に関することが多かった。僕の弟が書いたモジリアーニの絵の模写がかけてあったのでそれについてもちょっと話した。テレビで彼の伝記映画を見てから好きになって、画集も持っていたので、それを彼女に見せた。

その日どういうふうに彼女と別れたのかほとんど記憶がない。確か、代々木駅まで送っていって、そこで別れたのではなかったかと思う。

〔12〕

正月も岡山の母のところには帰らないでいるつもりだった。姉は当時は婚約中で、そのためか、やはり東京にいると言い、正月の間は僕の下宿に来ることになった。暮れに一緒にアメ横に買い物に行ったことと、プーシキンの『オネーギン』を音読し合ったことをおぼえている。

年が明けてまもなく、姉が、どこかに遊びに行こうよ、と言い出した。それで、とにかく一緒に駅まで行き、姉が二、三の友人に電話したが、誰もつながらないようだ。パラパラ住所録をめくっていた姉が、

「ねえ、館岡さんのところに行ってみない?」

「ああ、どこでもいいよ」

「じゃ、ちょっとかけてみるわね」

姉が館岡さんの実家にかけてみたら、家族の人が出て、今出ていていないがもうじき戻る、と言ったそうだ。それなら僕たちが着く頃までには戻っているだろうということで、そのまま電車に乗った。姉も僕も初めての場所なので行き方がよく分からなかったが、二度ぐらい乗り換えて目指す駅に着いた。結構時間がかかり、着いたときはもう暗くなり始めていた。

姉が駅前の電話ボックスに入った。ボックスから出てきた姉にきいてみると、館岡さん本人が電話に出たそうで、僕も一緒だと言うと、いいわよ、と答えたのだそうだ。それから館岡さんが教えてくれたとおりに歩き始めた。途中姉が、

「いきなりで悪いから、夕食のことをきかれたら、もう済んだことにするから、いいわね」

と、念を押した。二人とも、そんなに遅くならないうちに引きあげるつもりだった。10分ぐらいで彼女の家に迷わず着いた。彼女の家はお米屋さんなのだ。

入口の奥の方に彼女そっくりの人が見えたので、てっきり館岡さんだと思った。その人が出てきてからもちょっとの間、やっぱりそう思っていた。ところが、お母さんらしい人が出てきて、

「あら、途中でお会いになりませんでしたか？　迎えに行くと言って、さっき自転車で出かけましたが……でも、さあさあお上がりください。すぐに戻ってくると思いますから」

と言ったので、館岡さんに似た人は彼女のお姉さんだったのだと気づいた。それほどよく似ていたのかもしれないが、僕は人の顔をおぼえるのが非常に下手なのである。お母さんの方は彼女とは全然似ておらず、やせていて、そして目つきが鋭かった。

店の奥の部屋に通されると、お父さんらしい人がテレビを見ていた。この人は彼女と顔だちが似ていた。ちょっと挨拶して、それから何も話すことがないので、時間稼ぎに仏壇の方を見て、何宗ですかときいたら、お父さんは答えてくれたのだが、何宗と言ったのか記憶がない。じきに館岡さんが戻ってきたらしく、表の方で物音と人の声が聞こえた。そして館岡さんが店の方からにゅーっと顔を出した。ああ、この顔、この顔だった。彼女はセーターにスラックスをはき、長い髪を後ろでゴムでとめていた。髪のせいか高校生みたいに見えた。息がハァハァ言っていた。

彼女はお父さんの方など見向きもしないで、あちらへ行きましょう、とわれわれを誘った。靴をはいて通りに出ると、向かい側に薬屋があり、その建物の裏側にある階段の下で靴を脱いで階段を上がった。ぐるぐる回るような感じの階段を上がっていくと二階の廊下に出た。彼女は手前の部屋の障子を開けて、ここが彼女、お姉さん、妹さん、三人の勉強部屋だと教えてくれた。しかし、この時は机は二つしかなかった。それから次の部屋に入り、こたつに座った。

こたつに座ってさっそく館岡さんが教えてくれたところでは、僕たちが歩いてくるのを、この薬屋の二階から上のお兄さんのお嫁さんが見ていたのだそうである。監視されながら敵陣地に乗り込んだみたいな具合だ。上のお兄さんは薬剤師で、一階に住んでいるのだという。ちょっとしてお姉さんが入ってきて、

「もう夕食はお済みになりました?」

「ええ、もういただきましたので、ご心配なく」

と姉。

「あらっ、そうでしたか。うな丼でも取ろうかと思っていたんですけど、食べられるでしょ?」

「いいえ、本当にお構いなく」

「えふちゃんはまだだから、ご一緒にいかがですか?」

そういうことならウソまでついて我慢することはないだろうと僕は思い、

「済んだ約束になっていたんですけど、そういうことならいただきます」

姉にキッとにらまれた。お姉さんは大きな声で笑い出し、笑い声を響かせながら出ていった。顔は似ていても、声は彼女と違って高めだった。館岡さんはその笑い声にちょっとむっとした様子で、

「あの人はかわっているのよ」

と、弁解めいた口調で言った。

お姉さんとほとんど入れ違いに知らない女性が入ってきた。そしてちっとも遠慮しないでこたつに座ると、すぐに館岡さんを説得し始めた。館岡さんの友達のようで、どうやら同窓会に出ようと勧めに来たらしい。お正月ぐらいは顔を出したら、などと言っている。けれども館岡さんの返事は曖昧で、はたで見ていてやきもきしてきた。僕自身は同窓会なんて出席したことはない。うな丼が届いたので、その友達はこの話を打ち切った。そして、一緒に食べながら、僕や姉と話し出した。このお友達は小、中、女子高校と、ずっと館岡さんと一緒だったんだそうだ。そして館

岡さんのことを自分の妹みたいな感じの口ぶりで、

「この人は昔からもたもたしてて、一人では何も決められないのよ」

まったく男みたいにハキハキした人で、飾ったところがなく、話しやすかったが、それでいて妙にやさしいところもあって、僕はこの人が気に入った。

途中でお姉さんがお茶を持ってきたついでにちょっと話していったが、ほとんどお友達ばかりがしゃべっていたような印象が残っている。そしてこのお友達に一番たくさん質問したのが僕だった。なんでも高校を卒業後すぐに就職して銀座で働いているそうで、仕事の様子を具体的に話してくれた。それから、館岡さんと一緒に遊んだことなども話してくれたが、館岡さんはほとんど黙ったきりで、なんだかイライラしているようにも見えた。

この友達の話を聞いているうちに時間がどんどんたって10時過ぎになってしまった。もう帰るからとこの人は言って、またお会いしましょうとお互いに言って別れた。館岡さんが友達を下まで送っていって二人きりになると、姉は、

「私たちももう帰らなきゃ」と言って支度し始めた。するとそのときお姉さんが入ってきて、姉に、

「もう遅いから、泊まっていかれたら?」

「いいえ、もう帰りますから、本当に」

「でも、もう電車がなくなる頃でしょう?」

僕が時間を計算してみると、間に合うにしてもぎりぎりだ。たまたま翌日の午後、僕は人と会

う約束があったが、泊めてもらって、ここからまっすぐ行った方がラクだと思った。姉は帰ると繰り返し言っていたが、どうやら眠くなってきたらしい。姉はいったん眠くなると頑張りがきかないタチで、口とは裏腹に体が動かないみたいだ。タクシーに乗ってでも帰らなければ、なんて言っているうちに、お姉さんは別の部屋から布団を運んできて、

「まあいいじゃありませんか、無理して帰らなくても」

それでも姉は、ダメ、ダメ、どうしても帰らなければ、と言い張っていたが、僕たちに笑われるばかりなので黙ってしまった。

布団を二つ敷くと、お姉さんは、おやすみなさいと言って出ていき、三人が残った。姉はすでにうつらうつらの状態になっていて、一人で布団に入って寝てしまった。こうして僕は、こたつで館岡さんと二人で向かい合った。予想外の展開だった。と言っても、ふすま一枚隔てて、隣部屋にはお姉さんと妹さんが寝ているそうである。妹さんとは、お姉さんが布団を敷いているときにちょっと顔を見せたので挨拶をしたが、お父さんにもお母さんにも似ていないように思われた。

こたつの上にスタンドを置いて、蛍光灯は消した。そうしたら館岡さんは、明るいときよりはずっときれいに見えた。話はあまりせず、見つめ合うようにしていた。時々彼女は微笑んだが、どちらかと言えば沈んだ顔に見えた。話すときも、押し殺したようにささやき声で話したが、なにしろあたりが静かで、よく聞き取れた。でも、何を話したのか、話の内容は全然おぼえていない。そうやって午前2時まで一緒にいてから、彼女は隣の部屋に行った。僕も姉の隣の布団に入るとす

ぐに寝ついた。

翌朝目がさめると、姉はもう目をさましていて、僕に笑いかけた。すぐに一緒に起きて窓を開けると大きな庭が見えた。ちょっとして館岡さんが入ってきて、姉と一緒に掃除をした。

それから三人で米屋の方に行き、昨日最初に上がった部屋でご飯を食べた。お母さんが給仕してくれたが、何も言わず黙ったきりだった。そのあと奥の座敷に通され、そこでちょっと休んでいたら、館岡さんも一緒に帰ると言いだした。思い詰めたような表情だったので、家族の間で何かあったのかと思った。

館岡さんが支度するのを待って、三人で玄関に出た。お母さんと型どおりの挨拶をすませて外に出る。米屋の前の通りでお兄さんの子どもらしい子が二人遊んでいて、その子たちを見たら館岡さんの顔も柔らかく微笑んだ。井の頭公園でも、ベンチの前を子どもたちが通ると笑いかけていたから、本当に子ども好きなのだろう。

正月が明けて、電車のラッシュはすごかった。館岡さんを真ん中にして三人並んで立って揺られていたが、混雑がひどくてどうしても体が触れ合った。館岡さんは姉とは時々話していたが、僕はずっと黙っていた。

館岡さんは暮れに下宿をかわったそうだ。下のお兄さんが、女だけでは危ないと言ったからだそうで、そのお兄さん、妹さんと彼女の三人が一緒に住むことになったのだそうである。

13

先に述べたように、この日の午後僕は人と会う約束があったので、途中で別れた。

小学校の五、六年で一緒だった友達で、当時僕と同じく東大にいた人のところに行ったのだが、彼は理科系だった。彼の父親は検事さんで、その関係もあって、家族ぐるみのつきあいだった。彼はものすごく頭が良くて、勉強はいつでも一番と決まっていた。体育はダメだったが、声がきれいで、合唱団に入っていた。大学に入ってから彼とは二度ほど会った。最初は入学早々に電車の駅で会った。もう一度は僕が大学の生協に寝袋を買いに行ったときである。しかしそれっきりになっていた。

彼の両親から母のところに届いた年賀状に、彼が大学紛争のためノイローゼ気味だと書いてあったと母から姉に電話があって、それで僕が様子を見に行ってみようということになった。彼とは大学構内で一、二度会ったきりだった。

僕自身は紛争に好意的で、封鎖も大いに結構だと思っていたので、会って話していたら全共闘のシンパみたいな口ぶりになってしまった。けれども彼も、僕が見た限りでは元気そうで、授業が始まらないのでイライラしているだけのように見えた。

暗くなって下宿に戻ると姉がいた。館岡さんと一緒に彼女の新しい下宿に行ってきたそうだ。

「どうだった」

と姉にきくと、「あの人はもう、私のことなんか好きじゃないんだわ」と館岡さんは言ったのだそうである。あの人とは僕のことである。どういうことなのか、さらにきいてみると、帰りの電車の中で僕が彼女に全然話しかけなかったせいらしい。私は電車の中はやかましくて、どうせ返事も聞き取れないので黙っていただけなのである。こう早合点されてはかなわない。それから、これは推測だが、前の晩彼女の友達と仲良くおしゃべりしたのもまずかったようだ。きっとあれが大もとなんだろう。館岡さんは、こうと思い込んでしまうとどうしようもなくなる人だと、これまでのことからよく分かっていたので、次の日さっそく申し開きをしに行こうと決めた。

次の日起きるとまず、僕は地図を入念に調べた。彼女の新しいアパートには割とラクに行けそうだと判断がついた。さっそく自転車で出かける。30分ほどで着いた。ブザーを鳴らす。誰も出てこない。もう一度長めに鳴らすと、扉の向こうで人の動く気配がする。しばらくしてからガチャガチャと鍵をはずす音がして、扉がちょっと開いた。

「あら……」

「こんにちは。寄っていっていい？」

「ちょっと待ってて、お願い」

そう言って顔を引っ込め、中に消えた。おばけみたいなボーボー髪で、それがまたバカにかわいらしく見えた。少し開けたままの扉からちょっとの間物音が聞こえ、それからまた顔を出した。

「布団をあげてたの。さあ、どうぞ」

「寝てたの？」

「ええ」

そのとき昼ちょっと前だった。彼女はあわただしく動いてこたつをつくると、

「座ってて。今、髪を結うから」

と言って鏡に向かい、櫛でとき始めた。先日と同じようにゴムでまとめる。それを笑いながら見ていた。寝ぼけているようでもあるが、元気そうだ。彼女はスカートとセーターだった。乳の線がはっきり出ていて、それを見ていると気が変になりそうだったが、今日は用件があってきたのだからとおさえる。彼女がこたつに座るとさっそく切り出した。

「あのね、電車の中で黙ってたのは、あれはうるさくってよく聞こえないからですよ。姉ちゃんにきいたら、そのことであなたが誤解しているようだから、それで今日来たわけ」

「ふーん……私って早合点なのかしら?」

「そうかもね」

これで用件は片づいた。手紙だと時間がかかるが、会って話せば、簡単すぎて張り合いがないぐらいだ。用件がすんでしまったら、彼女はすごくくつろいだようで、口が緩み、よくしゃべった。彼女の実家での僕の評判は思っていたとおり悪いらしい。特にお母さんは僕のことをよく思ってくれなかったようだ。手紙では彼女自身と一番よく似ているとお姉さんが書いていたお姉さんはどうかしらときいてみたら、これも芳しくないらしい。これはちょっと意外でもあるし、がっかりもした。どうやら僕の物言いがあまりにあけすけ過ぎるかららしい。もうちょっと遠慮しろ、ってことで

しょう。館岡さんは、お姉さん以外の家族とはうまく合わないと言っていたから、結局、彼女のうちでは僕のことを積極的に支持してくれる人はいないようだ。しかし、僕たちが訪ねていった時の彼女の家族の緊張ぶりは、これまで経験したことがないほどのものだったそうで、そのため彼女もみじめな気持ちになって東京に戻ることにしたものらしい。

彼女の家族の僕に対する反応が分かってみると、僕が彼女と一緒になってうまくいくことがあるとすれば、それは彼女が家族の中から飛び出してくるしかないだろうな、とすぐに思った。そして同時に、彼女はそんなことはできない人だとも思った。僕自身のことはおいて、彼女は自立できる人ではないだろうと判断したのである。もし彼女の方からあえて飛び出してくることがあれば、僕が支えてやらないといけないのだろうが、そんな気はなかった。一緒にいるのは楽しくても、他人を養うなんて考えたこともなかった。

その頃彼女は、大学を中退して働きたいと言っていた。彼女がどういう事情でそのように考えるようになったのかはよく分からなかったが、僕もそれに賛成した。

でも、今も頭に残っているのは、もっとたわいのないおしゃべりだ。

「ミカンはこうやって手でもんでいるとだんだん甘くなるみたいだよ」

「そう？」

「うん、中で酸が分解するかどうかするんじゃないのかな」

「でも、ミカンは酸っぱいところが食べどころじゃないの？」

「なるほど、はじめてきいたな、そういう意見は」

こんな調子で延々5時間も話し続けたと思う。彼女もさすがにビックリしたようで、

「あなた、今日はとてもよく話すのね。この前とまるで違うわ」

「そう?」

「ええ、全然違う」

「でも、あなただってそうだよ。第一、今日はちっとも疲れない。この前は……」

「ほんと、あなたの下宿ではとっても疲れたわ。どうしてかしら?」

「目的があったから」

「そうかもしれないわねぇ」

「きっとそうだと思う。あなた、いったん目的意識を持って話し出すとどうしてもしこりが残るタイプみたいだね」

と返事をしながらも、なぜかおかしくなった。目的ねえ。

夕方になって、薄暗くなり始めた。もうすぐお兄さんが勤め先から戻ってくるだろうというので立ち上がる。彼女の机に文庫本が置いてあったので、手に取ってみるとロマン・ロランの『ゲーテとベートーヴェン』だった。

「この本読んでみたいな」

「貸してあげるわ」

「でも返すのがいつになるか分からない」

「私はもう読んだから、いいの。あげるわ」

館岡さんはベートーヴェンが好きなのだった。ゲーテは「近寄りがたい人」なのだそうである。その後僕がベートーヴェンの伝記などを読んだ感じでは、ベートーヴェンの頑固一徹なイメージは耳が聞こえないことからのもので、もともとは社交的というか、平民的というか、人なつっこい性格だったのではないかと思う。

今探し出してきて手に取ってみたらほこりが綿のようについていた。フッと吹き払って、手に取ったら、懐かしさに頭がボーッとしてしまった。本の裏表紙に彼女の字で、「1967・2・18紀文堂にて　館岡えふ子」と書いてある。紀文堂というのは目白にある本屋で、姉に会いに行った折に僕も何度か立ち寄ったことがある。

それからすぐに彼女から、嬉しかったという手紙が届いた。僕の来たことを下のお兄さんに話したら、フーンと言ったそうだ。就職したいとも言うと、これには反対されて、険悪な感じになってしまったそうである。早く結婚しろという意見らしい。こんなふうじゃ、家から飛び出すなんて無理だなと、ますます確信した。

次に彼女の下宿に行ったときは彼女はいなくて、知らない女の人が出た。あとできいたら下のお兄さんの許嫁だそうだ。館岡さんから、下のお兄さんが僕の来ることを快く思っていないことを確認できたので、行くことは中止した。ただ、このアパートの周辺にはその後も自転車でよく行った。

夜中にふと思いついて出かけ、部屋にあかりがついていることを確かめると、しばらくその周辺を走り回ったこともあった。冬の風の冷たさを感じなかった。

14

ちょっと前に戻るが秋の終わり頃、大学のセツルメントの案内状が届いた。興味を持ったので、そのオリエンテーションに出かけてみた。セツルメントのOBである戒能通孝弁護士が小繋（こつなぎ）事件について講演し、そのあとセツルメントという組織についての説明があった。僕の理解した限りでは、社会の困っている人たちをさまざまな面から支援するというのがセツルメントの活動趣旨のようで、いくつかの部門に分かれて担当するらしい。もし僕が入れば、法律部門で法律相談をすることになる。先輩たちの説明を聞いて、僕は正直なところ退屈だと思った、というか、こういう形で人を助けるなんて僕の趣味ではないと思った。むしろ助けてもらいたいぐらいのものだ。それに、先輩たちの語り口調があまりにスラスラしていて、苦しんだあとが感じられなかったのも気に入らなかった。社会正義も結構だが、立て板に水で語りかけられれば、相手はどうしても圧迫されてしまうのではないだろうか？　とりわけ困っている人たちには、調子のいい話としてしか受けとめられないのではないだろうか、とおぼろげに感じた。

しかし、ものは試し。つまらなければやめちゃえばいい。それに、法律相談でいろいろな人と会って話せるのは楽しそうだとも考えて、入ってみることにした。

オリエンテーションのあと、同窓会館でコンパになった。先輩も含めて、二、三十人ぐらい集まった。ちょっとした挨拶のあと、自己紹介になった。幸い僕は一番おしまいの方になる場所に座っていたので、誰がどういうことを言うのかきくことができた。女性が二人いたほかは男性で、しかも酒が入って声も大きかったので、参加者の話はだいたい皆聞こえた。それで判断できたのは、法社会学系統のことに興味を持っている人たちが集まっているということである。法律の条文を文字面で解釈するのではなく、法の背後にある社会的な問題構造に着目し、そこから出発すべきだといった感じのアプローチである。社会的な問題にどういうふうに接近するかで、モデルは、マルクスとかウェーバーとか種本はいくつかあったが、法社会学系統の本というのは、僕が読んだ限りではパターンが単純で、退屈だった。僕は自己紹介で、僕なりのそういう受けとめ方を正直に述べて、ともかく体験してみるために入ってみたいと述べた。名前が気に入って、古市場というセツルメントに入ることにした。川崎の鹿島田にあるセツルメントだ。

ところが実におかしなことだが、僕はセツルメントに入ってからも、一度も法律相談はしなかったし、古市場セツルメントにも行かなかった。というより、行けなかった。はじめて古市場に行くという日の夕方、川崎駅の南武線ホームで待ち合わせることになっていた。川崎駅までどれぐらいかかるのか下宿のおばさんにきいてもはっきりと分からなかったので早めに出て、約束の時刻の30分前に川崎駅に着いた。ところが約束の時刻を20分過ぎても誰も来ないのである。冷えてきたのでこのままいたら風邪をひいてしまう、とはいってもこのまま帰るのも残念だった。それで、先輩の書いてくれた絵地図の紙切れを頼りにともかく古市場まで行ってみることに決めた。もう暗くなり始めていたが、電信柱の住所表示はまだまだ読めたので、大丈夫だろうと思った。ところが、2時間ぐらいも探し歩いたのにとうとう見つからなかった。そういえば先輩から、古市場セツルメントはその名にふさわしくバラックのような古ぼけた建物の一角にあって、初めての人には分かりにくいと言われていた。しかしこの時古市場の周辺と思われるところを歩いたのは楽しかった。なるほどボロな家がたくさんあって、困っている人がさぞかしたくさんいるのだろうとは推測できたが、僕のセンスからすればそんなに汚らしいというほどでもなかった。全然知らないところを歩くということ自体が僕は楽しかった。探し歩くというよりは散歩するみたいな感じにだんだんとなって、真っ暗になって何も見えなくなってから駅に引き返した。

その日誰も来なかったのはたぶん、大学紛争の情勢に何か変化があったからだと思う。待ち合わせは川崎駅でも大学でもいいことになっていたのだが、僕は、電車の中では雑音で話し声が聞こえないため人と一緒に電車に乗るのは嫌いなので、それで川崎駅に行ったのだが、他の人たちはたぶん大学の方に集まったのだろう。当時は何が起こるか分からない頃だったので、そこで何かあったのだろうと想像する。

大学の法学部の建物の中にセツルメントと法律相談所専用の部屋があり、僕は都合2回ほどここに顔を出した。最初に行ったときはまだ比較的平静だった。ガラス戸棚の上に並べてあるヘルメットがどういう目的でおかれているのかははっきりとは分からなかったが、共産党系のいわゆる

「民青」の人たちが集まっている場所だということはおおよそ察しがついた。出入りしている人たちはきちんとした背広タイプの服を着ている人が多かった。そのときはそこに十人ぐらいの人が集まって集会をしていた。僕は研究会があるというので来たのだが、ここに集まる人たちが本来の研究会として頭に置いているのは司法試験の勉強会らしかった。コンパの時の自己紹介をきいていて、司法試験を受けるつもりらしい人がほとんどだとは気づいていたが、法解釈学をクソミソにけなしていた人たちが法解釈学のエキスのようなこの試験に熱中するのもヘンな感じがした。先輩の一人にそのあたりのことをきいてみたら、たとえバカらしいと分かっていても手段としてはこういう道しかないということだった。僕が行ったときの集会は、「無法」な連中の暴力にはどう対応すればいいのかといったことだったようで、先輩たちは、この根城もぶんどられるかもしれないというので緊張していた。その中でリーダー格の人はさすがに落ちついていて、笑みさえ浮かべていた。でも、もともと僕の立場というのは、大学なんてなくなるならそれで結構だ、というものだったから、そういう話にはまったく興味が湧かず、すぐに引きあげた。

その次に来たときは、いよいよ今日、明日にもこの部屋を含めて法学部の校舎が占拠されるだろうという日だった。特に用事があって行ったのではなく、ぶらぶら遊びがてら行ってみたのだが、廊下に机やらロッカーやら、とにかく重そうなものはなんでも置いてバリケードが築いてあって、まったくびっくりしてしまった。やっと一人通れるぐらいの狭いすきま道から向こう側に行ってみると、ヘルメットをかぶり、手ぬぐいで口もとを覆い隠し、手にはパイプを持ったたくましい男の人が立っていた。ひょっとしてもう占拠されたあとかと勘違いしたぐらいに全共闘スタイルそっくりだった。

「おまえ、なんだあー？」

「セツルメントに入っている者ですが」

「ホントかあー？」

疑わしそうな顔をされて、入れてくれそうにない。押し問答をやっていたら、セツルメントの部屋から先輩が出てきて、ああ、この人は入れていい、と言ってくれた。セツルメントの部屋には三人ぐらいしかおらず、僕と同時に入った人が一人いたので、この人としばらく話した。窓にはベニヤ板が打ちつけてあり、大事なものはすでに運び出したあとらしくて雑然としていた。

「こんなに人数が少なくて大丈夫なんですか？」

と先輩にきいてみると、今人を集めているところなのだそうだ。何か手伝いましょうか、と言ってみたら、もうやることは全部すんだそうなので、僕はしばらくいてから下宿に帰った。

次の日の新聞で法学部校舎が占拠されてしまったのを知った。ほとんど抵抗なしに占拠されたように書かれていたので、それが事実なら、あの頑丈なバリケードも全共闘派の人たちのためにこしらえたようなものだなと僕は思った。

法律相談をやろうという気持ちはその頃になってもまだ残っていたのだが、占拠されてからは連絡場所がなくなり、結局そのままになってしまった。

大学が休校状態になっている最中に少しずつ考え続けて、僕が出した結論は、大学などない方がいいということだった。それは一般論とは違う。あくまで僕にとってはの話である。僕に限って言えば、大学に入ったおかげで多少でもマシな人間になったと考えたことは一度もない。したがって、大学をやめればいいのだと僕は考えた。なあに、退学届を書いて、学生証を返却すればいいのだから簡単なことだ。そして学生でなくなったら、ちょっと気晴らしに東京以外のところに行ってみようと考えていた。それは一時の出来心とは違い、何ヶ月かの間考えて決めたことである。そのための資金を作るために、安上がりにすませていた食費をより一層切りつめて、4万円ぐらいを浮かせた。その頃はまだ僕は全然お坊ちゃんで、アルバイトをして資金を作ろうとは考えなかった。それに、普通の人にはなんでもない仕事が僕にはできない。好きなことなら人がやめろと言ったってやるかわり、嫌いなことはどんなに説得されてもやる気にならないというのが僕の性格である。もともとぐうたらなのだとは思わない。イヤなことをやって生きていくぐらいなら自分の体がやせ細っていくのをじいっと見つめて、あっさり死んでいく方が趣味に合うというだけのことだ。ただ問題は、何が好きで、何がやりたいのかが、長い間僕には分からなかった。

大学をやめてから行ってみる場所としては、東京からできるだけ離れていて、しかもまだ行ったことのない場所にしようと思って考えているうちに北海道の札幌と決まった。札幌に行くと決めてからも、実際に東京を発つ日の前日までは誰にも言わなかった。毎日下宿で、札幌に落ちついたらたぶん姉に送ってもらうことになるだろう本を選り分けたり、他人に見られたくない手紙や日記類を処分したり、近く受験のために上京する予定の弟がまごつかないですむように細々したものを整理したりして少しずつ準備していた。

いよいよ出発と決めた日を明日に控えて、僕はまず館岡さんのいるアパートに行った。お昼ちょっと前だった。もし彼女がいなければ挨拶をしないでそのまま出発するつもりだった。でも彼女はちゃんといたのだ。

部屋に入ったらすぐに館岡さんの方から、

「私、退学したの」

と言ったものだからまったくビックリしてしまった。よりによってどういう符合なのだろう。館岡さんは前から、大学をやめて働きたいと言っていたわけだから、やめたこと自体はそんなに驚かなかったが、どういうわけで時期がダブっちゃったのだろうかと思った。これではまるで、示し合わせてやっているみたいじゃないですか。

それにしても嬉しかった。お互いに大学なんてバカらしいところだとは言っていたものの、彼女まで実際にやめるとは予想していなかった。もし彼女が大学を中退することがあるとすれば、それはお見合いでもまとまって、結婚するために退学するといったケースしかないだろうと秘かに考えていた。でもそれは誤解だったのだ。

「僕もやっぱりやめることにして、明日東京を発つつもり」

「えっ、どこへ?」

「札幌」

今度は彼女がビックリする番だった。行き先が札幌だったからだ。彼女も、札幌に旅行しようと思っていたのだという。ビックリさせ合う仲、とでもいったところでしょう。しかし、二人とも、じゃ一緒に行きましょう、とは言わなかった。二人で旅行しようかということは前に話したことがあって、僕の育った松江に彼女と一緒に行ってみようと話がまとまっていたのだが、それも僕が札幌に行くことになって流れたままになった。

その日も天気がよくて、こたつの置いてある玄関際の部屋の奥にある部屋に陽光が入っていたので、「あそこに行って話そう」と彼女を誘った。その部屋にはたぶん彼女のお兄さんが使ったらしい布団がそのまま敷いてあった。うるさいことを言う割にお兄さんってだらしないな、と僕は思った。

彼女と畳の上に向かい合って座った。もうこれで最後だなと思って、彼女をよく見ておこうと思い、彼女の顔を見つめていた。直射日光が差し込んで、ぽかぽかと暖かかった。彼女は随分きれいに見えた。目を下の方に移していったら、彼女のスカートの先がちょっとまくれていて、奥の方がかすかに見えた。そこを見ていたら急に胸がどきどきし始め、股の間がふくれてきて、ズボンが窮屈になった。その様子に気づいた館岡さんがハッと自分のスカートを見下ろして座り直した。彼女の顔を見るとポッと赤らんで上気しているように見えた。

この日はあまり話をしなかった。話しても、ぼそぼそと、とぎれとぎれになってしまう。僕だけでなく彼女もそうだった。でも、この日の沈黙は代々木の下宿で会ったときとは全然違っていて、もっとくつろいだものだった。僕は別れるというこの日になってやっとはじめて彼女を身近な人として感じたのだった。何を言ってもいいという感じとともに、何も言わなくてもいいという感じもあり、二人とも思い思いに話した。

そういう空気にちょっと酔ったみたいになったが、今日はまだやらなければいけないことがあったのだと思い出して、立ち上がり、玄関の方に向かった。こたつの横に置いた荷物を取り上げるときに、こたつのスイッチが入ったままになっているのに気づいて、

「あなたのためにスイッチをつけたままにしておいたのよ、とでも言ってくれれば上出来なんだけどね」

と僕がふざけて言うと、彼女は笑い出して、

「私って、そういうことが言えないの」

そのあとすぐ何も言わずに別れて、僕は外に出た。いったん自転車を下宿に置いてから、午後3時頃、今度は電車で駒場の教養学部に行ってみると、事務室のある建物は封鎖されていた。入口に机が積んであって入れないのでガラス窓越しに中をのぞいてみたら、誰もいない。仕方がないので、姉に学生証を預けて、僕のかわりに退学手続きをやってもらおうと決めた。はじめは姉には何も言わずに発つつもりだったのだが、こういう状況だと他に頼める人がいなかった。

電車で目白駅まで行き、そこから大学バスに乗って日本女子大に行った。事務室の扉から姉に

手で合図をすると、姉は、今頃何の用なのとでも言いたげな、けげんそうな顔で近づいてきた。僕は簡潔に用件だけ伝え、学生証とハンコを渡すとさっさと階段を下りて外に出た。すると姉が走って追ってきて、

「ちょっと待ってて。今課長さんに断ってくるから」

と言って建物の中に消えた。再び姉が出てきたときは、姉の顔は呆然とした感じだった。きっと僕が発つのを止めるだろうと思いながら姉がしゃべり出すのを待っていたら、姉は何も言わずに寮の方に歩き出した。後ろについていくと、寮が集まっているところまで来た。寮の囲いのところにある守衛所には誰もいなかった。10メートルぐらい先を歩いている姉に、

「男の人が入っていいの？」

ときくと、

「いいから、はやくいらっしゃい」

と姉はゆっくり言った。そして姉が寮監をしているらしい寮の中に姉は消えた。入口から少し離れたところで立って待っていると、2、3分して姉はまた出てきて、僕のところに来ると、僕にお札を手渡して、

「今これがありったけなの。連絡してくれれば、また送ってあげるから」

3万円ぐらいあった。それから姉が、

「もう夕食はすんだの？」

「いいや、朝食べただけ」

「それじゃ、目白駅まで一緒に行ってあげるわ」

目白駅前で僕だけ立ち食いソバを食べた。それから二人で喫茶店に入り、コーヒーを飲んだ。ほとんど何も話さなかったと思うが、姉が、「館岡さんには挨拶してきたんでしょうね？」ときいたのはおぼえている。別れ際に姉は、

「あんたって人は、ホントに何をやり出すか分からない人ね」

とつぶやくように言った。そのとき僕は「おいしいコーヒーだったな。いつかまたここに来て飲もう」なんてことを考えていた。

15

夜9時頃までに大きなボストンバッグに荷物を詰め終わった。どれぐらい札幌に滞在することになるかはっきりしていなかったが、とにかくアパートを探して住むつもりだったから、さしあたっての生活に必要なものをと思って詰めていたらすごい量になってしまった。そのほとんどが衣類だ。札幌の寒さというのが想像できなかったので、寒いよりは重い方がマシと思って、あたたかそうなものをたくさん入れた。しかし衣類だから、見てくれの割には重くない。

その後、隣部屋のおじさんのところへ行って、ちょっと話があるんですが、と言うと、じゃ下へ、と言って、おばさんのいるところへ連れていってくれた。もう布団が敷いてあって、子どもたちが

寝ていた。布団の横のこたつに入って、おじさんとおばさんに用件を簡単に話すと、二人ともそんなに驚いたようではなかった。札幌に行くことのほか、弟が近く受験のために僕の部屋に来るかもしれないからよろしくと頼んで、1ヶ月分の部屋代を先払いした。それがすんでからちょっとだけ話したが、二人とも行くのを止めるようなことは一言も言わなかった。ただ、おじさんが理由をきいたとき、官僚みたいなものになりたくないと言ったことはおぼえている。部屋から出るときにおばさんが、

「駅までお見送りしてあげたいけど、子どもを学校に連れていかなきゃいけないの。残念だけど、許してね」

と言ってくれた。あとできいたが、姉から知らせを受けて、弟は、ステキだ、と言ったそうだし、母も、まあ大丈夫だろう、と言ったそうである。

翌日の正午近くに、上野発青森行きの急行に乗った。ちょうど真夜中に青森に着くことになる。盛岡までは夏に一度行ったので、のんびりした気分だった。よく晴れ渡ってきれいな空だった。しかし盛岡に着く頃にはもう真っ暗になっていて、やっと、東京を抜け出してきたのだなという実感が湧いてきた。客がだんだん減っていった。

花巻でおじさんが一人乗ってきて、僕の前に座った。お百姓さんのようで、ゴムの長靴を履いている。このおじさんは僕をじろじろと眺め始めた。そして僕に話しかけた。

「どこへ行くんかね？」

「札幌」

「札幌?」

「ええ、札幌。行ったことありますか?」

「ああ、よく行くよ。うちが札幌なんかね?」

「いいや、今度がはじめて」

「どっから来たの?」

「東京」

「へぇ、そうすると旅行ってこと?」

「いいや、旅行じゃなくて、東京が飽きたから、札幌に行ってみようかと思って」

「でも、なおさら退屈だろうが」

「そうですか?」

そのおじさんは察しのいい人らしくて、僕の方で何も尋ねなかったのに、札幌駅から左手の方に行ったどこそこならたぶん働かせてくれるだろうと教えてくれて、それから札幌の様子を話してくれた。僕はただ、ハァそうですかと言って拝聴していた。随分寒いところらしい。人も本州とは違うようだ。

このおじさんは程なく降りていったが、降り際に、このあたりに牧場を持っていると言っていた。

盛岡を過ぎると乗客はさらに減り、暗さが圧力を効かせ始めた。ひとりぼっちだなあ、という実感が迫ってきた。というより、この列車のこの座席に座っているということが、なんだか信じられなかった。どこかに着くことがあるとは思えないような、そんな気持ちになったので、そういう気持ちを押し払うように、時々通過する駅名を読み取ろうとしてみたが、かえって落ち着かなくなった。

青森に着いたら急に元気になった。連絡船乗り場に向かう人たちの中に紛れ込んだせいらしい。連絡船内はすいていたが、一人で二人分の席を取って横になろうという人ばかりなので、隣の席に座ろうとすると誰もがイヤな顔をする。怒ってもこわくなさそうな顔を物色してから席を決めて座った。座ったらすぐに目をつむって眠ろうとしたが、全然眠れなかった。さまざまなことを走馬燈のように思いめぐらせているうちに4時間たって、函館に着いた。

函館に着いたときはまだ真っ暗だった。あたり一面に魚の臭いが漂っている。そして、吐き出す息が白くなるのを見て、なるほど寒いところだな、と思った。父の着ていたオーバーを着ていたので体は寒く感じなかった。労務者風の人たち三、四人がたき火をしているのを見ているうちに列車がホームに入ってきた。まだ暖房が効いていなくて、体が寒くなってきた。ちぢこまるようにしながら駅弁を食べた。

少し明るみ始めた頃、列車が動き出した。すぐに雪の原の景色になった。本州とは違う感じだなと思った。人がめったに見あたらないし、広い。この景色は僕の気に入った。ずっと窓から景色を眺めていたが、飽きなかった。時間はすぐにたち、朝10時頃札幌駅に着いた。

札幌駅構内でトイレに行ったり、顔を洗ったりして意識的にゆっくりしてから、改札を出た。外は晴れていて、非常に明るかった。駅前の電光板に気温がマイナス7度と出ていた。意外にあたたかい。立ったまま、しばらく駅前の通りを眺めていた。人びとの服装が東京とはだいぶ違う。市電が走っている。

アテは全然なかったが、不安というほどのものも感じなかった。でもいつまでもこうしてボーッとしているわけにもいかないな、と思いながら駅舎の方を眺め返すと、片隅に「母子相談」の看板が立っていて、相談所が開設されていた。母子相談というのがどういうものなのか全然分からなかったが、近寄ってみると、善良そうなおばさんたちが五、六人いた。ちょっと迷ったが、まあ僕も家出人の一種だし、と思いながら正直に相談してみることにした。

「東大の学生なんですけど、ちょっと札幌にいるつもりで来たので、下宿を探しているんですが、ここで相談に乗ってくれますか」

おばさんたちは、こういうことも相談に応じていいのじゃないのとか言って、相談し始めた。相談はかなり長く続いたが、普通の耳があれば聞き取れる程度の声で相談していた。話がまとまったところで責任者らしいおばさんが、

「お聞きになっていたと思いますけど、今私たちのうちのどこかにひとまず落ちついていただこうと思って話していたんですけど、適当な家がないので、一応旅館を紹介しますから」

と言い、別のおばさんが旅館斡旋所の方に向かった。透明なガラス張りの場所だったのでそれが見

えた。待っている間黙っているわけにもいかないので、責任者らしいおばさんに、こちらでも受験は大変でしょうね、ときいてみたら、その通りのようで、娘がどこそこの大学を受けたけどダメだったとか、東大入試が中止になるととても困るとかいった話をしてくれた。まるで人を疑わないんだなと、かえってこちらの方が気持ちが悪くなるぐらい愛想がよかった。

少したって旅館が決まり、今日と明日の二泊分の旅館と、その後の二泊分の二軒の旅館を紹介してくれた。おばさんが言うには、その旅館は北大の近くだから、旅館の周辺を探せば下宿があるだろうとのことだった。

ボストンバッグが大きいので、僕はタクシーで紹介された旅館に行った。その旅館に着く途中で、旅館からちょっとのところに「空室あり」の貼り紙がしてあるのが目にとまった。旅館に着いたらさっそくそこに歩いて行ってみた。

大きなつくりの、古ぼけた家だった。屋根の傾斜が大きい。玄関の戸を開けて中に入ってみると、両側に部屋が並んでいて、一階だけで十部屋ぐらいあった。二階ははしごみたいな階段でのぼるようになっていて、一階と同じ数の部屋があった。一階と二階を仕切る天井はなく、屋根の鉄骨がむき出しになっている。

こんにちは、ごめんください、と右手前の部屋に声を掛けてみる。電気がついていたので、管理人室ではないかと思ったのである。十回ぐらいも呼んだのに、誰も出てくる気配がないので、帰ろうか、と思ったところで、部屋のガラス戸がガラガラッと開いて、おばあさんが、

「あんたぁー、ここどこだとおもってんのー」

と、怒った顔で言った。あんまりすごい声だったので、ポカンとしてそのおばあさんを眺めていたら、奥の方から中年のおじさんが出てきた。やれやれ助かったと思いながらきいてみると、彼が家主なのだそうである。

「あのー、今空室あるんですか？」

一つ空いているそうだ。しかし、まだ引っ越しが済んでいないので、2、3日たたないと入居できないそうだ。部屋代をきいてみると、六畳一間で月3千円。ちょうど東京の三分の一だ。

「安いですねぇ」

と言うと、

「もっと高いところもあるけど、うちでは……。あんた北大の人かい？」

正直に答えたら、とたんにおじさんの顔に警戒の色が走った。急に話が曖昧になる。結局入れてくれるかどうかはっきりした返事がもらえないまま、夕方おじさんの奥さんがいるときにもう一度来てくれということになった。

近くで下宿斡旋の看板を見かけたが、電話番号しか書いてないので控えず、そのまま通り過ごした。

札幌の街並みはゆったりとしている。家も大きい。どの家も屋根が急で、たいてい煙突が飛び出しているのが珍しかった。雪はそんなに深くなかった。僕はすぐにこの町が気に入ってしまった。

ここならゆったり住めそうな気がした。

しばらく北大周辺を歩いてから、線路の反対側に行ってみると、銀行やデパートが建ち並んでいて、東京と変わらないにぎやかさだった。

いったん旅館に引き返して休んでから、夕方さっきのうちに出かけた。中に入ってみるともう帰ってきた人が何人かいるらしくて夕食の準備でもしているらしい物音がした。声を掛けるとさっきのおじさんと、その奥さんらしい人が出てきた。さっそく、入れてくれるのかどうか尋ねてみたが、ハッキリしない。奥さんも僕のことを疑っている様子だ。ダメなのかなぁ。部屋代なら何ヶ月分か先払いしてもよい、と申し出てみたが、心配しているのはお金のことではないようだ。

「火事の心配とかなんでしょうか？」

「ええ……」

今度はおじさんの方から、

「あんたどこの人だね、クニは？」

「母が岡山にいます」

「ここに、その、知り合いか何か住んでいないかね？」

「ちょっといないですが……」

「県人会とかどっかに行ってみたらどう？」

「さあ……」

父の故郷の鳥取が故郷だという意識もないし。

「じゃ、学生証持っているかね?」

「今ちょっと持ってませんが……」

それまで黙っていた奥さんが、

「ほれみてごらん!」

と、大きな声で言った。これで決まった。おじさんも怪しいやつと断定したようだ。もうしばらく粘ってみたら、おじさんは本当に怒ってしまったようだ。とても事情は分かってもらえないと思い、できるだけゆっくりとていねいに、

「お邪魔しました」

とお辞儀して外に出た。それまで怒った顔をしていたおじさんが急に親切な調子で、後ろから、

「あそこも一部屋空いてるようなことを言ってたよ」

と指さして教えてくれたが、僕はがっかりしてしまって、生返事をしたきりで旅館に引きあげた。

落ち着かないのでまた外に出て、もう暗くなっていた通りを歩いた。歩くうちに気持ちが落ちついてきて、これからのことを考えた。もう一軒ぐらい下宿を探してみるか? しかし、また身分をきかれるのは確実だ。それを証明するものが何もない。断られるかもしれないとはじめから思いながら交渉するなんて、僕にはできないと思った。もう一つイヤなことがあった。母子相談所のおばさんが明日旅館に電話すると、別れ際に言ったのである。電話には出たくなかった。駅前まで

歩いてきたところで、東京に帰ろうと決断した。ダメだと分かっていながら旅館でぐずぐずしているなんてバカらしい、そう思ったのである。夏の旅行の時と同じになってしまった、と思って苦笑した。

体が疲れているはずだ—そのときは疲れているとは感じなかったが—と思って、駅で、青森から上野までは寝台にして、切符を買った。そのあと姉に、「カエル」と電報を打った。

決断してしまったらスッと落ちついた。そして、札幌が昼歩いたときより一層ステキな町に思われた。さっきおじさんが僕に、北大の人かときいたのを思い出して、北大になら入ってもいいなと思ったりした。大学をやめるべく飛び出してきたのに浮気性だな、と思った。しかし札幌は気に入ったので、どうせまた来ることになるだろうと思い、そのときのためにと考えながら夜遅くまでぶらついた。

旅館に戻ると、女中さんに明日帰るからと伝えた。女中さんはさすがに驚いた様子で、

「雪祭りをご覧にいらっしゃったのだと思ってましたのに」

と言った。雪祭りなんてものがあると、この時はじめて知った。

女中さんに伝えてから、旅館の一階に置いてあるテレビの前に泊まっている人たちが集まって見ているのをちらっと見ると、テレビには、機動隊が東大の安田講堂を封鎖解除しているのが映っていた。しかし、僕はそれをゆっくり見るような気分ではなく、すぐに自分の部屋に戻った。すでに布団が敷いてあったので、あかりを消して、服を着たまま横になった。やがて電話が鳴ったが、無

視して出なかった。ちょっとして女中さんが来て、部屋の中をのぞいたが、寝たふりをした。女中さんはたぶん、お風呂がありますよ、と言いに来たのだろう。

16

行きとは逆に、青森まではのんびりとして楽しい旅だった。

しかし、青森から寝台車で横になると、さすがにふがいなく思われた。未練がましく東大生だと名乗ったり、そもそも母子相談所なんかに行ったのが間違いだったと思ったりしたし、せめてもう1軒ぐらい下宿を探したらよかったとも思ったりした。でも、何度考えても、結局、準備がないままに来たのだから出直すしかないという結論に達した。皮肉なことに、僕が帰った翌日から大雪になって、北海道と東北の列車はほとんど動かなくなった。もし一日ずれていたらだいぶ様相が違っていただろうと思われる。

上野には早朝着いた。下宿に戻るのが恥ずかしかった。何ヶ月か、あるいは何年かは東京に戻ってこないはずだったのに。しかし他に行き場所がない。誰にも会わずに自分の部屋に入れたのでホッとした。

昼前、おばさんが気づいて、部屋にやってきた。

「どうも信用してもらえなくて……」

と言ったら、そんなことどうだっていいじゃないの、といった感じで、おばさんは、無事でよかったわね、と言ってくれた。もう一つの旅館をキャンセルするのを忘れていたので、おばさんに電話してもらった。ちょうど500円だった。

その日館岡さんから手紙が届いたので、不思議に思って開封すると、「お帰りなさい！」と書いてあった。姉から知らせがあったのだそうだ。

昼過ぎに本屋に行って、受験案内書を買った。まだ北大受験に間に合うかもしれないと思ったのだ。下宿に戻って調べてみると、申し込みの期限まであと1週間もない。本当に間の抜けた話だなと情けなくなった。

夕方その本を持って館岡さんのアパートへ行った。彼女は夕食の準備をしていた。下宿のおばさんとは違い、彼女はあきれたような、バカにしたような顔だったが、そう思われるのはあたりまえだと僕は思っていたから、あえて元気よく、これからの話をした。

「今ね、北大に入ろうかと思って調べているところ」

「へぇー」

僕の話を聞いているうちに彼女も興味を持ちだしたようだ。ふと気がついて、

「料理の方は放ったらかしでいいの？」

「いいの。だけど、もうすぐ兄が戻ると思うわ」

「わぁ、こんな時に顔を合わせちゃ、とてもダメだ」

彼女もうなずいて、一緒に外に出た。近くの中華そば屋で食べながら話した。しかし、受験手

続きのことが気になっていたので早めに別れた。

下宿の東工大院生のところで相談した。彼の意見では、雪がひどくなり始めたので、今年はもう間に合わないだろうし、仮に間に合っても、受験日までごくわずかしかないので、準備不足で受からないのではないかというのである。もっともな意見だと思ったので、この年に受験することはやめることに決めた。

そう決めてから考えたのは、私は北大が特別に好きだというのではないのである。実際、受験案内書で調べても北大が特別にいいとは思えなかった。そうではなく、札幌という町が気に入ったから住んでみたいということなのである。こういうわけで、北大を受験しようという気持ちはその後半年ぐらいで消えた。そして、札幌に住むことにもだんだん執着しなくなっていった。けれども札幌はやっぱり好きなままだった。

2月に弟が上京してきて、一緒になった。弟は大学を二つ受けて、どちらも落ちた。その後弟は、もう大学には入らないと決めて東京バーテンダースクールという専門学校に通い始めた。学校は毎日あったが、夜だけだったので、昼間はフランス語の学校にも通い始めた。弟は下宿のおばさんから好かれた。というより、僕が好かれていたのが弟に移ったみたいな感じで、弟と一緒だと、僕はかわいらしくなくなるのかもしれなかった。

卒業の時期で、洋裁学校に通っていた人も卒業したあと帰郷することになって、彼女のお兄さんと、明大生を除く下宿人が全員東工大院生の部屋に集まって送別会をした。寄せ書きに東工大院生が大きな字で「三国一の花嫁」と書き、それを見て彼女は泣いた。

明大生も大学を卒業し、司法試験受験のために浪人することになり、下宿もかわることになった。弟はこの人とも親しくなって、彼が僕たちの部屋に遊びに来るようになった。この人は大阪の人で、親は実業家のようだったが、仕送りは少なく、彼はそのことを恨んでいた。顔が青白いのはたぶん栄養が悪いんだろうと弟と話し合って、時々おいしいものを彼の部屋に持っていった。そのお返しのつもりか、「肉は僕が買うから、すき焼きしましょう」と彼が言い出し、僕たちの部屋に彼の電気コンロを運んですき焼きを作った。ところが火力が弱くて生煮えで、肉はいい品だったのにまずかった。それを彼はおいしそうに食べた。彼の引っ越しの際は弟が手伝うことになった。ところが引っ越しの時間に弟は外出していて留守で、ちょうど僕がいたのでかわって手伝った。そして、荷物と一緒に僕もトラックの荷台に乗せてもらって彼の新しい下宿に行き、荷物を部屋まで運ぶのも手伝った。それきり彼とは会っていない。

その夜、弟は下宿のおばさんから非難された。約束の時間に帰っていなかったからである。弟は引っ越しの車が出発してからちょっとして帰ってきたらしいが、僕がかわりに手伝ったのでそれでいいじゃないかと僕たちが話しているのがおじさんかおばさんに聞こえたらしく、おばさんがごめんなさいと謝りにきた。しかし、このことがあって以来おばさんとはぎくしゃくした感じになってしまった。

しばらくして大学の授業もまた始まった。館岡さんはこの頃、仕事探しのことで悩んでいたようだ。仕事がない、というのではなく、家中が彼女の就職に反対だったからである。下のお兄さんは彼女に、早く実家に帰れと言い、そして彼女が一人でいるときにアパートで僕と会ってはいけないと言ったのだそうだ。だから、僕はもう彼女のアパートには行かなかった。

彼女の手紙は短いものが多くなった。その頃僕は、「ロミオとジュリエット」を映画で見た。そしてオリヴィア・ハッシーにいかれてしまった。感じが館岡さんと似ていると思ったのでそう書いたら、彼女もちょっとしてその映画を見たそうで、彼女は、映画は退屈で、ちょっと見ただけでやめたのだという。あれは10代の人たちの見るものだというのである。それを聞いて僕は、年寄りくさいことをいう人だなぁ、と思い、イヤになった。そういえばこの時僕は19歳だったんですね。

それから程なくして下宿に電話があり、弟がかわって出てくれて、その夜新宿駅で会うことに弟が勝手に決めた。新宿駅で会ってからどこに行けばよいか迷ったが、その頃寮監をやめてアパートに移ったばかりの姉のところに行くことにした。姉のところでも僕はほとんど話さなかった。館岡さんは黙っている僕に当惑している様子だった。姉のところを一時間ほどで出て、駅に向かう途中、館岡さんが僕の肩をちょっとつついて、笑顔で指さした。その方を見ると、「ひろし」という名前の喫茶店があった。けれども僕は全然笑わなかった。彼女と一緒にいるのがイヤだった。新宿駅で何も言わずに別れたときに、これが最後だなと思った。

1週間ぐらいしてから、彼女から手紙が来て、実家に帰りますとあった。「疲れました」と書かれているのを僕は無表情に眺めた。

第3章　それからの日々

館岡さんと新宿駅で別れたところで「透視・第一部」の原稿は終わっている。これは原稿AもBもCも共通している。原稿C（題名のないノート四冊分）は四冊目の末尾に執筆した時期と場所を「1976・8〜9　東京にて」と記してある。

実際にはその後も館岡さんとはときどき会った。しかし、新たな発展はもうなかったということで、この時期で区切ったのだろう。原稿Cの一冊目に、父が死んだことを書いたあとに、館岡さんのことを次のように書いている。

「今年の春、僕の好きだった人が結婚した。それは姉から教えてもらって分かったのである。僕は今その人がなんという苗字になり、どこに住んでいるのか知らない。（中略）この前書いた自伝（原稿Bのことと思われる）も、本当はこの人とのことを書きたかったのかもしれない。この人と会ってからのことで枚数の半分ぐらいも使っているのだから。いずれにしてもこの人と別れたところで終わっている。実際はそれきり会わなかったのではなくて、その後も何年間か、時々だけれど会っていた。会った回数はそんなに多くはないのに、会うたびに僕はあっちへこっちへ大きく揺さぶられていた。（中略）この文章を書き始めたとき彼女からもらった昔の手紙を取り出して、だいたい日付順にスクラップブックに整理してみた。整理作業をしながら彼女の手紙を読んで僕はとても感激してしまった。思わず顔が赤くなったり、アッハハハと笑い出したり、じいっと考え込んだりしながら、どんなに感激した小説でもこんなふうに、顔の体操でもやっているような感じで読んだものはちょっとないな、と思ったのだった。深沢七郎の対談などだとゲラゲラ笑い続けるということはあるのだが、それはただ同じように笑い続けるだけで、動き出す筋肉は決まっている。この前自伝を書いたときは、そもそも館岡さんの手紙をまともに読むことができなかった。いろいろな感情が複雑に混じっていたようだが、何と言っても恥じらいの気持ちが一番強かった。それに、その頃はまだ彼女のことを忘れるどころではなかったので、手紙をいちいち読まなくても、僕たちがどういうふうにやってきたのかという筋は組み立てることができた。そして、自伝を書いた理由は、早く彼女のことを忘れたいということだったらしい。腹の中にたまっているものを無理にでもケツの穴からひりだしてやろうという魂胆だったらしいのである。だから出てきたものは形がぎくしゃくして、ゆがんでいる。あとになって口に入れたものほどまだ消化できていなくて、下痢状になって出てくる。中には血の混じっているものさえあるのだ。すっかり終わってしまったわけだからもう大丈夫だろうと僕は考えていたのに、どうやらこの人との思い出はまだ死んでいないらしい。(以下略)」

今回、彼女とのことを読み直しながらこの原稿にまとめていく作業も、50年も前のことなのに、意外なぐらいきつかった。でも長い時間が経過したおかげで、彼女に対しては、そもそも相手になってくれる人を探すところから始めなければならなかったような私とちゃんと向かい合って相手をしてくれたことをありがたく感じることができた。

その後の彼女については、姉を通して間接にしか聞いていないが、結婚後子どもも生まれたそうだが、なぜかは分からないが、彼女は若くして亡くなったのだという。

【1】

私の方は、その後も生き続けてきた。残っているノートの中では、一番古いノートは1968年2月7日に書き始め、1969年1月10日で終わっている。このノートに続いてノート2、3、4、5が残っている。最初の黄色いINDEXの頁に、ノート2は「高望みの季節」、ノート3は「田舎出の男の現実」、ノート4は「原点への復帰」と大きく書かれている。ノート5は司法修習生だった時期の日記である。

私は1969年5月31日に教養学科ドイツ科に仮進学を決めた。当時、教養課程の2年間は四学期に分けられていて、第三学期の途中から休校状態になったので、授業が再開されるとその続きからはじまり、第四学期は専門課程に仮進学する形で、教養課程の科目と専門学部の科目とをチャンポンで学ぶ予定になっていた。どの専門学部に仮進学するのかを決める期限が5月31日だった。札幌から戻ってきても、東大をやめたいという気持ちがなくなったわけではなく、ずっとくすぶっていた。しかし、学生証がないとどんなに不便かということも私は札幌で実際に体験したわけで、すんなり中退するという気持ちにはならなくなっていた。私は文科一類で入学したので、何もしなければ自動的に法学部に仮進学することになるのだが、法学部には進学したくなかった。法学部以外で進学先として興味を持ったのは、教養学部の中に教養課程とは別に専門学科としての教養学科のドイツ科と国際関係科だった。当時どういう興味で国際関係科に興味を持ったのかというと、外交官という仕事に興味を持っていたのだった。外交官！　いくらなんでも私の耳では国際関係分野の仕事はとうてい無理でしょう。「外国で生活する」ということにはこの頃から興味を持っていたらしいのだが、それにしても、国内でもまともに就職できそうにない人間がどうやって外国で生活できるのであろうか？　考えてみれば、どの仕事も私の耳では無理であろうから、仕事につながるかどうかは考えないで、好きなことに徹底しようと思ってドイツ科に決めたのだった。当時好きだったのは、ドイツという国よりはドイツ語だった。ドイツ語で書かれた原書をスラスラ読めるようになるのが私の夢だった。これなら翻訳者の仕事が考えられよう。農学部の農業経済学科も、先にも書いたように、文科系の者も進学が可能だったが、内容的に経済学部でやることと変わらないし、経済学部の授業は法学部でも全部受講可能だったので、法学部に進むことを断念した段階でこの案も自動的に消えた。私のイメージしていた農業とはダブるところも少なかった。

このように教養学科ドイツ科に仮進学することに決めた日の翌6月1日に、代々木の下宿から小平市学園西町の母の家に、弟と一緒に引っ越した。

母は、弟が高校を卒業するとともに上京して、まず府中市の祖母宅に滞在しながら家探しを始めた。いくつか候補が見つかったなかで、電車の駅から近いということが決め手になって、一橋学園駅近くの新築の家を買った。分譲地に自分で家を建てた人が、そこには住まないと決めて売りに出したのを買い取ったものだったので、ていねいなつくりで、値段は455万円だった。隣の家の奥さんが、200～300万円ぐらいで買ったのですか、と母にきいたそうで、この頃は不動産価格が非常に値上がりしていた。この頃の日本では、常識として、不動産価格が落ちることはないと思われていて、その後バブルの時期には母の家もなんと億がつくぐらいの値段にまでなったのである。もっと広い家に住むために家を売って、そのお金で都心からさらに離れた場所に引っ越していく人が非常に多かった。しかし、売る気がない人には固定資産税が高くなるばかりなのでいいことばかりではない。

父の退職金は最初410万円ぐらいだったというが、先に述べたように、同僚の判事さんが動いてくれたおかげで満州の分ももらえることとなり、それが200万円ぐらいだったそうで、おかげで、家も現金一括払いで手に入れることができた。

ノート2を見ると、教養学科ドイツ科への仮進学が正式に決まったのは7月6日だった。ところが、私はそれから1ヶ月近くあとの1969年8月1日から同年11月30日まで休学することに決めている。つまり、ドイツ科への仮進学を白紙に戻し、1年間休んでから法学部に進学し直すことに変更したのである。理由は、ドイツ科では卒業まで続けられそうにないことが明確になったからである。ドイツ科に仮進学したのは七人ぐらいだった。その結果、専門関係の授業は大部分がゼミぐらいのサイズになり、大教室でのマスプロ授業ではないのである。だからこそいいじゃないか、というのが普通の考えかもしれないが、私はまいってしまった。適当に休むこともできず、息抜きもできない。とてもじゃないが卒業までこんな調子ではやっていけないと思い、迷うことなく休学届を出した。

これは、ドイツ語やドイツ関係のことが嫌いになったというのでは全然ない。だから、休学届を出したあとも、興味のある科目は、担当教官に、休学中だがと断ったうえで受講させてもらっていた。

この時期に受けた授業で唯一記憶に残っているのは、長尾龍一先生の、ドイツ語の原書を使ってのドイツ法ゼミである。受講者は三人ぐらいで、みんなドイツ語の読解力も十分あったので、どんどん読み進んだ。ゼミのあと、みんなで一緒にラーメンを食べに行ったこともあった。

休学後、ノートには記録が残っていないので正確な時期は分からないが、たぶん1970年の春に法学部に仮進学し、正式に法学部に進学したのは1970年10月12日だった。

この間私は、1970年5月に司法試験第二次試験の短答式試験を受験して合格し、続いて8月31日に論文試験に合格した。そして、9月に最終試験の口述試験を受けて、これも合格した。論文試験の席次は、合格者五〇〇人ぐらいのうちの99番だった。というわけで、私は法学部に進学する前に司法試験に合格してしまったので、結果的には、わざわざ法学部に進学する必要もなかった、ということになったのだが、今考えても、法学部に進学したのはよい選択だったと思っている。ごく一部の例外を除き、法学部の授業は出席をまったく取らなかったので、科目の登録だけして期末試験を受けるということができ、その結果、期末試験当日にはじめて担当教官の顔を見るなんて芸当もできたので、自由気ままにやりたい勉強をすることができたが、これが一番大きかった。

ノート2は1969年3月19日〜10月23日に書かれている。この時期に教養学科ドイツ科への仮進学を決め、あっという間に休学して白紙に戻したわけである。そして、前記の通り、ノートのはじめに「高望みの季節」と記してある。この「高望み」とはどういうことなのかと考えながらノート2をざっと読んでみたのだが、断片的な文章が非常に多く、かつ、現在の私には意味不明の言葉がたくさん使われているため、内容は大部分理解できなかった。ただ、このノート2の一番最後に、「――わたしの「夢」へ捧ぐ――」と題する詩が書かれている。この詩が、その後1976年8～9月に書いた、「透視・第一部」の原稿C（全四冊のノートからなる）の三冊目の冒頭に、「夢」という言葉の解説とともに掲げられている。

「人の心の中にジキルとハイドがごたまぜになって住んでいるというのは、まったく当然のことで、改めてそれを指摘してもどうってことはない。ジキルが住んでいるのを誇らしく喜ぶ人もいれば、ハイドが住んでいることをむしろご大層に喜ぶ人もいる。どっちにしても、それはその人の趣味の問題で、それ以上でもなければそれ以下でもない。何が好きかはその人の勝手だから。

僕が長い間、「僕は自分のものではない」とボンヤリと、あるいはハッキリと考えてきたのはそういったこととはまったく別のことだ。つまり僕とは独立した、なんだか得体の知れないものが僕のうちに巣くっているということだ。僕には長い間、それがどういう形をしているものか分からなかった。独り立ちした人間のようでもあれば、動物か何かのようでもあるし、あるいはひょっとして生き物ではないかもしれない。形も全然ないものなのかもしれない。そういうふうにいろいろ考えてきたけど、正直なところいまだ不可解だ。いずれにせよ、僕が大学生だった頃は、そいつのことを「夢」と名づけていたのだった。」

私は、原稿Aの「透視・第一部」を書き上げたあと、続いて1976年11月20日から「哲学・第一部」を書き始めたが、そこでも次のように述べている。

「僕が、僕を含め、また自我というものも含め、すべてのものごとは結局分からないということを知っているにもかかわらず、僕のうちで「こうでなければならぬ」と命じるものがあって、その声には僕は逆らいようがないのである。まったくどうしようもない。その声の出所がどこにあるのか僕は知らないが、今までのところそのありかを探索しようという気になったことはなく、僕のうちに他人として存在している。（中略）そのことは自伝にも書いたし、詩にもしてみた。「そいつ」と呼び、「夢」と呼び、僕の主人のように扱ってきた。」

こういう状態は病気ではないのかと、私も一応は考えた。近親に幾人かの、明らかに統合失調症の人もいて、たとえば府中市に住んでいた祖母など被害妄想で、隣の家と最高裁で訴訟中だと言って、家の中をのぞかれないようにと昼間でも木戸を閉めていた。私が東大に受かってから、岡山から姉と上京して、まず祖母宅に行ったときに、祖母も、叔母も、叔父も出かけて不在だったので、岡山から持ってきた荷物を近所の家に一時預かってもらおうとしたが、祖母の話を聞いていたので、隣ではなく、隣の隣の家に預けたものだから、けげんな顔をされたのだった。後に、母の女学校時代の友人の旦那さんで、一橋大学教授だった人が裁判所に問い合わせをしてくれて、最高裁にはそのような事件は係属していないことがハッキリしたので、完全な妄想であることが確認できた。叔父もまた統合失調症で、こちらは日立製作所の研究所に勤めていたが、若い頃に設計図を盗まれたとかでおかしくなってしまった。しかし、日立製作所は叔父をクビにはしないで、その後も定年まで雇い続けてくれた。叔父は、狂ってしまってからは、国分寺にある研究所の掃除か何か単純作業を割り当てられてやっていたようだ。家ではじっと机に座ってなにやら書いているようだったが、何を書いていたのだろうか？　叔母はごくまともだったが、祖母と叔父の面倒を見るために結婚はできず、定年まで富士重工（現在のスバル）で自動車のエンジンの設計をしていた。

私が、「僕の哲学」づくりに熱中したのにもかかわらず、自分にさしたる興味が持てない、というのはそういうあり方からきている。私もいずれ気が狂うのかなとずっと思っていたのだが、どうやら狂わずにすんだようだ。

ノート2のあとのノート3は、1969年10月23日に書き始めているが、いつ書き終わったのかハッキリしない。日付順にノートを埋めずに途中から適当に書いたと思われるところもあるし、そもそも日付の書かれていない文章も混じっているためである。ただ、次のノート4は1971年4月から書き始めているので、ノート3の文章はそれ以前に書かれたものである。

ノート3の書き始めの時期とダブって、1969年の秋に、私は中央大学真法会の通信制の答案練習会に入会し、これが1970年5月の司法試験第二次試験の短答式試験の前まで続いた。この答案練習会に入ったおかげで、特に短答式試験関係の力がぐんぐんついて、おかげで本番でも余裕があり、時間が余るほどだった。たぶん高得点で合格したと思われる。こういう時期だったので、司法試験準備の勉強で忙しくて、あまりよけいなことを考えるヒマもなかった。

１９６９年11月7日に、大倉君について次のように書いている。

「大倉君がフランスに行くと決まったと聞いたとき、私は明らかに嫉妬を感じた。なぜこのような感情が湧いたのかよく分からないが、以前ならそういう感情は湧き起こらなかったはずで、それゆえ、とまどいも感じた。昔、大倉君が私の太陽であったことがある。彼の姿は私の頭の中から消えることはなかった。よき日々だった。ところが、ああ、いかんせん、私自身もすでに燃える存在になっている。火をつけたのが誰であるにせよ、いったん燃えだした人間には、太陽はなくなるということを悲哀とともに感じた。」

司法試験に合格したあとの１９７０年12月3日に、「新生の弁」と題する文章を書いている。

「要するに人生が「これっきりのもの」であるということ、このことの確かさと不確かさが交互に行き交いごちゃごちゃしていて、生きるにも死ぬにも寄りかかるのに不足で、とどのつまりは「人生論」の破綻、それが火付け役になって人生そのものさえおぼつかなくなってきたということ。まったく、どうなっちゃってるの。

すべてが「嘘」なんだというまことしやかな風説。「死」さえ茶化されて云々、といったところ。

しかし、幸か不幸か、私の心がまだ「死」なんて考えるには至っていない現状。

「絶望」に不足はなく、かつまたその基盤がないとも言えぬ現状。「考えない」人間がもっとも幸福であるというこの逆説的時代。もっとも、かつて人間が考えたというのは一つの神話であって、事実はその逆、人間はかつて考えたことがないという、この一貫した事実。

この世の中がなくなるということは、しかし、不思議にも信じられていない。どんなに悪くなっても、とにかくこの世界はなくならないという不思議な信仰。覆しようのない「現実」の重み。この事実に目を背けることこそが「若さ」だと思われているなんという奇怪。

この世の中がなくならないというのと同じぐらい強く信じられている「真実」というものの不存在。大家の小説家も、これだけはなかなか捨てかねているが、およそものの分かる人なら皆このことを感じている不思議。「真実」というものが仮にあるにしても、今までのやり方、考え方ではこれに迫ることができないという抜きがたい信念—行動主義がはやる源か。「自主性」というものへの不信はあれど、ますます気むずかしくなる人間。「存在」をたんに事実として片づけるだけではなく、美化し、賛美するという現実感にはずれた風潮の蔓延。

私の今の状態は模索といわざるを得ない。だからといって積極的な行動に出ることはないだろう。しばらくは単調な生活が続くであろう。「存在」も「理想」も「神さま」も今は要らない。導きの手がどこから来るかは分からないが、来るときがきたら来るだろう。それだけのこと？　それだけのことだよ。」

体言止めの文が多い。叫び声のような文が、だんだんと脈絡の分かる散文に近づいていきつつあった時期なのかなと、今読みながら感じた。だんだんと私なりの「現実」に肉がついていっていたのだろうか。

司法試験に合格したあと法学部に進学してからちょっとたった、1970年11月25日に、「楯の会」の三島事件が起きている。私がこの事件に直接の影響を受けたことはなかったと思う。確かに上手に小説や戯曲を書く人だとは思い、かなりの作品を読んではいたが、当時から、これは「作文」に過ぎないな、と思っていた。

私自身についていえば、この頃、主語に「僕」ではなく「私」を使うような変化はあった。そういう変化はあったが、耳の状態がよい方向に変化していない以上、普通になりたくてもなりようがなく、生活の基本的なパターンはかわりようがなかった。ただ、自立なり、自活なり、人に頼らないタイプの生活―それをノート3では「事業」と表現している―ならできるであろうといろいろ考えるようになった。その際に、他人に頼るというか、援助を求めることをのっけから否定するものだから、かえって現実味がなくなってしまうというか、普通の意味の自立とか自活とかからかえって離れてしまう傾向があったと、今は思う。

法学部の授業については、法律科目は先に述べたように、ほとんどが学期末試験を受けただけで、それでも成績は大半が「優」だった。ただ、ゼミは村上淳一先生のドイツ法ゼミを取り、休まず出席した。テキストはギールケのドイツ法制史関係の原書を使って読んだが、下調べに時間を食うため敬遠されたのか、参加者は数名で少なく、楽しかった。今考えると、職業として研究者の道を考えたとしてもおかしくないような状況だったし、実際そういう勧誘もあったのだが、当時の私は、研究を仕事と結びつけるような発想を持っていなかった。あと、野田良之先生のスペイン法の講義があったのでそれも聴講した。フランス法の本はいくつもあったが、スペイン法というのは珍しかったからである。当時から外国法や比較法は好きだったんですね。

実際に授業に出たのは大部分が経済学部の科目で、興味に任せていろいろ出た。経済関係の科目をいろいろ取るうちに、公認会計士試験を受けてみようかと思うようになった。会計関係の仕事なら聞こえなくてもやっていけるのではないかと考えたからである。理論は勉強してみると面白く、公認会計士試験の科目を順に勉強していったが、問題は簿記論や財務諸表論で、8桁ぐらいの計算が自在にできなければ話にならない。当時は試験で電卓を使うことが許されておらず、そろばんができることが必須だった。それで、最初はそろばんの練習帳を買ってきて自習していたのだが、そんなに上達したとは思えなかった。大学卒業前から司法修習生になった頃、大久保にある会計専門学校に夜通って勉強したのだが、解き方は分かってもどうしても計算が間に合わなくて、結局答案に何も書けないで終わるといった状態が続いた。結局本番もそういう状態のままでギブアップした。でも、そういう勉強自体はすごく楽しかったし、いずれ役に立つはずだとも思っていた。専門学校に通っていたときは、いつもバッグにそろばんを入れて歩いていた。じゃらじゃら音が出るものだから、大久保の交番前で呼びとめられて尋問されたことがある。司法修習生だと言ったら恐縮されてしまったが、なんでも近くで強盗事件があり捜査中だとのことだった。

ノート3には、時期がハッキリしないのだが、姉の大学の友人の弟さんの家庭教師をやり始めたことが書かれている。法学部の学生だったときのような気がする。場所は世田谷区の小田急線沿いの家だった。なぜ私が家庭教師をするよう頼まれたのかというと、その弟さんは手の指が四本しかないのである。たとえば普通の手袋だと一本分余ってしまう。それでどういう不都合があるのかと思うのだが、とにかく私も障害者なので、障害者同士で話が合うのではないかと思われたらしい。弟さんは高校生で、私は英語と数学を教えた。英語については私が教えたら結構点数が上がったらしいが、そういうことより、弟さんと普通におしゃべりしたりすると家族の人たちから喜ばれた。私が接した限りでは、弟さんはそんなに問題があるようには見えなかった。1年ぐらいは教えたように思うのだが、そのうち私の方が自分のことで忙しくなったのでやめたのだが、弟さんにはそれがすごいショックだったとかと姉を通じて聞いた。

私のこれまでの経験からすると、障害ってのは千差万別で、そして、障害者ってのは自分の障害のことで頭がいっぱいになっているので、むしろ普通の人より他人の障害が理解できないということがままある。ずっと後になって、2014年に人工内耳をつけてもらった前後に人工内耳友の会のメーリングリストにも加わったが、お互いの状況を理解することが非常に難しい様子で、騒々しいだけのやりとりで終わることが多かった。そのためかどうか、今はこのメーリングリストもなくなった。

ノート3も終わりに近づいた1971年3月8日に、大学卒業後司法修習生となろうと決めた。

法曹となる決意はまったくなく、どうやって食っていくかのアテもなく、食うことについてはこれから考えてみる、と書いている。

それからちょっと後の4月7日に、私はカフカの『城』の中央公論社版（「世界の文学」第39巻）を読了している。『城』を読んだのはたぶんこれがはじめてだろう。その後、他社の日本語訳も読んだし、外国旅行中にさまざまな場所で、英語やスペイン語でも読んだ。こんなに何回も読んだ小説はないので、私にもっとも影響を与えた小説だろう。実は、今もまた寝ころびながら『城』を読んでいる。相変わらず面白い。なぜ面白いのだろうかと今考えてみた。『城』は未知の地域に入っていく物語なんですね。だから全然知らない外国の旅行と同じである。Wikipediaによれば、「とある寒村の城に雇われた測量師Kが、しかしいつまで経っても城の中に入ることができずに翻弄される様子を描いている」のであるが、何も分からないところで、うまくその地域に入れるかの決め手になるのは、手引きしてくれる人がいるかどうかが非常に重要である。『城』では、ごくはじめの方でKはフリーダと会い、会ったその日のうちに結婚の約束らしいことをし、同棲を始めるのである。Kって独り者なんですかね？　城に雇われてきたはずなのにその城にいつまでたっても行き着けないままで小説は未完のまま終わってしまう。『城』を読んでいた時に、3月21日と22日の両日、館岡さんと会ったことが記されている。手紙の下書きかと思われる文章が残っている。

「私が先日お話ししましたときには、「今は誰とも結婚する気はない」という私の気持ちを述べるのに一生懸命になって、私があなたに対してもことさら特別な感情を抱いてはいないという印象をあなたに与えることになったとしたら遺憾です。事実は反対なのです。」と書いて、『城』のいくつかの部分が写してある。私は当時、クラウス・ヴァーゲンバ（ッ）ハ、塚越敏訳『カフカ』（ロ・ロ・ロ伝記叢書、理想社、1967年）という伝記を何度も読んで、カフカが何人もの女性と婚約し、それを解消するということを繰り返すのを当時は不思議に思ったのだが、実際に沖縄に来てから結婚してみて、私がなぜ結婚という形に向いていないのかが実感として分かるようになっている。

ノート4は1971年4月下旬に書き始め、冒頭に「原点への復帰」と大書きされているわけだが、このノートの司法修習生となるまでのところをざっと読んだ感じでは、「原点」というのは難聴者である自分がどういう仕事に就けるか、正面から考えようじゃないか、ということのようである。それから半年ぐらいたった11月5日に次のように書いている。

「本日、免許試験場で聴力検査をしてもらったところ、10メートル離れたところから、なんと90ホンの音が聞こえない。音を100ホンにしてもダメらしい。こたえた。これから先、この日を随分恨めしく思うこともあろう。目はメガネで補正できるのに、補聴器使用は認められないというのもしゃくの種である。

私にとって、自動車の魅力で大きいのは、それが実業と結びつきやすいということと、車は一人で運転するものであるということである。車を使う仕事ができないとなると、私が現実的に稼ぐのは「非現実的」というか、普通仕事とされていない形態を探すしかないのではないか、という気がする。」

これぐらい聞こえなかったわけだから、保険適用で人工内耳をつけられるぐらいまで聴力は落ちていたのではないかと推測するが、ただ、人工内耳の歴史を見ると、人工内耳が今ぐらいの性能になったのは2000年代に入った頃以降ではないかと思われる。70年代に入ったばかりの頃に人工内耳をつけて満足できる結果が得られたかどうか疑わしい。

前にも書いたように、ハリ治療を受けてみたらどうかという話を聞いて、実際にハリ治療を受け始めたのが、このちょっと後の11月25日だった。1972年3月で大学を卒業し、司法修習生となるのを控えてこういうことをやっていたわけである。

以上が、ノート2から4の途中までを再読しての、大学卒業までの状況である。

2020年10月に、ラフカディオ・ハーン(小泉八雲)をテーマにした「日本の面影」(全四回、NHK)の録画したのを、もう四回か五回目だと思われるが見た。シナリオは山田太一『日本の面影』(岩波現代文庫、2002年)に収録されていて、これも何度か読んだ。ハーンは、16歳の時に、預けられた寄宿舎で左の目を失った。遊んでいた回転する鋼のブランコの一本が目にあたってしまったのである。この事故がその後のハーンに非常に大きな影響を与えている。あと、家族的に幸せではなかったことも非常に大きな影響を及ぼしている。ハーンはギリシャのリューカディアという小さな島で生まれ、母親はその近くの島のギリシャ人、父はそこに駐屯していた英国軍の軍医で、アイルランド人だった。ハーンが2歳の時、一家はダブリンの父の生家に来たが、母親は英語もろくに話せず、アイルランドの作法慣習も知らず、苦労したのであろう、ハーンが4歳の時にハーンを大叔母に預けてひとりギリシャに帰ってしまい、以後母親とは逢わぬまま死に別れた。父親はハーンが7歳の時に再婚をし、インドに行ってしまい、ハーンは大叔母の世話になりながら、邪魔者であった。

19歳でひとり米国に渡り、NY、シンシナチ、ニューオーリンズと、はじめはホテルの雑役、夜警などをし、24歳で新聞記者となったのである。だからハーンは、小泉セツと結婚するにあたって大勢の家族に頼られることになった喜びを述べているが（シナリオ221頁）、この喜びが見せかけではなく本心だったことは、その後息子を籍に入れる必要から国籍選択を迫られたとき、すでに日本に幻滅していたのに、日本にだけ家族がいるという理由で日本国籍を選択したことからも明かである（同317頁）。その家族がみんな松江の人なのである。そういうことでいろいろ思い出していたら、私の場合も幼少時の松江での経験が非常に大きかったことを感じた。そして、松江というのはのんびりしていい町だったなと改めて思った。

記憶に残っているのは南田町の官舎に住んでいたときのことだが、父が裁判官で、地方では名士の一人であったので、お坊ちゃん的に育てられたと思う。父の趣味というのが能の謡と仕舞いで、父は家族全員に練習をさせた。普段は家の近くのモリアツ先生に習い、月に一度ぐらい、今井彰先生に習い、たまに京都からも先生が来た。練習はだいたい松崎水亭というところであった。今井先生というのは、今井書店の店主だった人である。そして一回だけだが、夜行列車で京都の観世流の本家にも行って見学をしたが、このメンバーに漢東種一郎さんという松江城の敷地内でお茶屋をやっている文化人ふうのおじさんがいて、このおじさんから、組原さんちの坊ちゃんたちが騒がしくて眠れないと苦情を言われたことをおぼえている。漢東さんの名前が先日読んだ平山三郎『実歴阿房列車先生』(中公文庫、2018年)に出ていた(236頁)。仕舞いは型をおぼえるだけで、意味なんて全然分からなかった。曾我兄弟という二人でやる仕舞いがあり、弟と一緒に発表会でやったが、途中で間違ってしまって分からなくなり、適当に動いていたら、謡が終わったときにもとの場に戻っていなくて、見ていた人たちから爆笑されたことがあった。毎夜のように父が大橋の方まで散歩に連れていってくれて、喫茶店でケーキを食べさせてくれたが、母はお金の無駄遣いだと言って怒っていた。父と母はよく喧嘩していた。母が父にぶたれる前に、メガネをはずしますから待っていてください、と言っていたのをおぼえている。ぶたれたあと、生長の家のお友だちに平気な顔でそのことを話していた。当時、腹違いの姉のことで父はイライラがたまっていたようだった。当時は私はそういう事情は全然知らなかった。父は時々釣りにも連れていってくれた。だいたい朝酌というところまでバスで行って、中海に面したところで釣ったが、ハゼがたくさん釣れた。斜め向かいに原さんという百姓のおばさんが住んでいて、マアちゃんという商業高校の息子さん、娘さんと住んでいたが、このおばさんが、われわれが東京などに旅行で留守するときは留守番してくれた。その隣にヨッちゃんといういじめっ子がいたのだが、何の病気であっけなく死んでしまって、その葬式に行ったことは鮮明におぼえている。子どもが簡単に死んだんですね、その頃は。

向かって右隣は立派なお屋敷で、野津さんといって、代々のお屋敷のようだったが、おじさんは歯医者で、私も小さい頃通っていたのだが、すごいスローペースで何度も何度も通わされるし、腕もよくないと母は言って、別の歯医者にかえた。近くの質屋の福代さんと母は仲良しで、すごい美人のお姉さんたちがいた。やはり近くに竹内牛乳があって、牛を飼って牛乳を生産し、販売していたのだが、夏休み中配達にくっついてまわったことがあった。配達先で組原さんのお坊ちゃんと言われて、お菓子をもらったりした。一度配達の自転車がひっくり返って牛乳瓶がみんなわれてしまったことがあった。裁判所官舎はわれわれのほか三軒あったが、転任があるので、出入りが結構あった。便所はくみ取りで、お百姓さんがくみ取りに来た。家の庭は広くて、だいたい畑にしてあった。イチジクの木が大きくなっていて、実もよくできた。母屋の裏側に父が砂場を作ってくれて、結構友達も来て遊んだ。遊びでは「20数えて」といって隠れん坊をよくしたほか、はしごを使って屋根に上がり、屋根から砂場に飛び降りたりした。火遊びして障子に火が燃え移りそうになったこともあった。動物は、犬とニワトリはいつも飼っていたし、ウサギを飼っていたこともある。犬のシロはねこいらずを食べたのか、野津さん宅の庭で死んでいるのが見つかって、そのあと捨て犬を飼って、コロという名前だった。ラジオで、確か「コロの物語」というのをやっていて、熱心に聞いた記憶がある。その頃はラジオは結構高い棚の上に置いてあって、みんなでそれを聞いていた。

普通に聞こえていたんですねえ。

［2］

1972年4月に司法修習生となってから以降のノートをざっと読み直してみた。

司法修習生というのは、当時は国家公務員で、給料はもちろん、ボーナスももらえたのであるから、就職したと言ってもおかしくはない。実際、長年司法試験の勉強をしてきた人が合格後、司法修習生となる前後に結婚するということは多いようで、私の周辺でもそういう話はいくつかあった。そして、世間的に見れば修習が終わったら法曹になるのがあたりまえだが、私の場合はそうではなかった。裁判官にならないかという勧誘は私も何度か受けた。実務修習中に、任官すれば最高裁まで行けますよ、とまで言ってくれた裁判官もいたが、私からすれば、最高裁は15人の合議体で、そんな大きな会議だと、とてもじゃないけど聞き取れないから、最初からお断りだった。むしろそういう可能性を言われたことが、任官はしないという決断に強く影響した。じゃ弁護士はどうかというと、私でも気持ちよく働けそうな事務所はないだろうと勝手に考え、特に探したりはしなかった。共産党系の人たちはだいたい合同事務所に就職するが、その関係の修習生仲間から、世話してあげようかと言われたことはあったが、私とは合わないなと思って断った。そのままずるずる行って、結局何も決めないままに修習を終えたのだった。

将来の進路をどうするかの問題の前に、そもそも最後まで修習を続けられるのかさえ自信が持てなくて、途中で何度か実際にやめることを考えた。前に「透視・第一部」のしょっぱなで、電話のことがきっかけでやめようと考えたことを述べたが、そのときは民事裁判修習中だった。当時の司法修習は、まず司法研修所での前期修習が四ヶ月あり、その後、各地に分かれて実務修習をするのだが、私は東京で修習し、東京は4班に分かれていて、私の班は、民事裁判、検察、刑事裁判、弁護の順で四ヶ月ずつ修習した。そして、最後に再び司法研修所に戻って後期修習をしたあと、修了試験(二回試験と言っていた)に合格すると修習修了となるわけである。「透視・第一部」のしょっぱなで述べたのは民事裁判修習を東京地方裁判所民事部でやっていたときだった。私が配属された部の部長判事は新潟水俣病事件の判決を書いた人だったが、実際の事件の判決起案をするうちに私のことをとても評価してくれて、裁判官に向いていると言って任官を勧めてくれた一人だった。どういうところが評価されたのかというと、結論が常識にかなっていて、妥当だというのである。ヘンな結論を出さないということなのだが、確かに、一緒に修習した人の中には理詰めで極論を展開するタイプの人が結構いた。陪席の女性の裁判官が独身で、この人とも雑談して面白かった。バカマジメってのは真面目なんじゃなくってたんなるバカなんですよ、といった話をしたら、お互いに笑いが止まらなくなったことをおぼえている。言わない方がいいかもしれないが、その人の名前が「笑子」だったことを今も思い出す。

検察修習は、二十人あまりの班全員がまとまって修習した。私はネクタイをしていなかったのだが、ここではネクタイを強制された。一緒に修習していた田代和則さんという、私よりずっと年輩の人がネクタイをくれたので、検察修習中はずっとそれを使っていた。田代さんは兄貴みたいな感じで、私のことをいろいろ気遣ってくれた。取り調べ修習を拒否する人が班にいて、緊張感があった。当時青法協といっておもに共産党系の人たちが集まったグループが左翼といわれていたが、それよりもっと過激な主張をするグループがあり、そのメンバーだと聞いていた。私とはウマがあってよく話した。彼は弁護士となってから甲山事件に関わっていたと聞いている。修習以来今までずっとつきあってきた人はだいたい検察修習で一緒にやった班の人たちである。班のメンバーには後に最高裁長官になった人もいるし、考え方はさまざまだったが、とにかく皆さん共通して優秀で、いろいろ教えてもらえた。個人的によくおぼえているのは常習のスリの取り調べをしたときのことで、その被疑者が東京駅の第3ホームと言うのを、第6じゃないか、と言ってやり合っていたら、指導の検察官が、東京駅のホームは1番線と2番線が第1ホームになっていて、つまり6番線は第3ホームなのだと教えてくれて納得した次第である。この被疑者は短歌を作るのが趣味だということで、話していて面白いおじさんだったが、取り調べの時の話の裏を警察で取ったら全部ウソで、指導の検察官と一緒に顔を見合わせた。調子を合わせるだけが能じゃないなと思った次第である。

ノート5は1972年8月25日から1974年4月1日まで、メモのような感じで、だいたい毎日書いている。書き始めたのは、研修所での前期修習が終わって、民事裁判の実務修習が始まる頃からである。

民事裁判、検察の実務修習が終わったあと、1973年3月末から刑事裁判修習が始まっている。裁判官というのはだいたい、法廷のある日が一日おきに入っていて、法廷のない日は宅調日（自宅調査日)で、これと合わせて修習生もだいたい一日おきの出勤になっていたと思う。宅調日と言っても、たとえば父はほとんど毎日裁判所に行っていた。ただ、裁判所の勤務時間だけでは事件処理が間に合わないようで、判決起案のために大量の記録を家に持ち帰るのが例で、重い記録を運ぶのは裁判所職員の人がやってくれていた。私は、刑事裁判修習をしていた頃は、宅調日にハリに通うことが多かったことがノート5を見て分かった。

刑事裁判修習中に関わった事件で今も記憶に残っているのは、これは合議事件ではなく単独審理の事件だったが、韓国人の女性が不法入国・滞在で、出入国管理法違反で裁かれていて、累犯だった。記録を読むと、可哀想な事情がいろいろ書かれていたが、当時の私はそういう事情には全然共感を感じず、何度も繰り返して悪質じゃないかということで執行猶予なしの非常に重い刑の判決を起案したのだが、担当裁判官がビックリしていた。ずっと後に、沖縄大学で法人類学とか地域国際化論という科目を担当するようになって、不法入国＝悪みたいな発想は薄れ、柔軟になったのだが、昔は本当に右翼少年みたいな感じだったのかもしれない。だから、三島由紀夫の作品も、小説なんかよりは『葉隠入門』とか、『不道徳教育講座』とかをこの頃読んで影響を受けていたようだ。同じ頃に、安部公房の『箱男』を読んでいたことが書いてある(1973年4月28日読了とある)。しかし、また、東京地裁の勾留や保釈を専門に扱っている令状関係の部で修習したときに、検察官の勾留請求を認めるに足る事情がないから勾留を認めるべきではないと、担当裁判官と論議して、結局勾留を認めない結果となったこともあったので、右翼というのでもなく、たんにきちんきちんとしているだけだったようにも見える。この時は、勾留請求はだいたいそのまま認めるのがあたりまえな時代だったから、担当裁判官は相当な決断を要した様子だった。

この頃は、ハリの診療所が西荻窪にあったということもあって、西荻窪のアパートに住んでいた姉のところにしょっちゅう行って、すでに姉は結婚していたのだが、結構泊まったりしていた。5月12日に、私は裁判所からの帰りに午後3時頃姉宅に行ったのだが、午後6時頃に松江にいるときに、姉と同級生で、私も小さいときからよく知っていたしい子さんが来て一緒に話し、しい子さんと武蔵小金井まで一緒に帰ったと書いてある。それから一週間後の5月19日から、姉たちは母も一緒に、父の七回忌で鳥取に行き、留守になって、翌20日の夕方に誰もいない姉宅で私はしい子さんと会っている。つまり、5月12日に帰る途中で意気投合して、あいびきの約束ができたんですね。

それからちょっとたった6月3日に、私は小平市の自宅から神楽坂の下宿に引っ越した。そして、4日後の7日にはもうしい子さんがこの下宿にやってきている。当時しい子さんは大手町で働いていて、週に一回ぐらいは帰りに寄ってくれるようになった。下宿に引っ越すこと自体はしい子さんとの関係ができる前から考えていたことで、とにかく小平市から都心まで通うのは遠くて疲れるので修習生の間は都心に住みたいと考えるようになっていたのである。

刑事裁判修習の一部みたいな形で6月21日から家庭裁判所での修習があった。家庭裁判所の事件は、少年事件も、家事事件も、とても興味深かった。今でもおぼえているのは、名前を変更したいという人の家事審判を見学したときのことで、こんなにたくさん名前を変えたいと思っている人がいるのかと、ビックリした。秀吉と家康両方兼ね合わせたような人間になりたいとかで、「秀康」に変えたいなんてのもあった。

ノートを見ると、私は7月13日(金曜日)に広島に行っていて、この時のことはハッキリとおぼえている。法学部に進学する前、岡山出身の人と語学クラスが一緒になって友達になったが、岡山で高校生だったときに彼には片思いの人がいて、その人のことが忘れられないというのである。その高校は私の通っていた大安寺高校とは別の高校だが、片思いの人というのはそのお父さんが裁判官で、父娘とも私は知っていた。高校卒業後、彼女のお父さんは広島に転勤になり、彼女も広島でアパートを借りて住んでいた。それで私が友達に頼まれて、つきあってくれないかと交渉に行くことになったのである。前日の12日夕方、まず福山の姉宅に行って泊まった。翌日の午後1時頃広島に着いて、バスで彼女の住んでいるアパートがある町まで行って探した。なかなか見つからなかったのだが、とにかく見つけた。しかし不在だった。タクシーで裁判所に行って、岡山で隣の官舎に住んでいた裁判官に会った。この人にも娘さんがいて、私と同じ大安寺高校だったのだが、クラスは別だったのでつきあいはなかった。その後バスでまたアパートに行って、夕方7時、7時半と二回行ってみたのだが、やっぱり留守だった。この夜は広島駅前のビジネスホテルに泊まった。翌14日(土曜日)、歩いて裁判所に行って、昨日会った裁判官と会い、一緒に昼食を食べた。私が妙な用事で広島に来たものだからおもしろがっていた。それから午後2時過ぎにタクシーでアパートに行ってみたがやはり不在だった。隣に住んでいる奥さんに伝言してからタクシーで駅に戻り、駅に荷物を預けてから映画館に行って、「ラストタンゴ・イン・パリ」を見た。これがものすごく面白くて、そして元気が出た。映画が終わってから、さらにまたアパートに行ってみたが結局不在のままだった。夜9時過ぎてから福山に戻り、姉宅に泊まった。15日(日曜日)の朝、姉宅に友達から電話があり、もう行くなとのことだったので、特急はと、ひかりと乗り継いで夕方東京に戻った。この時のことがしっかり頭に残っているのは映画の衝撃が強かったからで、東京に戻ってからも二度か三度繰り返し見た。普通のポルノ映画とは明らかに違う種類の興奮を呼び起こし、なんというか、見るたびに自由で活動的な気分になった。

この頃深沢七郎の『楢山節考』『笛吹川』『甲州子守唄』を読んでいたことが記されているので、この頃から彼の影響も受け始めていたのではないかと思う。

1973年8月1日から弁護修習が始まった。東京には、東京弁護士会(東弁)、第一東京弁護士会(一弁)、第二東京弁護士会(二弁)の三弁護士会があり、私は一弁で修習することとなった。東弁は人数が一番多く多様であるが、これと比較して一弁は企業サイド、二弁は労組寄りの人が多いと一般には言われていた。私は一弁所属の島谷六郎弁護士の指導を受けた。島谷弁護士は協和銀行(りそな銀行の前身の一つ)の顧問弁護士で、事務所は東京駅前にある新丸ビルの協和銀行内にあった。この事務所出身の藤林益三弁護士は当時最高裁判所判事で、私の修習が終わった後の76年に最高裁長官となっているが、島谷弁護士はその後輩で、島谷氏自身も84年に最高裁判事となっている。藤林氏は私の修習中も時々顔を見せたが、無教会派のクリスチャンだそうで、いわゆる「津地鎮祭訴訟」判決で、津市による地鎮祭主催は政教分離を定める憲法違反との立場の反対意見を書いている。というわけですごいエリート事務所で修習することになったわけだが、当時は島谷弁護士自身はもう長老クラスのようで、実際に法廷に行ったりすることはほとんどなく、一緒に動いたのは定期的に開かれていた協和銀行の法律相談に出たときぐらいである。相談に来るのは金持ちのおばさんなどが多かった。私の記憶では、事務所にいても島谷弁護士は全然仕事らしいことはやっておらず、銀行の人たちと囲碁をしていることが多かった。あと、島谷弁護士はドイツ語が非常に達者で、当時事務所で一緒に働いていた高井章吾弁護士や杉野翔子弁護士とともに、土曜日の午後にドイツ語の文献を読む勉強会をしていたが、私もそれに加わって一緒に勉強した。ドイツ語の読解力については私は、島谷弁護士からお墨付きをもらえた。というわけで、実際の事件処理については、高井、杉野弁護士の他、やはり同じ事務所にいた山本晃夫弁護士と一緒に動いて学習したのだが、三人とも親切だった。杉野弁護士はまだ弁護士になりたてで、一番多く一緒に動いた。その他に、一弁がいろいろ学習会を企画したので、それには義務的に参加した。私が一番興味を持って学習したのは渉外関係の事件処理である。弁護修習中にやったことで今も一番記憶に残っているのは、西新宿での仮処分執行である(10月23日)。西新宿というと、今は甲州街道の北側がすごいビル街になっているが、当時はバラックが建ち並んでいた。たぶん戦後無断で住み着いた人たちであろうが、その人たちを追い出す作業の一環としてこの仮処分執行も行われたのである。執行官と一緒にバラックに行って立ち会ったが、阿鼻叫喚の現場ってのはすごい。

弁護修習中の8月18日に館岡さんから手紙が届いた。結婚すると書かれていた。それから2日後の8月20日、6時前に下宿に帰ってきて夕刊を読んでいたら、突然館岡さんがやって来た。まったくたまげてしまった。近くの喫茶店に行って話してから別れた。どういう話をしたのか、まったく記憶がないが、館岡さんが訪ねてきたことだけはおぼえている。ノートを見ると、その翌日の夜にはしい子さんが下宿に来ている。

1973年11月20日が弁護修習の最終日で、11月27日から研修所での後期修習が始まった。1974年の3月下旬に後期修習が終わったので、3月27日に下宿を引き払って小平の家に戻った。下宿の私がいた部屋には、私の後、弟の友人が入ることになり、3月31日にその引っ越しを手伝った。

以上、司法修習が終わるまでのところまでまとめてきたが、その後ユーラシア大陸横断旅行に出発するまでのことは1974年1月21日〜1976年3月26日のノートに書いていて、このノートはユーラシア大陸横断旅行後のことも書いている。

司法修習を終えるとき、私は将来については何も決められなかった。ただ、言い訳的に、これから外国に行くとは公言していたが、いつ、どこにいくのかまったく決まっていなかった。というわけで、何の予定もない生活になったのだが、小平の母の家は居心地がよく、いつまでも居れそうな感じだった。母は私が仕事をしないことについて何も口をはさまなかったし、家でぶらぶらしていることもいやがらなかった。祖母なんかも、「可哀想だねえ。聞こえさえすればなんでもできるのにねえ」としばしば言ってくれて、働きたくないのじゃなくて、働けないのだ、というふうに了解してくれていたようである。ただ、弁護士登録はしていなかったのに、無料で法律相談に応じたことは結構あった。結果的には1974年9月21日～翌75年1月13日ユーラシア大陸横断旅行をしてきて、帰ってからも、1977年春に松江に百姓見習いで行ったほかは、1978年11月20日にラテンアメリカ縦断旅行に出発するまでは小平の家にいた。ラテンアメリカ縦断旅行のためのお金は、司法書士試験の通信教育講座のテキストを書くアルバイトを友達の小谷弁護士に回してもらって自分で作ったが、それ以外は働かなかった。小平の家にいる限りは生活費もかからなかったが、でもいずれ食べるものがなくなれば飢え死にするだろうといった見通しをもっていた。それにしては、小平市の図書館に通い詰めて、いろんな分野の本をたくさん読んだし、新しい恋人を見つけたりして、飢え死に前のようには見えなかっただろう。

ユーラシア大陸横断旅行に出発する前にやったことでノートに書いてあるのは、74年8月の中旬に一週間、三島にある沖ヨガ道場に行ったことである。この時は難聴を治したいというはっきりした目標を持っていた。実際に道場に行ってみて、来ているのが病人ばかりだと気がついた。何とか病気が治りたい、だから来ている。ヨガの場合、体の偏りが万病のもとと考えるので、それを修正する体操を習う。一週間ほど、早起きし、ジョギングをし、般若心経を読み、座禅を組むといった生活を一緒にやる中で、個人指導として沖正弘氏から修正体操のやり方を教わった。食事は簡素なもので、夕食は麺類だったような記憶がある。で、家に帰ってからこの修正体操を毎日やっていた。それで目立って聴力が上がるということはなかったが、かなりの期間続け、初めての海外旅行中もこの修正体操をやっていた。ヨガの修正体操をすれば治る、という考えは普通の因果論である。体の病気なら病院に行くのと変わらない発想で行ける。というか、私が沖ヨガの道場に行ったときの感じでは、病院には行ったが治らず、医者から見放されたみたいな感じの人が比較的多かった。まさに神頼みに近い感じでわざわざ道場まで来た人が集まっていて、治りたいという気持ちが充満していた。一週間滞在して、ここは私が長居するところではないなとはっきり思った。よく聞こえるようになりたいとは心から願っていたが、自分の居場所ではないなともはっきり感じたのである。こういう道場から離れられなくなるようなタイプの人というのはいるのではないかと想像されるが、私はむしろ「日常」を大切にする方向を選んだ。それをまとまった形で定着する必要を感じたので、1976年11月20日から「哲学・第一部」を書き始めたのである。

【3】
ユーラシア大陸横断旅行から帰った時期のことは、1977年春に百姓見習いで松江に行ったことぐらいしか具体的に記憶していない。

1975年のノートは一冊だけである。それも7月から書き始めたようである。

7月23日に公認会計士試験に落ちたことを書いている。この頃小平市に新しい本館ができて、これがなかなか充実していて、毎日のように通っていた。この頃は、国分寺市の恋ヶ窪図書館にも時々行っていたし、10月からは小金井の図書館も新たに開館の予定で楽しみだと書いている。日常生活では、禁煙をしようとしていたが、結局これは成功しなかった。禁煙が成功したのはずっと後になって沖縄に行ってからだった。

10月に入ってからG・ヤノーホ『カフカとの対話』（筑摩叢書、1967年）を読んでいて、あれこれ抜き書きしている。同じ頃、鯖田豊之『肉食の思想』（中公新書、1966年）も読んでいる。日欧比較文明論で、面白かった記憶があるのだが、じゃ、肉ばっかりのエスキモーはどうなのだということになるわけで、ちゃんとしたベースができていないままに比較するととんでもない結論になると思った。そういう意味では、1936年のベルリンオリンピックの際に渡欧して、その経験をもとに書かれた横光利一の『旅愁』は興味深い。やはり同じ頃読んだ大佛次郎の『帰郷』もよかった。アガサ・クリスティの『アクロイド殺人事件』を読んだのもこの頃だ。以後彼女の作品は図書館から借りて、ありったけ読んでいった。推理小説というより心理小説みたいな感じの文章が好きだった。

加藤周一『日本文学史序説　上』（筑摩書房、1975年）は出たばかりで、ていねいに読んだ。文学史の本というより、社会史的な観点からの評価が非常に面白かった。たとえば72頁からの抜き書きに次のようなことが書かれている――万葉集には女流歌人が多く、日本の女流文学は平安時代の女房文学で突然始まったのではない。女流作家が消えていったのは13世紀以来の武士階級の支配によって男女差別観が徹底されたからである。日本にはまず「たをやめぶり」があり、その後外国文化の影響のもとで「ますらをぶり」がつくりあげられた。万葉集を防人の歌によって代表させようとしたのは極端な歪曲であり、万葉集は何よりも恋の歌集であって、女流作家は恋の歌で才能を発揮して余すところがなかった。87頁では、日本の土着思想、ないし土着の感受性の焦点は決して「自然」ではなく、何よりもまず「恋」であって、日本文学の主題は社会現象（男女関係）にはじまり自然に及んだのであって、その逆ではなく、叙情詩にあらわれた「自然愛」は都会人の感受性の洗練の結果あらわれたものだとされている。

この頃私はひんぱんに夢を見ていたようで、夢の内容が随所に書かれている。夢って、記録する習慣をつけると、内容を忘れないもののようである。しかし今読んでみても、なぜそのような夢を見たのか分からないものがほとんどである。

1976年のノートは、日記が四冊、メモが一冊残っていて、たくさん書くようになっていたことが分かる。

日記は、1～3月の分はあるのかないのか、見つかっておらず、3～6月のもの以降の分が残っている。この「76年3～6月ノート」の最後に所感めいたものが書かれている。

「僕が本当に関心を持っているのは、この世離れした人物のことを語り、あるいは、そのような自分になること。僕にとってそれが一番生き生きした時間であるということ。しかも、この世離れしたときこそ僕の足が一番しっかり地上についているときなのだ。具体的で、行動的で、情熱的でもある。しかも、妙だが、計算は忘れてしまっている。忘我と現実。

僕はこのところヘンリー・ミラーと本多勝一の著作と主につきあってきたわけだ。ミラーは僕に、自分を信ずるということを教えてくれた。その後本多氏の著作に感動したわけで、これが逆順だったらどうだったのか？　本多氏の著作にこれほど感動することはたぶんなかっただろう。ほどほどであるように自らを管理したであろうと思われるから。バーンと殻を破ることがまず先にあった。そうでなければ本多氏の本はただ面白くてためになるというだけで終わっていたと思うのだ。

ミラーの著作にも社会改革者は時々登場するが、それも情熱のかたまりという観点から把握されていて、あくまで個人としてのとらえ方だ。ご両人は次元の違う世界にいるのかもしれないし、実際、出発点はかなり違っているのだろうが、これは、どちらかを選ぶべきだという種類の問題なのかどうか今の段階ではよく分からない。もっと読んで考え、感じてみよう。結論はゆっくりでいい。すでにエンジンはかかったのだから。」

実際、今考えても、まとまったものを書くということについて、この時期にエンジンがかかったのだろうと思う。そして、今思うのは、ヘンリー・ミラーから影響を受けたのは彼自身の考えというよりは、彼が引用しているたくさんの人びとであり、その引用というか紹介の仕方に一番影響を受けた。彼の本領は紹介者であることなのだ。こうやって仲間をつくっていくんだなと思った。

このノートのしょっぱなでもう、ミラーの『セクサス』『冷房装置の悪夢』を読んでいた。真に偉大な作家はものを書こうと欲しない、この世界が、その中にあってイマジネーションの生活を営むことができる場所であることを欲する、とか、眼を開いていながら夢を見る、といった抜き書きが書き込まれている。

なぜだか、それに続いて禅の公案が書かれている。

「あなたが生まれる前のお父さんお母さんの顔はいったい何であるか」

「手を叩いたとき、右手と左手のどちらが先に叩いたか」

「あなたが死んだらいったいどんな世界になるか」

4月1日には鈴木大拙の『禅の思想』を読み始めている。小平市の図書館に置いてあった十冊ぐらいの選集の一冊で、私は「空」の思想についてこの本で初めて触れて、空とはつまり普通に「ある」ことなのだ、と納得したことをおぼえている。

同じ頃、ルイス・キャロル『鏡の国のアリス』を読んでいる。絵本を読む習慣はこの頃に始まったようである。

私はこの頃、小平の母の家に母・弟と三人で住んでいた。私は働いていなかったから収入はまったくなく、時々弟が5千円くれたことが書かれている。それで本を買った。弟は、高校卒業後バーテンダースクールを半年でやめて慶應大学に進学したのだが、その後大学の同窓の友人たちとビルの窓ガラスふきの会社を作って、その頃はその仕事をしていたのではなかったかと思う。

この頃私はパンをガスのオーブンで焼くことに凝っていた。週に一度か二度バターロールを焼いていた。パンだけでなくお菓子作りにも凝って、時々シュークリームなどを焼いていた。

4月11日に、館岡さんが5月9日都心のホテルで結婚式を挙げると姉から聞いたことを書いている。

「彼女は昔から、結婚したい、結婚したいとよく言っていた。その担保がなければキスの一つさえ許してくれそうにない人だった。滑稽なほど殻が厚くて、新しいことは大嫌いで、他人とは何らかの重要な点で違っていなければならぬと信じていて、一人合点がお得意だった。彼女の予言によれば、僕は社会主義を研究することになり、彼女自身は文学者になるとのことだったが、どちらもはずれたようだ。賢いようでいて案外ノータリンなところが魅力だった。つきあっていて、内に何も持っていない人という印象を与え、だからだろう、小林秀雄が好きだった。ともかくもそういう彼女を僕は好きだった。（中略）彼女には数回「これでおしまい」宣言をされたのだが、最初と2回目はえらくこたえて、捨てられる苦しさというのはよく経験できた。苦しくても折り目正しく別れるのが彼女への愛の証だと考えて（というより、僕はそういう別れ方がとにかく好きなのだ）、すべてを放り出して、「そういうことなら仕方がない。さようなら」とやると、不思議にまたつながってきた。それが何度か続いたので、彼女は結婚する、すると言いながら結局はオールドミスのままなんじゃないかとも思ってきた。

彼女に感じたことは三度あった。一度目は北海道に行く直前に中野のアパートで会ったとき、二度目は二回目のサヨナラ宣言のとき、三度目は修習生の時に秋葉原の喫茶店で話したとき。一度

国・日本』（すずさわ書店、1976年）を読んでいるが、日本ってこういう国だったのかという大きな驚きがあった。今でも記憶しているのは、新潟で田中角栄を勝たせた側の論理が非常に納得できる形で書かれていたことだ。このルポは、朝日新聞に掲載されたときに新聞で読んだ記憶がある。同じようにビックリさせられたのが『アメリカ合州国』（朝日新聞社、1970年）である。米国のイメージ形成にこの本は非常に大きな影響を与えた。ブラック・ライブズ・マターが言われている現在読んでも参考になる本だと思う。

本多氏の、取材するときは一番下の底辺を取材する、なぜなら中間から得られる情報はみんな忖度が入っているから、という意見は、沖縄大学で法人類学という科目を設置して実際に調査をするようになってからも、いつも頭に置いていた。本多氏からこういう影響をこの頃受けて、私は、「反体制」とは言わないまでも、「体制」とは距離を置いて今日に至っている。そして、そういう立場にいる方が、確かに世の中の動きもよく見える。

子どもの本は、5月10日からメアリー・ノートンの「床の下の小人たち」（岩波書店）シリーズを読み出した。6月6日に、E・L・カニグズバーグの『ジョコンダ夫人の肖像』（岩波書店）を読んでいるが、この頃から私はカニグズバーグのファンになって、翻訳されている本はほとんど読んだと思う。漫画は、6月8日に弟の友達がつげ義春の『紅い花』という文庫本を持ってきて、それを読んでからファンになった。

続いて「76年6~9月ノート」を読んでいく。先に見たように、76年8月から9月にかけて私は「透視・第一部」を書いていた。

ヘンリー・ミラーが紹介していたので、エマソンの『自己信頼』を6月21日に読んだ。自分自身の考えを信じ、人知れず深く考え、自分自身にとって真理であることはすべての人にとって真理であると信じること、もっとも内的なものは時が熟すればもっとも外的なものとなるのだから、秘かに確信していることを外に吐き出せばそれが万人の見解となる、といった考えに、当時私は感激した。

6月20日には、セリーヌ『夜果ての旅』巻頭言からの抜き書きがある。

「旅は有益だ。そいつは想像力を働かせる。そのほかはすべて失望と疲労を与えるだけだ。

僕の旅は完全に想像のものだ。それが強みだ。それは生から死への旅だ。ひとも、けものも、自然も一切が想像のものだ。これは小説、つまりまったくの作り話だ。

これは第一誰にだってできることだ。目を閉じさえすればよい。すると人生の向こう側だ。」

ニーチェの著作は引き続き読んでいた。ニーチェについては館岡さんとしばしば論議したので、思い出しながらということもあった。『権力への意志(世界の大思想34)』(河出書房新社、1972年)は自分で買って持っていた本で、気に入ったところを何度も繰り返し読んだ。抜き書きしてあるのは次のような部分だ。

「§962:偉大な人間とは、自然が大規模に構成した人間のことである……その長きがために概観されがたく、したがって人を誤らせがちな長い論理を持っており、おのれの生の全面に大きくおのれの意志を張り広げて、すべての些事そのものを軽蔑し、無視することのできる能力……より冷淡でより冷酷で、より一本気で「世論」を何ら怖れることがない……「思いやり」をかけることを欲せず、奉仕者を、道具を欲する……とうてい賞めたり、とがめたりすることのできない孤独……」

「§963：偉大な人間は必然的に懐疑家である……（中略）惜しみなく確信するが、その確信自身を利用するのであって、それに屈服するということではない……絶対的なものへの欲求は弱さの証明である……言いかえれば、本能としての無信仰が偉大さの前提条件」

こういうセンスだから、この頃読んだツヴァイクの『マゼラン』には非常に共鳴した。これは本多氏が、『冒険と日本人』の中で、まれに見る面白い本として推奨しているので読んだ。6月26日には、バーソロミューの南米と北米の地図を買ってきた。これらの地図はラテンアメリカ縦断旅行に持っていった。

7月4日に本多氏の『日本語の作文技術』を読み終えている。この本を読むと、語順の問題とか、「が」と「は」の使い分けとかの助詞の使い方など、文章を書く際に必ずぶつかる問題にどう対応すればいいのか、明確な指針を与えてくれる。この本を読んでから私の文章はたぶん格段に読みやすくなったはずである。そういう意味で「技術」の本であるが、書かれている内容はもっと深く、文化論につながる。助詞の使い方のところで、日本語では主語というものの位置づけが英語なんかとは全然違うということが分かる。ここで挙げられている三上章『象は鼻が長い』(くろしお出版、1960年)は、自分で買って読んだが、これも非常に面白かった。

7月に入った頃から私が毎日のようにやっていたのは、母の家のペンキ塗りである。屋根と壁を全部塗り、さらに物置なども塗ったら、だいたい1ヶ月ぐらいかかった。楽しい作業だった。

7月27日に、ロッキード事件で田中角栄が逮捕された。私が当時考えたのは、これは自民党内の派閥争いじゃないかということである。田中角栄がもし党内で「主流」の位置にいたのであれば検察が彼を逮捕するわけはないと思ったからである。その後も事件の真相はよく分からないままだったが、今の時点で見ると、日本は米国の一州に過ぎない、といった観点から見る方が分かりやすい。今沖縄に来て、延々と続いている基地問題などを見ていると、現在の方がむしろそういう傾向は強まったとさえ思われる。自前の方向性づくりができない。

この前後で読んでいたものを挙げてみると、7月16日に深沢七郎『百姓志願』(毎日新聞社、1968年)を読んでいる。同時に読んでいた松浦総三『天皇とマスコミ』(青木書店、1975年)の73頁からの抜き書きに、ケネディが凶弾に倒れたとき深沢は近所の人に赤飯を配ったそうで、これは『笛吹川』のたつの心境ではないか、彼にとってはベトナム戦争を始めたケネディも、武田3代の領主も、天皇も同じように見えるのではないか、と書かれている。この頃から私は今西錦司の本も読むようになっていたが、今西氏の文章はちょっと不思議だが、深沢の文章と話の運び方も似ているし、文体も似ていると思った。当時今西氏の『進化とは何か』(講談社学術文庫、

1976年）を買って読んでいたが、8月22日にこの本の56頁からの引用が書きつけてある（手許にないので正確な書き写しではない）。

「労働という言葉を、なにかの標語のように無造作に使う人が多いけれども、ここではこれを生態学的に定義して使うのである。生物が自分一個の生活を支えてゆくために努力するのは労働ではない。個体本位の立場からいえば、生物としてそれ以上のことをする必要はないであろう。しかるに生物が、自分一個の生活を支えてゆくだけでなく、自分以外のものの生活まで支えてやるための努力をするとき、この余分の努力のことを労働というのである。だから、元来は必要でないことが必要となるような事態が起こらなければ、労働は発生しなかったといえる。」

進化論に興味を持ったのがどういうわけだったのか、ハッキリしないが、私はこの頃の数年間、人間的なというか人間本位の立場とはうまく折り合えなくなってしまい、人間世界の、私から見れば不自然なワクから抜け出そうともがいていた。今西氏の有名な「棲み分け」理論というのは、社会全体の立場からの理論と言えるので、私には合わないだろうと思い込んでいたのだが、実際に読んでみると、今西氏の語る「社会」イメージには、こうしなければならん、みたいな感じがほとんどない。そうじゃなく、いわば自然にこうなる、という感じなのである。われわれが人間の「社会」という言葉に持っているイメージは人が集まっているということであろうが、集中も分散も社会形態の一つに過ぎないということである。もちろん今西氏の立場は、まず個人が存在し、個人が集まって社会をつくったというような考えではなく、だから進化論においても、突然変異によって生じた優れた個体が生存競争に打ち勝って生きるといった考えをとらず、種が進化して別の種になるときはいっぺんに変わるのであり、「変わるべくして変わる」ということになるが、それは「社会」のイメージ論とはちょっとレベルの違う問題だろう。

同じ8月22日の夜、『深沢ギター教室』を見ながらギターの練習をしたことが書いてある。

8月24日、母に『楢山節考』を見せたら、「面白いね。次々話が出てきて」という感想だった。パーッと通して読んでしまったらしい。以前ならこんなものは読めと言っても読まなかっただろうから、母は父の死後むしろ若返ったような感じがした。

8月26日には深沢の対談集『盲滅法』（創樹社、1971年）を読んでいる。そして29日には『盆栽老人とその周辺』（文藝春秋、1973年）を読んでいる。ちょっと前になるが、富山和子『水と緑と土』（中公新書、1974年）も読んでいる。農業と林業が一体であること、というより自然が一つの全体なのだということがよく分かった。

8月27日に、昨日の夜は非常に冷えて眠れなかったので、とうとう冬布団を出してかけたが、暑くはなかった、と書いている。8月30日には、米ができないといって悲観して自殺した人がいるとあり、ネットで検索してみたら確かに、1976年は冷夏だったとされている。この頃は地球は寒冷化するという考えの方が温暖化するという考えより一般的だったような記憶がある。

この後、「76年9〜11月ノート」に続いている。ざっとチェックしてみたら、9月25日（土曜日）に、

「透視・第一部」のもとになったノートの三冊目を書き終えている（最後の四冊目はこれからという段階だった）。

「透視・第一部」のもとになったノートは、誰かに読んでもらって意見を聞きたいと思った。それで、しい子さんに読んでもらうことにした。しい子さんとは、神楽坂の下宿を引きあげてからは全然接触していなかったようだが、連絡を取ったら、9月26日に会えた。この時のことが、「76年メモ帳」というノートに記してある。

しい子さんとは午後2時に国分寺駅で会うことに決まった。私はこの頃、「透視・第一部」を書いていた影響で、眠れない日が多く、朝方になってやっとうとうとし始め、目がさめたら12時半になっていた。1時40分に支度はできたが、電車では間に合わないので、自転車で行ったが、彼女は見あたらなかった。それで、自転車は置いて、彼女の家まで歩いて行ってみることにしたら、その途中で彼女と出会った。

彼女の家に着くと、裏の庭側にまわり、縁側から彼女の部屋にあがった。板床の大きな部屋だった。縁側のソファに座る。広い庭にネコがいたので、声をかけてみたが、じっと私を見ているだけで近づいてこなかった。後できいたら、飼いネコではないそうだ。やがてしい子さんがケーキを持ってきて、それからまたコーヒーを取りにいったところで私はタバコに火をつけた。女の人が果物を持ってきたのでとにかくアイサツした。戻ってきたしい子さんにきくと妹さんだそうだ。しい子さんが出してくれたシャガールの画集を見ていたら、お父さんがやって来て、二言三言アイサツした。ニコニコして、感じがよい。顔が深沢七郎にそっくりだったが、体つきは大柄だった。お父さんが出ていった後しい子さんからきいてみたら、東京商大(今の一橋大学)を出て、都内の商業高校で商業学を教えているとのことだった。しい子さんは絵を描いているそうで、見せてもらうと女の裸体だったが、モデルはなしで描いているのだという。やがて庭に男の人が入ってきたので、アイサツした。弟さんだそうだが、声が小さくてよく聞こえなかった。弟さんは鳥取大学医学部(米子市)の4年次で、彼岸で上京してきたのだそうである。ずんぐりして、開高健みたいな顔だった。ちょっとピンぼけだが、優しそうな感じである。しい子さんの部屋の本棚は、古い本が多かった。本について色々きいてから、私の「透視・第一部」のノートを読んでもらうために手渡したのだったと思う。

この日道で会ったときにしい子さんは厚化粧していたが、眠りすぎてボンヤリしていて、顔肌もきれいじゃなかったのか、それを隠すためにお化粧したのだそうで、家に着いてからその化粧を洗い落とし、素肌に変わっていた。夕方5時までいてから私は引きあげた。帰り際にカルカッシのギター教則本を借りた。

次に訪ねたのが10月3日(日曜日)で、これについても「76年メモ帳」に書いている。

午後2時過ぎに、自転車でまっすぐしい子さん宅に行く。この日は玄関から入ろうとすると、横窓から彼女の顔が見えた。入ってからギターの本を見ているとお父さんが入ってくる。アイサツだけかと思ったら、ソファに座り込んで私と話し始めた。そして、なんと夜の8時までしゃべりっぱなしとなった。私はその頃血液型に興味を持っていて、その関係の本をいろいろ読んでいたのだが、お父さんはB型なんだそうで、道理でな、と思った。しい子さんもB型である。

話は主に松江のことだった。お父さんの松江の家は市内だが、中心部からだいぶ離れた中海に面したところにある。中海では赤貝がとれるが、海が狭いので臭いそうだ。島根県側から境港には橋が架かったという。地図で見てみると、境水道大橋というのがこれだろう。1972年7月に開通し、島根県松江市美保関町森山と鳥取県境港市昭和町との間を結ぶ全長709メートルの橋である。中海には大根島があるが、大根島と境港市との間に江島があり、境港と江島の間には現在江島大橋(2004年開通)がかかっている。大根島は地元ではボタン島とも言っている。

お父さんは、昔松江に住んでいた頃は畑のほかに水田もやっていたのだという。戦時は、浜田には師団があって、戦死者はかなりいるという話だった。Wikipedia で検索すると、1898年7月24日に浜田に歩兵第二一連隊の衛戍地が置かれ、山陰を代表する軍都となった、とある。

百姓仕事の話は、私はなにしろ深沢七郎の本を読んで、なんとかまねできないかと思っていたので、非常に興味を持ってきくことができた。また、私のユーラシア大陸横断旅行の話や、松江で裁判官をしていた父の話などをお父さんの方でもおもしろがって聞いてくれた。しい子さんのお父さんは大正2年生まれで、私の父が明治44年生まれ、母が大正3年生まれだから、年代的にも近い。途中、しい子さんがいろいろ食べ物を出してくれた。あんみつ、ケーキ、ブドウ、コーヒー、グレープフルーツ、混ぜご飯、おかず、せんべい、etc. よく食ったなあという感じ。そして、タバコもプカプカ吸った。お父さんは一日四十〜五十本も吸うらしいので、すごい。

お父さんは年を取ってから腰が痛くなってきて、曲がってきているかもしれないと言っていた。老眼鏡は昭和40（1965）年頃からだそうだが、夜は新聞が読めないという。

結局この日はしい子さんとはほとんど話さず、お父さんに会いに来たようなものだった。

10月10日に私は28歳になった。

10月18日に、多田道太郎、上田篤『南アメリカ紀行—街角の文明考』（サンケイ出版、1976年）を買って読み始め、22日に読み終わった。面白いだけでなく、情報として役に立った。多田氏の本は他にも読んでいた。『遊びと日本人』（筑摩書房）の88頁から次のような書き抜きをしている—われわれは「……遊ばす」というが、これは高貴の人にとっては何をしても遊びなのだという観念に由来しているのだという。「一切が遊びに過ぎないという仮構」と「日本の生活理想のたぐいまれな真面目さ」が表裏一体となっているといわれる。

10月19日（火曜日）夕方、お勤め帰りの途中のしい子さんと国分寺駅で会った。彼女の行きつけのレストランらしい店で洋式のサラダセットを食べた。しい子さんは職場の絵のサークルで展覧会をするそうで、その案内状をもらった。彼女も二点出展したそうで、案内状には彼女の写真も出ていた。食後、彼女の家に行く途中にある妹さんのアパートに行った。妹さんは早くからもう寝ていたようだった。なんでも妹さんは医療関係の短大の学生で、臨床技師のような仕事を目指しているらしいのだが、実習があって、次々に救急車で運ばれてくる人の胸を開いて心電図を取ったりするのだそうである。それでか気分が悪そうなので、その関係の話はやめて、適当に家族のことをかきいていった。ところが、彼女たちのお母さんというのはもう14、5年ぐらい前に亡くなり、お父さんはその後妻をもらったが、離婚したのだそうだから、軽い話になったというわけでもなかった。レストランで私がしい子さんに深沢七郎が好きだと話したら、深沢七郎なんかが好きなようじゃね、という感じだったので、妹さんにもきいてみたら、妹さんは全然知らないようである。深沢七郎は百姓を7年だか8年だかやったので、グウタラじゃとてもできないことだと私が話したら、妹さんはうなずいてくれたので、嬉しくなった。ちょうど小林旭のカセットを買って、持っていたので、妹さんにかけてもらったら、「さすらい」は妹さんも気に入ったようだった。妹さんも小説類はよく読んでいるようで、武田泰淳がちょっと前の10月5日に死んだことを話し、『ひかりごけ』や『貴族の階段』を読んだのだという。三島由紀夫のものもいろいろ読んだと言うので、私が『美しい星』が好きだと言ったら、妹さんは、あれはステキだと言うので、読んでいることが分かった。と書いて、私はどんな小説だったのか記憶がないのでWikipediaで見てみたら、「三島文学の中では異色のSF的な空飛ぶ円盤や宇宙人を取り入れた作品で、執筆当時の東西冷戦時代の核兵器による人類滅亡の不安・世界終末観を背景に、宇宙的観点から見た人間の物語を描いている。読みどころとなっている作中後半の、人類滅亡を願う宇宙人と、滅亡の危機を救おうとする宇宙人との論戦は、ドストエフスキーの『カラマーゾフの兄弟』の「大審問官」の章を意識していたことが、三島の創作ノートに記されている。三島自身が非常に愛着を持っていた小説でもある。」とあった。文庫にも入っている。こういう作品があったのかとビックリした。

ネパールの版画が妹さんの部屋の壁の真ん中にはってあった。私がパン作りの話をすると、妹さんは、NHKの料理の本を見せてくれた。そして、餃子の皮を自分で作る話など聞かせてくれた。こういうふうに、どの話にもちゃんと妹さんが乗ってくるので、意気投合してしまった。しい子さんは、紅茶にウイスキーを入れて飲んでいた。それで、だんだん酔っぱらってきた様子で、口数が少なくなったので、11時に引きあげ、しい子さんの家のそばまで送ってから別れた。

それから2日後の21日(木曜日)、夕方6時過ぎに妹さんのアパートに一人で行ってみた。ちょっと今の私の常識ではとても考えられない大胆な行動だが、当時も迷いはしたのである。ノックして名乗ると、しばらくして戸が開いた。

「入っていい?」

エーエー、と妹さんは嬉しそうだった。私が名乗るのを聞いて、空耳かなと思ったのだそうだ。この日は9月のあたたかさで、こたつなしで椅子に腰掛けた。灰皿を出してくれて、そして紅茶とグレープフルーツ。しかし私は、グレープフルーツには手をつけなかった。この日で心電図の実習は終わって、翌日から梅毒などの血液検査だそうで、多いときは一日に一五十人もみるのだという。月、金がこんで、木曜日はすいているとか。しかし、この日も疲れている様子だった。就職試験が28日にあるそうで、その準備をしなければならないそうなのだが、六人の希望者に採用は一人だそうなので、まずダメだろう、と。

この前話を聞いたら、夢見るような感じがあって、そういう話をもっとききたくて来たのだが、実際はいろいろ悩みも多いようだ。今の短大も二次募集でやっと入れたとかで、それをひどく気にしている様子だった。つまり自信がないんですね。そして、理想はずっと寝ていることなんだそうで、だから、今やっている勉強も、就職もイヤなのだそうである。でも、一人でやっていくしかない（立派だなぁ）し、松江で就職してお父さんと顔をつきあわせて暮らすのもイヤなのだそうである（これは少し分かる気がした）。

「じゃ、結婚すれば？」

「うーん」

「申し込もうか。でも、結婚はしないって皆に言っちゃったから」

「結婚しないって言ったの？」

「うん、それで困ってる」

妹さんは、好きだった人のことを話してくれた。19歳の時にその男性から、結婚しようと言われて、イヤだったのだそうだ。今なら妹さんはその人と結婚したいけど、でも、その人はＪＡＬのパーサーで、日本には月に10日もいないのだという。それに、彼は世界を舞台にして仕事をしているのに、妹さんは部屋にこもりきりで、そして、彼は誰とも仲良くつきあっていて、今は彼の方は結婚なんてバカらしいという考えらしい。妹さんは悲しそうで、話しながら涙が浮かんでいた。旅行に行きたそうだった。

大阪に住んでいるお姉さんが生命保険会社に勤めていたそうで、妹さんもそういうところの試験を受けたそうだ。

しい子さん、妹さん、大阪の人の他に東京にもう一人お姉さんがいるそうで、四人姉妹ということになる（年齢順に並べると、東京のお姉さん、しい子さん、大阪の人、妹さん）。男のきょうだいは、この前会った弟さんの他にもう一人年長のお兄さんがいるとのことだから、全部で六人きょうだいということになる。

妹さんから、小林旭は昔から好きなのかときかれたので、深沢七郎の作品に出てくるので知ったのだと説明した。

妹さんが勉強したそうな様子だったので、7時半に立ち上がった。

「帰りたくなくなっちゃって」

と言うと、妹さんは嬉しそうに笑って、試験のことでむしゃくしゃしているときに私みたいにこの世離れしている人の話を聞くのはとても楽しい、と言ってくれた。

翌22日（金曜日）、赤坂見附のギャラリーに行って、しい子さんの作品を見てきた。しい子さんの作品は二つとも「Love Story」という題で、分かるような分からないような絵だった。他の人のに比べてカラフルだが、ボンヤリした感じでもあり、作品を見ても全然ショックを感じなかった。

28日（木曜日）、しい子さんの妹さんと会う約束になっていたので彼女のアパートに行った。この日は一日雨で、そして耳の調子が悪かったので行くのをためらったが、6時頃雨がやんだので、行くだけ行ってみた。妹さんのアパートの玄関には男の靴があった。ああ、この前話していたパーサーの人が来ているのだなと察しがついた。こたつを囲んで座ってみると、パーサー氏はとてもいい感じの人だった。私は禁煙を始めたばかりだったのだが、パーサー氏にすすめられてセブンスターを吸った。うまい。血液型の話になって、妹さんがB型、パーサー氏がA型、そして私がO型である。パーサー氏は沖縄出身だそうで、姉夫婦が池袋の近くに住んでいて、その近くに下宿しているのだという。下に弟が三人いて、いずれも那覇で両親と一緒に住んでいるという。

パーサーは30歳前後の人が多いそうで、彼は25歳という。それ以上になると体力的に無理で、役つきになる。明日からハンブルグに行くのだとか。疲れている感じだった。妹さんも今日は試験日だったので疲れている様子で、鼻をチーンと鳴らしてかんでいて、風邪気味のようだ。

二人ともあまり話さないので、ロッキード事件について本多氏が言っていることを述べた。本多氏の考えは、6億円程度の賄賂が問題なのじゃなくて、なぜ39億円だかのものを102億円だかで買わねばならんのだ、ということで、実質的に日本が米国の一州となっていることが問題だ、と。妹さんは私の話をききながら盛んにうなずいていた。誰でも知っていることかと思っていたのだが、はじめて聞く考えのようだった。

疲れている二人を相手に長居は無用と思ったので、8時きっかりにおいとまして帰った。

さらにその翌日の29日(金曜日)、またまた禁煙を始めたのだが、夜9時前にちょっと一本吸ったらうまかった。ふとしい子さんに会ってみようという気になって、電話してみた。この日は耳の調子がよくて、よく聞こえた。電話でしい子さんに、絵を見に行ったことを告げ、彼女の絵はシャガールのマネをしたのかときいたら上機嫌で、これから行ってみようかと言うと、笑っている。一五分後に行くからと言うと、さらに笑った。9時15分ぐらいに着いた。「透視・第一部」のノートはコピーを取っているところだそうで、それからノートは返してくれるらしい。ごく自然に書いたって感じだ、と感想を述べてくれた。

しい子さんも妹さんからパーサー氏に会ってくれと言われて、2年ぐらい前に会ったのだそうだ。なんでも小金井のテニスクラブで二人は高校生の時に知り合ったのだそうである。

展覧会の絵については、私がいいと思った絵を挙げたら、しい子さんも同意した。

しばらく話していたら、お父さんがやってきた。前の家に住んでいる人が、働きながら司法試験の勉強をしているそうである。教えている学校は、生徒の質が落ちてきて、教えても張りがないとか。野川の氾濫の話から始まって、このあたりが沼だったこと、葦がしげっていたことなどを話してくれた。庭には鳥が来るそうである。最近、授業中に眠くなって困るそうだ。字も忘れて困る、と。

11時半になって立ち上がる。テーブルに深沢七郎の『盲滅法』が置いてあったのでおかしくなった。私がルカ伝が面白かったと言ったら、しい子さんは聖書を貸してくれた。また、妹さんは小林旭が昔から好きなのだそうである。なんだ、そうだったのか。

11月1日（月曜日）、富岡多恵子『ボーイフレンド物語』（講談社）を読んで、私はその文章に酔って、すっかりいかれてしまった。今はもう内容を全然おぼえていなかったので、ネットでKindle版を買って、最初のところを読んでみた。ガールフレンドというのはフレンドとはいっても、その上にガールがつくと、それは恋人に近く、だからたんなる友達ではない関係のことなのだそうである。たんなる友達のことはジャスト・フレンドというのだ、と。これはボーイフレンドの場合も同じであろう。富岡さん自身は、ボーイフレンドという言葉を、表向きはたんなる男の友達だが、心の中ではひそかにもう少し親しい、というか、恋情の含まれる場合にだけ使っていると書いている。

この日、夜になるまでこの本を読んでいたら、しい子さんの妹さんに会いたくなって、自転車で出かけた。彼女はアパートにいて、ナショナルの器械を使って自分でパーマネントをかけていた。それを片づけるのを見てから、こたつに座った。コーヒーをつくってくれた。この日は、妹さんはヒマな日だったそうである。この前話していた就職試験には土曜日に落ちたそうで、その日はがっかりしたそうだが、この日はもう元気そうだった。

パーサー氏は私と妹さんとの仲をしきりに疑ったというので、二人で笑い合った。

「私たちって、悪趣味ね」

「私たちって？」

「私もこういうことやるの、好きなの」

しい子さんがパーサー氏と2年前に会ったという話をしていたことを言うと、それは4年前なのだそうで、今はもうすっかり気持ちが変わってしまって、妹さんはパーサー氏と結婚してもいいと思っているらしい。ところが、パーサー氏がハッキリしないいんだそうだ。パーサー氏はつきあった女性をみんな二号にするんだと言っているそうで、責任逃れできる範囲でよろしくやっていこうということのようである。

私が彼女たちのお父さんと非常にウマがあうのは、姉妹たちの間に知れ渡ったらしい。私は、お父さんって誰にでも愛想のいい人なんだろうと思っていたのだが、4年前にパーサー氏を見てもらうために、妹さんがお父さんとしい子さんをこのアパートによんで引き合わせたときは、お父さんとパーサー氏は一言も言葉を交えなかったのだという。一方、大阪に住んでいるお姉さんは、姑さんと非常にうまくいっているという話も妹さんはした。

妹さんからパーサー氏について意見をきかれたので、私なら退屈だから結婚しないだろうと言った。それを聞いて、妹さんは考え込んでいた。

妹さんは、まだ結果の連絡が来ていない別のところの就職試験に受かったかどうか、自己採点しているところのようで、45点中30点ぐらいらしい。いろいろと迷いの多い人だな、と思いながら私は引きあげた。

11月5日(金曜日)、明日から国鉄が大幅に運賃アップするというので、弟の定期も今のうちに長期で買ってしまうこととなり、今持っている11月27日までの新宿までの定期を私が使えることとなった。さっそく出かけたくなって、しい子さんと連絡を取ったら夕方新宿駅の南口で会う約束ができた。それまで私は「富岡多恵子に捧げる」というファンレターを書いていた。夕方新宿でしい子さんと会って、京王プラザの地下のコーヒーショップでグラタンを食べた。しい子さんは富岡多恵子に会ったこともあるそうだ。「透視・第一部」については、分かりやすい文章なのに、読み方次第で難しいことを言っているような気もするという感想で、プラス評価してくれたようである。食後さらに散歩して、別の喫茶店でコーヒーを飲みながら話し、あと彼女の自宅まで送ってから、お父さんにもアイサツしてから帰った。

この日、富岡多恵子『植物祭』（中央公論社）を読み始めた。私はますます、恋に恋するような状態になってきたみたいである。

11月6日は、しい子さんのお父さんから受けた法律相談を田代弁護士にやってもらおうとして、まず田代氏と連絡を取り、夜になってお父さんに会いに行っている。相談を受けたのは不動産関係の件だったようだが、具体的な内容はおぼえていない。

11月7日にはさらに富岡多恵子『女子供の反乱』（中央公論社）を読み始めている。

この日の夜、ああどうなっちゃってるの、と思いながら、しい子さんの妹さんのアパートに行ってみると、あかりがついているのに、ノックしても反応がなかった。居留守かどうかは分からないが疲れていたので、これもカミサマのオボシメシかとありがたく受けることにして、引きあげた。『植物祭』を早く卒業しないと、いつまでも夢遊病みたいになったままになるだろうと思った。

11月10日、ハッと考えるに、「僕はたった一人のひとをどこまでも、どこまでも追い求めるタイプではない」ということに気がついた。それで、気持ちの整理をしようと思って、翌11日にもしい子さんの妹さんのアパートを訪ねたが、やはり誰も出てこなかった。かえってホッとした。これでサヨナラだ、と思った。しかし、僕にかつて、本当の意味でのサヨナラなんてあったのかしらと思った。サヨナラだけが人生、なのだそうだけど。

11月12日から「76年11〜77年1月ノート」が始まる。

この日の夕方しい子さん、しい子さんのお姉さんと5時半に地下鉄東西線大手町駅ホームで待ち合わせ、東陽町のしい子さんのお姉さん宅に行った。お姉さん宅に行くというのはしい子さんが言い出したことである。しい子さんの家族探検シリーズでもやっているみたいな感じになってきた。お姉さんは、たぶん公営のマンションに住んでいたのだったと思うが、記憶に残っていない。帰宅するとお姉さんはすぐに夕食の準備を始めた。天ぷらと野菜炒めにおつゆとご飯だった。準備ができるまでしい子さんと話していたが、私が、妹さんからはしゃべりすぎて嫌われたみたいだと言うと、そんなことはないみたいである。この日も耳の調子はよくなくて、耳かけでは無理な感じだったので、コード補聴器につけ替えたが、それでも十分ではなかった。それで、自分ではあまりしゃべらないで、できるだけ聞くようにした。

お姉さんは、大手町の銀行で働き始めてもう15年ぐらいにもなるそうで、もうちょっとで年金がもらえるようになるという。それじゃ、やめられないね。お姉さんも松江の附属中学校出身で、松江の話はいろいろした。その他は、お姉さんの生活の様子を色々きいて、夜10時にしい子さんと一緒に引きあげた。

しい子さんと二人きりになると、彼女はすぐに手をすり寄せてきた。彼女の家まで送り、終電には間に合わなかったので、小平の家まで歩いて帰った。

11月14日（日曜日）、午後しい子さんの家に行ってみるとお父さんがいて、この日もお父さんと主に話した。娘さんたちがばらばらに住んでいるのはどうしてかなと思ったことが家族探検のはじまりみたいになったのだが、彼女たちの産みの母親が他界したことが影響しているようだ。父親ではやっぱりダメですよ、とお父さんは言うのだが、皆それぞれ働いていて立派じゃないですか、と私が言うと、オンナは嫁に行くべきであって、それが一番だ、というのがお父さんの考えで、世間体を気にしているようである。だからだろう、大阪に住んでいるしい子さんの妹さんは24歳か25歳ぐらいらしいが、ちゃんと結婚していて、アレが一番まともですよとお父さんは言う。

農業関係の話もして、この日は麦踏みのことをきいた。11月頃に植えて、6月頃収穫でき、すぐに水を入れて田植えをするということだった。この話のあたりからしい子さんも一緒にきいていた。

お父さんの祖先は、もと信州にいたのだそうである。それも随分古くまでさかのぼれるようで、千年以上も前だという。それが松江に移ってきて定住したのだという。お父さんがちょっと自慢そうに話したところでは、江戸時代は庄屋のようなものであったらしいのだが、江戸時代の終わり頃零落した。松江の家は400坪ぐらいあるというから相当大きい。

私自身はこの日お父さんから、弁護士をやったらどうかと言われた。お父さんから私は確かに好かれたらしいが、正直言って私は退屈に感じた。家族探検も大詰めかなと思いながら、午後4時頃引きあげた。

11月16日に、「僕の2年後」と題する詩のようなものを書いている。その中で、2年後の自分をハッキリ思い描くことができると自信を持って言い切っている。まわりのことは気にしないで、自分でやりたいことをやりたいようにやり、「星の定め」にしたがって動くのだ、と。その翌日の17日に、図書館で富岡多恵子の住所を探したら見つかったので、ファンレターを書いて投函した。返事はなかった。

それから数日、風邪気味でボーッとしていた。11月20日になって「哲学・第一部」を書き始めた。書き終えたのは12月11日である。

11月21日(日曜日)から28日までしい子さんは松江に帰省していた。出発の際に東京駅まで見送ることになって、しい子さん宅に行くと、お父さんは腰が痛いそうで気分が悪そうだった。しい子さんは私も一緒に松江に行ってほしかったみたいだが、風邪で熱っぽかったので行かなかった。

11月22日、風邪が治りかけてきたので新宿の紀伊國屋書店に行き、電車の中でスタンダールの『アンリ・ブリュラールの生涯』(人文書院)を読んで、とても引き込まれた。この本を読んでいたら人目が気にならなくなり、外出しても疲れを感じなかった。この本が影響して、富岡多恵子のものとは少しずつ距離を感じ始めた。『富岡多恵子対談集　虚構への道行き』(思潮社)を読んで、いろいろな側面から彼女を見ていた。富岡さんが面白い人だということは感じたが、私にいわせれば彼女は「キビシイ二流」といったあたりかと思った。吉本隆明氏との対談では、どちらのことなのかハッキリしないが、とにかく鋭敏すぎて「こわい」と感じた。鈴木志郎康氏との対談では、鈴木氏の方がゆったりしていい感じで、それに焦っている富岡さんがステキだと思った。富岡さんって、本領はすごく女っぽいんだな、と思った。ちょっと後に『壺中庵異聞』(文藝春秋、1974年)も読んだが、途中から全然面白くなくなって、富岡さんのものはもうこれぐらいでいいか、という感じになった。

11月28日(日曜日)夜、しい子さんが松江から帰ってくるというので、国分寺駅まで自転車で行き、国電で武蔵小金井駅まで行って、駅で会った。ボストンバッグがすごく重くて、右手、左手、そしてまた右手とひんぱんに持ち替えながらしい子さんの家に向かった。しい子さんは、泣いているのかと思うぐらいよく笑った。しい子さん宅までの途中の話で、妹さんは私をきらいになったのではなく、パーサー氏のサシガネでやむなく「戸を閉じた」のだそうである。つまり、私はパーサー氏に嫉妬されたわけだ。

荷物が重くて息切れし、「これじゃお父さんに誤解されかねないナ」と笑いながら言って、家から少し離れたところで別れた。松江のお菓子「若草」をお土産にもらった。別れ際にしい子さんが、明日の夕方妹さんのアパートに来てくれと言う。確かに戸は開けてくれるから大丈夫、というので行くことにした。国分寺まで歩いて、自転車で家に帰った。

翌29日(月曜日)、約束通り夕方7時半に妹さんのアパートに行くと、しい子さんが顔を出した。

あれっ、妹さんはいないの？　と思ったら、妹さんは大阪に行っていて、今日は帰るのが遅くなるので東陽町のお姉さん宅に泊まることになっているのだという。つまりアイビキのセッティングができていたんですね。しい子さんがつくってくれた出雲そばを食べてから楽しんで、それから話し始めた。

妹さんは現金な性格で、パーサー氏のことも稼ぎがお目当てらしい。しい子さんやお父さんがパーサー氏のことを嫌っているのは、いいかげんな性格だからという。この前訪ねたお姉さんも、ボーイッシュに見えたが、ちゃんと恋人がいるのだそうで、もうお父さんや他の家族と一緒に住むことはないようだ。お父さんは私のことを、面白いと言ってはいるが、非常識だとは考えていないらしい。まっ、好かれて損はなし、か。この話をしている途中、パーサー氏から電話がかかってきてしい子さんが出た。しい子さんは、話すのもイヤな人だと言っていた。

この日で私としい子さんとは距離が縮まった感じで、とても仲良くなれたと思う。「アナタ」が「アンタ」に変わった。12時きっかりに立って、帰った。

翌週12月5日（日曜日）夜、しい子さんの家に行った。お父さんがかなりたってから顔を出し、歯が膿んで、歯医者でそれを治してもらったら尻の痛みも消えたそうである。

私はちょうどニーチェの『悲劇の誕生』を読んでいて、そこに、「そもそも生まれてきたのが不幸ではなかったか」という話が出ていたのか、その質問をお父さんにもしてみたら、もう一度繰り返してもいいと言われても生きたくない、という返事だった。もし輪廻があってどうしても生まれ変わるというなら、ときいてみたら、そのときはそのときで仕方ない、と。さらに、明日死ぬのと、20年ぐらい後に死ぬのと、どちらがいいかときいてみたら、笑いながら、20年後の方が、と。お父さんは商業高校の生徒たちの低能ぶりに腹を立てているらしい。それで私が岡山大安寺高校でのことを想起しながら、「僕はデキルやつは信用しません」と言うと、お父さんは考え込んでいた。

11時になって立って出ると、しい子さんがレインコートを着てついてきたので、何かと思ったら、立ち止まって、彼女は私の母のことを気にしているということと、来年3月にはどうしても家を出ることになるので、そのとき一緒に来てくれるか、と言った。ハハア、そういうことか。私は、母には伝えておくと言い、一緒に住むなり、通うなりすることについては考えさせてくれ、と言って別れた。しい子さんは少しふるえていたようだった。

12月7日に、虎ノ門のアメリカンエキスプレス銀行で400ドル両替したら11万8080円になった。ユーラシア大陸横断旅行で残ったトラベラーズチェックを現金に換えたのである。そして銀座の補聴器屋に行って、ワイデックス社の耳かけ補聴器を7万円で買い、これまで使っていた補聴器を修理に出した。

しい子さんとはきちんと話し合っておいた方がいいと思い、12月8日夜しい子さんの家に行った。9時前に着いた。この日はお父さんは遠慮したのか顔を出さなかった。私はごく普通の調子で、考えたことをしい子さんに述べた。つまり私は、今答えろと言われれば誰とも一緒に暮らしたくはない、ということである。でも、しい子さんが嫌いになったとかいうことではないので、イヤでなければこれまで通りに仲良くやっていきたいが、とにかく、持ちつ持たれつの形にはできない、と。しい子さんは、私の話はよく分かったようで、そして、これまで私がいつも言っていたことなので答は予期していたようでもあり、落ちついた様子だった。でも、やっぱり嬉しくはなさそうで、顔を時々そむけるような仕草が印象に残った。しい子さんは公団アパートに入れることになったそうである。まだ部屋は決まっていないが、六畳にキッチンや風呂などがついているという。

帰るときに、岩波文庫版のモンテーニュ『エセー』が、全巻ではないがあったので借りた。その後今日に至るまで『エセー』は私にとって座右の書となっている。

12月11日、先に述べたように「哲学・第一部」を書き上げた。

12月12日(日曜日)、「哲学・第二部」を書き始めた。書き終えたのは77年2月で、ノート二冊分になった。スタンダールの『アンリ・ブリュラールの生涯』を三分の二ほど読んだところだったが、その簡単で飾らない文章に魅せられて、私もこういう文章を書いていきたいという思いから「第一部」の続きを書き続けていくことに決めた。

翌13日(月曜日)、図書館で『エマソン選集6　代表的人物像』(日本教文社)を借りてきて、そのうちの「モンテーニュ」を読み始めた。この本ではモンテーニュは「懐疑家」とされている。これを読んで、「僕の哲学」が懐疑家の伝統のうちに収まることが分かった。私は、自分自身では懐疑家と思わないが、驚くほど考え方が似ているのである。

この夜9時にしい子さん宅に行った。学芸大学の学生の弟さんが来ていたが、私は会わなかった。

先生になるためにピアノを習い始めたところだそうだが、あと一年留年するそうである。しい子さんは昨日、陣馬山をハイキングしてきたそうである。この前話したことがこたえたのか、しい子さんはしゃちこばったような、小さな声だったが、20日に国立市のスカラ座で映画を見る約束ができたら陽気になった。この日は、アウグスチヌスの『告白』を借りた。

それから1週間は、ノートはモンテーニュの『エセー』からの抜き書きで埋め尽くされている。

20日(月曜日)、約束通りしい子さんと一緒に国立のスカラ座で映画を二本見た。うち一本は「風とライオン」である。この映画に出てくるモロッコの風景がステキで、行っておけばよかったな、と思った。映画のあと、国分寺の喫茶店で話した。この日まで私はモンテーニュをずっと読み続けていたので、頭がボーッとしていて、恋をしているような感覚ではなかった。思索と恋とはちょっと両立しにくいところがある。

23日(木曜日)、補聴器の修理が終わったので、銀座の店に行って受け取り、7時に大手町でしい子さんと待ち合わせて、中野でナメコうどんを食べた。風が冷たかったので、しい子さんを送ってからまっすぐ帰った。

26日(日曜日)、祖母宅に自転車で行って、お歳暮のおすそ分けを届ける。帰りにしい子さん宅に寄ったが、生け花のお稽古があるとかで、ほんのちょっとで引きあげる。この夜、スタンダールの『エゴティズムの回想』を読んで愉快になった。

28日(火曜日)、夜9時半頃電話するとしい子さんが帰宅していたので行く。お父さんは松江に帰省したのか、いなかった。しい子さんは夜帰ってくるのが遅くて、果物と野菜など生ものの買い物ができなくて困っているということなので、私が買ってきてあげようと約束する。しい子さんの寝室にはじめて行くと、旅館みたいで、布団が敷きっぱなしになっているのをしい子さんは恥ずかしがっていた。もう0時過ぎてから、明日もお勤めがあるそうなので引きあげた。

30日(木曜日)、しい子さんから頼まれた果物や野菜を母に頼んだら、箱一杯に詰めてくれて、それにモチと豆、漬け物も加えてくれた。夜8時半頃になって届けに行った。持っていったものをしい子さんはすごく喜んでいた。どうする？　ときくと、しい子さんは黙って寝室にストーブをつけに行った。終わって楽しくおしゃべりする。人数が多いので家族情報もいろいろだった。姉妹同士で通じ合っている様子が分かって面白かった。

こうして大晦日を迎えた。『パルムの僧院』を読んでいた。

1977年元旦、昼過ぎにしい子さんに電話するといたので行った。彼女はガウンで出てきて、大晦日はお姉さんと高尾山に行って、朝6時に帰宅したそうである。夕方、一緒に府中の大國魂神社に行った。夜中過ぎまでしい子さん宅にいてから帰った。

3日午後、松戸の小谷恒雄弁護士宅に行った。しい子さんも行くというので一緒に行った。小谷弁護士は私よりずっと年長で、大学は東大経済学部卒業だが、働きながら自分で勉強して司法試験に受かったのである。私は小谷さんから「働け」と言われた。前述のように、小谷さんは、1978年から79年にかけてラテンアメリカ縦断旅行をする前に司法書士試験通信講座のテキスト解説と問題集作成のバイトを私に回してくれた。

5日夜もしい子さん宅に行った。まだお父さんは東京に戻っていなくて、「鬼の居ぬ間に」といった感じだった。二人とも体が若かったんですねえ。

その後、ノートは『エセー』などからの抜き書きで埋められている。


77年1月14日（金曜日）から「77年1〜3月ノート」を書き始めている。

1月16日（日曜日）午後2時過ぎに、しい子さんが小平の家に来た。母にアイサツするため、というか、年末に野菜等をもらったお礼と、お父さんが松江から持って帰ったお土産のお菓子を届けるためである。二階の私の部屋で、話らしい話はせずにしばらくいた。私が前の晩に弟と一緒につくったババロアが気に入ったようなのでおかわりを持ってきた。弟は外出し、6時半に母と一緒に夕食を食べた。母が、勤めている薬局のことなど、よくしゃべった。9時頃になってしい子さんの家まで送ってきた。

17日に、弟にすすめられてH・ジェイムズ『鳩の翼』（世界文学全集54、講談社）を読み始めた。19日には『聊斎志異』を読み始めている。21日には、高田馬場で田村隆一訳の『我が秘密の生涯』（学藝書林、1975年）を買っている。

22日（土曜日）、例によってこの日からまたしい子さんのお姉さんが泊まりがけで旅行に出かけて、その留守にわれわれが泊まることになった。しい子さんが夕食の準備をしてくれる間、私は『我が秘密の生涯』を読んでいた。夕食後、一緒に風呂にも入ったらしいので、もうアツアツですね。翌朝、起きてからしばらくして初雪が降っているのに気がついた。雪がやんだので散歩に出て、亀戸の方に行ったが、非常に距離があった。この頃はブロックを持って上げ下げする運動をして足腰を鍛えていたので疲れを感じなかった。お姉さんのアパートに戻ってから、大相撲の千秋楽を見た。輪島が北の湖を破って、十回目だかの優勝をした。夕食後は、二人で寝ころんで、ゲラゲラ笑いながらおしゃべりした。「お笑いオンステージ てんぷく笑劇場」を見ながらしい子さんが私に、「喜劇俳優にでもなればいい」と言った。夜9時過ぎに帰宅したが、昼は寒かったのに夜はそんなに冷えなかった。小平では雪は降らなかったという。

28日(金曜日)にまた、大手町でしい子さんに会って、お姉さんのアパートに行った。なぜだか書いてないが、この日もお姉さんは留守でいなかった。当時しい子さんは十二指腸潰瘍とかで、食事療法用の豆腐の甘煮というのをつくったので、それを食べ、すぐに布団に入って抱き合い、風呂に入り、また抱き合って、と今読んであきれるぐらいである。

翌29日は、夜に松江からしい子さんのお友達が着いて、それを迎えに行ってからお姉さん宅に泊まるようなので私は引きあげることにした。しい子さんは、私も一緒に泊まってほしいらしいので、「その人も好きになっちゃうかもしれんよ」と言うと、「誰でも好きになっちゃうのね」と、キッとにらまれた。この日は家族の悪口をたくさん聞かされた。学芸大学の弟さんは、しい子さんに言わせれば「バカのバカ」なのだそうである。でも学芸大学に入れたんでしょ? と思ったのだが、お父さんも、「理屈の分かる息子だったら」とぼやいているのだそうで、それで、結局家から出て下宿することになったらしい。その弟さんが、これからお父さんの家に戻ってくるというので、しい子さんが追い出される形になったものらしい。お父さんは私を松江の家に連れていってはくれるそうだが、「そんなことまでしなくても」と言い、軽い気持ちで、様子でも見るつもりでどうぞ、と言っているそうである。

2月3日(木曜日)、しい子さんからの電話で、お父さんが私と会いたいということなので、夜8時半頃行く。しい子さんはまだ帰っておらず、お父さんだけだった。

腰が少し痛いらしく、立ち上がったときに痛むそうである。松江には連れていってくれるそうで、卒業式が終わった後3月末になるだろうということだ。お父さんはこれで定年退職らしい。仕事の様子をきくと、あちらは寒くて、5月頃まではこたつを使うそうだ。靴は短靴でOK、と。松江市内にはめったに出ないという。冬は何もしないで中海で貝をとったりしているらしいが、お父さん自身はとらないそうである。かつて、3メートルぐらいのマグロがとれたこともあるのだそうで、はらわたを海に捨てるので、血で海が真っ赤になるそうだ。これから当分は家の前の畑を耕すだけにするようだが、田んぼもあることはある、と。松江の家まで島根大学からバスで10分ぐらい。

こういう話を聞いていたら、9時過ぎてからしい子さんが帰ってきた。どういうわけか、お父さんとしい子さんは、この晩はぎくしゃくした感じだった。お父さんは戦争が終わった直後東京に出てきた際に腸チフスにかかり、松江に帰ってから発病して、1ヶ月ぐらい寝ていたことがあるという話をしていた。10時過ぎ、明日は二人とも仕事だそうなので早めに立った。しい子さんが一人で戸外までついてきて、土曜日が休みだから会いましょう、と。

2月5日（土曜日）、この日はしい子さんが小平の家に来るという。母は横浜の姉宅に行って留守で、弟は風邪をひいて家にいた。2時半頃しい子さんが来た。下のこたつで寝ころんで話した。昔の写真を出してきて一緒に見た。松江にいた頃は、父が写真を撮るのが好きだったのでたくさん残っていた。夕方6時前になってしい子さんと二人で夕食の準備をした。材料がないので、あり合わせのもので水炊きにした。弟も加わって三人で食べた。しい子さんと弟はよくしゃべった。8時前に二階の私の部屋にあがって寝て（大胆だナァ）、それから起きておしゃべりする。「哲学・第一部」を見せたら熱心に読んでいたので貸した。今こうやって書き写しているメモ帳も2、3ヶ所見せたら、笑いながら読んでいた。10時過ぎに出て、送っていった。今日はお父さんは横浜のイトコのところに行ったそうだ。たぶん、松江に引きあげる前のアイサツだろう。家の前まで来るとあかりが見えた。

翌週2月13日（日曜日）夜もしい子さん宅に行く。お父さんがいて、俳句をやっているとのことなので見せてもらった。先生仲間でやっていて、2年ほどだそうである。分かりやすい句だった。堺に住んでいるしい子さんの妹さんのダンナがセミプロ級で、朝日俳壇にもよく出るのだそうで、その人に添削してもらうということだった。お父さんは、私がどんなものを書いているのかと興味を持っているそうで、それは見せないようにしているとしい子さんは言った。しばらくしてお父さんはしい子さんの部屋から出て行ったので、この部屋で抱き合えるか二人で相談してみたが、テキはまだ本を読んでいて寝てはいないようだというので、口を合わせるだけでおしまいにした。恋人たちって、チャンスを見つければどこででもくっつくものなんでしょうかね?

なぜだか、モンテスキュー『ペルシア人の手紙』(世界の名著28、中央公論社)が置いてあったので、帰り際に借りて翌日から読み始めた。この本はパリを訪れたペルシア人がルイ14世時代の風俗と政治とを手紙の形で諷刺したものであるが、この本を読んで、『法の精神』も読みたくなった。『法の精神』は、題名からすると政治哲学論のように見えるが、「気候風土と社会」など、比較文明論的な考察がたくさん述べられていて、憲法論や権力論の領域を超えた面白い本である。その後、こういった内容のことを大学で講義するようになるとは、そのときは思いもしなかった。

2月16日(水曜日)は「日本列島全体が凍りづけになった」そうで非常に寒かった。しい子さんと約束があったので、夕方自転車で武蔵小金井駅まで行き、東西線竹橋駅まで行って、労音会館というところにいった。しい子さんは勤務先のお友達と来て、三人で「血の塩」という映画を見た。内容に全然記憶がないが、ネットで見てみると、1954年制作のアメリカ映画で、米国・ニューメキシコの鉱山労働者のストライキを描いた「労働運動の不朽の名作」と呼ばれる映画で、人種差別問題やジェンダー問題などの問題が提起されているとされている。水道橋の喫茶店でコーヒーとウィーン風のお菓子を食べた。貧乏が売り物の私が1950円まとめて払った。お友達は反対方向だったのでしい子さんと帰ってきて、二人乗りで自転車に乗ってしい子さん宅まで送ったところでちょうどパンクした。ひどく寒かったが、自転車を引っ張って歩いて帰った。自転車に二人乗りしてパンクしたことは今も記憶している。

18日（金曜日）、この日はしい子さんと夕方7時半に国分寺駅で会う約束になっていたが、彼女は自分の家には行きたがらなかった。後できいたところでは、学芸大学の弟さんに教えるためにピアノの先生が来ているので、それに居合わせたくなかったのだそうだ。それで小平の家に行った。弟も帰ってきて二階にいたがわれわれも私の部屋でおしゃべりした。職場の上司の話を色々きいた。しい子さんは自分で描いた女性の裸像の絵を持ってきていて、見てほしいということなので弟にも見てもらった。例によって全然重量感のない絵だった。それから、下には母もいたが、落ちついて布団を敷いてゆっくり楽しんだ。週末しい子さんは埼玉県の越生（おごせ）温泉に行くそうなので温泉ガイドと白地図を貸した。しい子さん宅まで送ってから帰ってきた。

21日（月曜日）、しい子さんから『深沢ギター教室』が手に入ったという連絡があり、夜しい子さん宅に行って受け取ってきた。大変嬉しかった。

25日（金曜日）、母は横浜の姉宅に出かけた。弟も留守だった。夕方7時半頃しい子さんが来た、私がつくったクリームシチューと母の作っていったほうれん草やひじきなどで一緒に夕食を食べて、それからゆっくり楽しんだ。送っていったら国分寺駅で弟と会った。

27日（日曜日）は、しい子さんと一緒に府中市の祖母宅に行き、叔母さんにしい子さんの絵を見てもらったり、叔母さんのやっている日本画や版画の話を聞いたりしている。

翌週の3月6日(日曜日)、しい子さんは、お父さんの送別パーティーが西荻窪で開かれたそうで、夜9時過ぎて小平の家にきた。しい子さんが、当時やっていた翻訳の原稿を出して、私に見てくれというので、チェックした。それが終わってから部屋を暗くして楽しんだのだが、終わって服を着ているところに弟が入ってきた。弟もしい子さんもビックリして、しい子さんは服を体にガバッとかぶせた。服を着てから弟の部屋に行くと、ハッサクを持ってきてくれたのだった。弟は前から知っていたそうで、笑っていた。しい子さんは恥ずかしそうにして、なかなか顔を上げなかったが、やがておかしくなったらしくて、笑いだした。

3月に入って、いよいよ松江に行く日も近づいてきて、私は松江への行き方をいろいろ考えていた。また、松江ではアルバイトをするつもりでいたのだが、しい子さんによると島根大学に宿直の口があるかもしれないということだった。しい子さんは23時50分発の電車で帰っていった。

3月12日(土曜日)、母はしい子さんのお父さんにアイサツしにいった。午後1時前に家を出て、母は電車、私は自転車で国分寺駅まで行き、一緒に歩いて行った。母は着物姿だった。着いたら、母は元気よくしゃべり出した。ペラペラ、ペラペラと、よくしゃべる。しい子さんのお父さんの方も、やや押され気味だが、ゴキゲンは普通よりはいいみたいに見えた。母が松江にいた頃のことをしゃべり、お父さんがそれに口を入れるという形だった。母があまりによくしゃべるので、私がお父さんの方の仕事の様子とかをきいて、バランスをとった。戦争の頃のことなどの話は私もしい子さんも黙って拝聴した。母のかん高い笑い声が何度もブキミに響き渡った。食べるものはしい子さんが考えてくれて、ケーキ、コーヒー、リンゴ、イチゴ、ハッサク、お団子とたくさん出た。3時半まで話してから、帰り際に母は梅を、紅、白二本ぐらいずつ切ってもらった。国分寺駅までまた母と歩いて戻った。

こういう感じだったので、私が松江に行くことについては、母は喜んでくれてはいたが、ちょっと前の3月3日（木曜日）に同窓会に出席したときは、私が松江に行くことは友人たちにしゃべらなかったそうで、その理由は「恥ずかしいから」、と。つまり、大学も出て、司法修習も終えたというのに、就職もしないでぶらぶらしていたわけだから、母親として自慢できるような状態ではなかったということだ。しかし、母は私に働けとは言わなかったし、しい子さんが家に来るようになってもいやがりはしなかった。

15日（火曜日）、「哲学・第三部」を書き上げた。書き始めたのは77年2月11日である。この日の夜もしい子さんは小平の家にやってきて、母も一緒に話した。「哲学・第三部」を読みたいというので渡し、松江のお父さんの家に行く地図を書いてもらった。

21日（月曜日、春分の日）、午後しい子さん宅に行った。話していたら夕方4時半頃お父さんが帰ってきて、すぐにしい子さんの部屋にやってきた。もう仕事はほとんど終わって、あとは点数をつけるだけという。中海の干拓事務所の敷地をお父さんが貸しているのだそうだが、干拓はもう10年ぐらいやっているが、地元の人の反対で進まないという。中海は端から端まで水位差が1メートルぐらいしかないのだそうで、干拓を始めたために水位があがって松江大橋など1メートルぐらいも水かさが増したのだという。それから枕木山のてっぺんにあるお寺は曹洞宗だそうで、住職は面白い人らしい。こういう話を聞いていたら夕食になって、赤飯、シャケ、イカ、エビ、漬け物としょっぱいものばかりだった。

たぶんこれでしい子さんとは当分会えなくなると思われたが、またすぐ会えるような気もして、最後みたいな感じではなかった。

22日（火曜日）、小平市立図書館に本を返し、トラベラーズチェックの残りはすべて両替して現金にした。それから補聴器の電池をまとめ買いした。あと、本やコンセント等を買って出発の準備をした。

「77年1〜3月ノート」はこの日で終わっている。しい子さんと会った時のことは、「76年メモ帳」と、あと、ノートサイズに切ってざらばん紙をホッチキスでとめて作ったメモ帳に記されていたので、これをだいたいそのまま書き写してきた。記録を読んでいくうちに生々しく思い出され、若返ったような気がした。

第4章　百姓見習いとその顚末

松江市で百姓見習いをしていた前後の記録は、「77年3～5月ノート」（A4サイズのノートをA5サイズに切断したもの）、「77年5～12月ノート」、「戦うには敵がいる」と題したノート（77年6月14日～6月26日）と、これをもとに清書し、さらに、東京に戻ってから書いたメモの抜き書きを付加した同題名の原稿用紙（234枚）が残っている。

松江でやった具体的なことはほとんど忘れていたので、それを思い出すために、まず原稿用紙にまとめたものにざっと目を通した。この原稿は、何をやったかを日付順に並べたものではなく、なぜ2ヶ月半ほどで東京に舞い戻ることになったのかについて書いている。できればしい子さんのお父さんの家で一年間ぐらいは百姓見習いをしたいと思って来たのに、結果的には、しい子さんのお父さんと二人で一緒に暮らすのがイヤになったので引きあげたのである。出発前の私の友人たちの意見は、これまで百姓仕事などやったこともなかったので、とても長くは続かないだろうという意見がほとんどで、ひょっとしたら一週間足らずで東京に舞い戻ってくるかもしれないと言う人もいた。友人たちのうちで一番長い予想は3ヶ月だった。それで、とにかく3ヶ月は頑張ってみせると固く決心していたし、しい子さんのお父さんにもそう言っていた。この原稿を読んでみて、私の言い分は分かったが、やっぱり若かったんだなあというのが一番の感想である。働いた経験もなく、世間知らずで、でも自信だけはたっぷり持っていて、そういう私が、退職後ゆっくりしたいと考えていたらしいお父さんと合うわけはなかったのかもしれない。読んでみて、私としては十分頑張ったという感じがした。相当無理をしたのがたたって、東京に戻ってから体の調子も頭の調子も狂い、元に戻るのに3ヶ月ぐらいはかかった。

続いて東京に戻るまでの日付の入ったノートを読んでみたが、これだけだと説明不足で、分かりにくかった。分かりにくいところの説明には、「戦うには敵がいる」に書いた内容は利用できそうだが、実際に書いてみないと、どのようなものになるのかちょっと分からない。しかし、書いているうちにたぶん思い出してくるだろうという予感は持っているので、一応時系列で、何があったか思い出しながら書いていってみたい。そうすれば、今の視点での位置づけもまたできるのではないかと期待している。

【1】

77年3月23日に私は福山の姉宅に行って滞在し、その後4月6日夕方、松江のしい子さんのお父さん宅に着いた。そして、それからおよそ2ヶ月半後の6月22日に松江から東京小平の家に戻った。

3月23日(水曜日)は、まず岡山に行って、高校の時の同級生だった妹尾君と会った。彼の家に行ってから、彼の弟さんも一緒に、車で福山の姉の家に連れていってもらった。福山の家はちょうど新築したばかりで、私は二階を使わせてもらったが、広々としていた。しい子さんのお父さんが松江に行ったと連絡が入ったら、私は福山から松江に行く予定でいた。

25日(金曜日)、午前11時過ぎに岡山に着いて、レンタルの自転車で岡山大安寺高校に行った。

教員室にアイサツしに行くと、漢文を教わった須々木喜久子先生がたまたまいた。午後1時に岡山駅で、という約束ができたので、すぐに自転車で戻った。須々木先生は二人の男の先生と一緒に車で来て（もう春休みに入って授業はなかったのだろう）、四人で一緒に高島屋で食事をした。私の方もペラペラとよくしゃべったので、先生方は随分感じが変わったとビックリされたことだろう。食事の後、須々木先生の買い物につきあってから、私は列車で妹尾に行った。妹尾君が車で迎えに来てくれて、水島や児島をドライブした。夜は妹尾君宅に泊まったが、妹尾君は私が持っていた深沢七郎の『人間滅亡の唄』（新潮文庫）を熱心に読んでいた。

翌26日（土曜日）、朝食後妹尾君と一緒に車で出て、岡山市内の本屋に行き、それから昼過ぎまでパチンコ屋で遊んだ。その後ラーメンを食べ、車の中で話してから、午後3時に別れて福山に戻った。

その後は福山にいて、姉や夫の大島誠二さんと話したり、二人の小学生の姪と遊んだりしながら、ぶらぶらと過ごした。

30日（水曜日）、「哲学・第四部」を書き始めた、とある。今ちょっと読んでみたが、ちゃんとした文章になっている。これを書き終わったのが77年9月でもう東京に戻っていたので、このノートも松江に持っていって、滞在中書き続けていたことになる。

4月5日（火曜日）にしい子さんのお父さんがすでに松江の家に着いたと母から連絡があった。それで翌6日（水曜日）岡山経由で松江に向かった。岡山—松江間の特急がなぜか分からないが非常に遅れて、午後2時半に松江に着く予定が5時半に着いた。特急料金の払い戻しを受けてからバスでしい子さんのお父さん宅に午後6時過ぎに着いた。石垣に囲まれた敷地の前の道はちょっと上り坂になっていて、石段をのぼると奥に大きな家が建っていて、前庭を通って玄関まで行くようになっていた。玄関の右横が居間になっていて、そこにしい子さんのお父さんはいた。夕食は、出前の天ぷら、刺身と、お父さんの手料理を腹一杯食べた。その後夜11時半頃まで話した。私は、この家の一番右奥の、十畳ぐらいの部屋を使わせてもらうことになり、水浴びをしてから寝た。戸外に別棟になっている汲み取り式の便所は水があふれていて使えないそうなので、外で用を足した。

翌7日(木曜日)、7時半過ぎに起きて、水浴び、朝食後、お父さんと一緒にバスで松江市街に出た。裁判所前でおりて、松江城に行った。天守閣にのぼってからお堀端を歩き、北堀町の方の鍛冶屋でクワを買った。歩いて京店という繁華街を抜けたところまで行って卵丼を食べた。食後、市役所に行って、お父さんは戸籍謄本を取った。それから松江駅まで歩いていったが、チッキ(鉄道で送った手荷物)はまだ届いていなかった。バスで持田というところまで行って、そこに住んでいるお父さんの親戚の家を訪ねた。ドクダミを鼻に詰めると鼻づまりがなおるとか、松の材木の値段等について話していたが、私は黙って聞いていた。5時に帰ってきた。ちょっと寝てから居間に行くと、どこかのおばさんが来ていた。夕食後、11時までお父さんと話した。

8日(金曜日)、7時半に起きる。朝食後畑を耕した。たぶん、石垣下にある道路脇の畑だったと思う。昼食後、ゴボウの種まきを少し手伝い、あと、夕方まで草取りした。パンを食べてから風呂を焚く。木を燃やしてわかすタイプの五右衛門風呂だった。夕食後風呂に入り、洗濯をし、その後お父さんと11時半まで話した。

9日（土曜日）、7時半に起きたが雨が降っていた。それで、居間から遠くの方にボーッと見える山の景色を見ながら話をし、10時頃に朝食後、母にハガキを書いて投函してきた。昼寝してから午後は草取りをする。夕方、フキの皮むきを手伝っていたら、鳥大生の二男さんが来た。一緒に食事して話したが、二男さんは無口のようで余りしゃべらず、声も小さめで、聞き取りにくかった。

10日（日曜日）、7時半に起きる。二男さんはすぐに帰っていった。朝食後、お父さんと山に行く。家から1・5キロメートルぐらいである。椎茸栽培のための原木を切り、一輪車で家まで持ち帰ったのだが、重くてバランスがとりにくく、これは今思い出してもきつかった。途中で知り合いらしいおじさんとしばらく立ち話した。昼食、昼寝のあとは、石垣下の道路脇の畑の草取りをした。パンを食べてから、あとは風呂たき、夕食、そして入浴という順番である。私は小平にいるときは水浴びですませるのが普通だったが、こちらに来て野良仕事をするとどうしても体が汚れる。松江に来る前はブロックで体を鍛えて筋肉もりもりの体格に変わっていたので、一日中動いてもそれほど疲れは感じなかった。

11日（月曜日）、7時半に起きて朝食後洗濯機で敷布などを洗濯した。あとは道路脇の畑で草取りの続きをする。草取りをしている間いろんな人が通っていったが、私がお父さんと一緒に住んでいることは、どうも人びとの好奇心の対象になっているような気がした。夕食後、お父さんと11

時までおしゃべりした。

12日(火曜日)、7時半に起きたが、お父さんはいないようで、それで居間を掃除していると、置き手紙があって、山に行ったのだと分かった。お父さんは9時に木を積んで戻ってきたので、一緒に朝食を食べた。お父さんが椎茸菌を打ち込むのを見ながらツクシのヘタをとっていたら雨になった。近所の大工のおかみさんがやって来て立ち話をしていった。昼御飯のあとは散歩し、帰って台所の整理をしていたら、お客さんが来たようだったが私は会わずに奥へ行き、少し横になってから執筆した。お客が帰ってから夕食。その後はお父さんは疲れているようなので、9時40分頃奥に行った。

13日(水曜日)、起きたら8時過ぎになっていた。お父さんについて、近所の家に米の脱穀をしに行く。昼食後また山に行って、木を切り、その場で椎茸菌を打ち込んだ。夕方これらの木を積んで帰ったが、木の置き方を工夫したら軽くてラクになった。帰って風呂たき、夕食、入浴。

14日(木曜日)、5時半頃目がさめて、7時に起きる。お父さんはどこかに出かけていていないようなので、洗濯する。やがて戻ってきた。一緒に食事する。その後お父さんは生け垣の切り込みをし、私は草取りする。昼食後、枕木山入口の方まで一緒に散歩し、帰りに親戚の家に寄る。夕食後、10時まで話してから奥へ引きあげる。

15日(金曜日)、7時半に起きる。朝食後、昼過ぎまで生け垣の間の草取り。お父さんがアイスクリームを買ってきてくれた。昼食後は、ちょっと草取りをしていたら雨になったので、水浴びしてから一人で松江市街に出た。種屋でツルなしインゲン（さやまめ）の種二袋、古本屋で『セクサス（上、下）』、カフカの『審判』、今井書店で野菜づくりの本、京店でお茶を買う。一畑デパートからバスで帰る。お父さんとしばらく話したが、家を改築する予定であることなど聞いた。夕食後、私の部屋に本箱を入れて整理した。昔、この家に住んでいた人が使っていた家具類がたくさん残っていたのである。ひどい雨が続いた。

16日（土曜日）、8時に起きる。雨だったので、朝食後、執筆。昼食はソバだったが、作っている途中でプロパンガスが切れて、石油ストーブでなんとか間に合わせて作った。その割にはおいしかった。その後も雨が降り続くので、奥の部屋で寝直した。蛍光灯の位置を下げて、夜でも本が明るく読めるようにして、ずっと『城』を読み続けた。夕方になって雨が上がったが、明日は天気がまた下り坂らしいので、夕食時に、早めに起きようと話した。夜も読めるようになって気分が落ちついた。

17日（日曜日）、5時半に起きて、6時前に外に出た。家の近くの畑の草取りをしてから土を掘り起こして帰る。昼食後やっぱり雨が降りそうなので、ちょっと休んでからサヤインゲンの種まきをした。種まきが終わったところでちょうど雨になった。その後、今度はもと田んぼだったところに行く。排水状態をよくするために溝を掘った。帰って風呂たきのあと、ズボンのチャックをとって、ボタンでとめるようにした。入浴、夕食。

18日（月曜日）、7時半に起きる。曇りのち雷雨の天気で、一日中強風が吹いていた。19日にお父さんが上京するとのことで、子どもたちのために米を二箱分荷造りした。しかし午後になって、国電のストがあれば延期と決めたようである。午後3時前、一緒に郵便局に行き、私は学士会に会費を振り込んだ。私が学士会に入っていたことがあったなんて、ビックリだ。夕方は、お父さんと話したり、『城』を読んだりする。夕食は料理屋の天ぷらで、おいしかった。9時に奥に引きあげた。

19日(火曜日)、7時に起きる。朝食後、田んぼだったところに行き、溝掘りを続ける。昼食後も夕方まで同じ作業を継続。土木作業を一日中やっていた感じで、お父さんは非常に疲れた様子だった。お父さんは最初の頃はのんびりしていたのに、だんだんとやらなきゃいけないことが出てきている様子である。食事はそれまで、おもにお父さんが作っていたのだが、この日の夕方は疲れて準備もできそうにない感じだったので、私が作った。そして、ゆっくり話もできそうにないので、夕食後すぐに奥に引きあげた。

20日(水曜日)、7時半に起きる。晴れていたが、強風が続いた。朝食後垣根の手前の草取り。午後は畑の草取り。草取りばっかりやっているようだが、これまで放置されていて、どこも草ぼうぼうだったのだから仕方がない。帰りに別の畑(たぶんバス通りの向こう側にある畑)でフキをとる。夕食後、お父さんと一緒に石油を買いにいったが、お父さんが私に対して急速になれなれしくなってきたのを感じた。私は、距離を詰められると息苦しく感じてしまうタイプであるが、この時分はまだ、まあ勝手にどうぞといった感じだった。

21日(木曜日)、7時半に起きる。晴れていたが、陽光はそれほど強くない。朝食後、寝ころんだりギターを弾いたりして、昼までゆっくりした。ギターは少しずつ調音ができるようになってきた。昼に、はしごで屋根にのぼった。雨漏りするので、その場所を確かめるためである。母屋は、一部は増築して、私がいたあたりは増築部分であるが、もともとの母屋は建ててから年数がたっていて、瓦も、引っ掛ける部分のあるタイプのものではなく、それだとどうしてもすきまができるので雨漏りするということだった。昼食後、石垣下の道路脇の畑をスコップで掘り起こして、フダンソウの種をまくためのうねをつくった。お父さんはどこか別のところに行っていた。風呂たきし、お湯がぬるくなった頃お父さんは帰ってきた。8時20分頃に夕食にした。その後入浴、洗濯。

22日(金曜日)、8時に起きる。晴れていた。裏庭の風呂の周辺の草取りをした。昼食後昼寝し、それから家の近くの畑の草を全部取り終わった。その後、お父さんについて、また米の脱穀をしてもらいにいった。そこのおじさんは占いもできるそうで、まず私の手相を見てくれたところでは、私は神経質で疲れやすいとか、一生勉強する人だとか、普段は目立たないのに時々人を驚かすようなことをするとか言った。その後、こぶしを握りしめてからパッと開いてごらん、と言うので、言われたとおりにやったら、指と指との間が非常に開いて離れているので、人との縁が薄いと言った。この指とこの指との間が配偶者との縁、これとこれとが子どもとの縁、というふうに一つずつ教えてくれたのだが、もう忘れてしまった。とにかく、配偶者、子どもとの縁は薄いのだそうである。そのほか、私の顔全体を眺めて、二重人格者で心で思っていることと口に出して言うことが全然違う、と言い、「ねっ、そうでしょう?」と、自信ありげに私に確かめた。そんなこと分かるんですかね？　別の時にお父さんはここで占ってもらって、今年は新しい事業をやったりすると災いがあると言われたのだそうで、それで家の新築は見合わせることにしたようだ。その後、パンを食べてから夕食、そして7時半まで話してから奥に引きあげた。タケノコを食べたせいか下痢をした。

23日（土曜日）、8時に起きる。お父さんが25日に上京することが決まり、朝食後チッキにする米を持って、私一人で駅に行って切符を買い、チッキにして送った。ステーションビルで、福山に送るお菓子も買った。バスで殿町に行って、お父さんから頼まれたヒャクニチソウとカボチャの種を種屋で買い、今井書店でスペイン語のテキストを買ってからバスで帰った。昼食後、母屋の敷地内にある竹藪をきれいにした。夕食後、9時に奥に引きあげた。

24日（日曜日）、7時半に起きると、お父さんが昨日竹藪掃除の時に出た小枝類で風呂をたいていたので、私がかわってやった。朝食後お父さんが便所の肥やしを近くの畑に持っていってまき、それからトウモロコシをまくのをちょっと見に行った。昼食後、雨になったので長い昼寝をした。夕方5時に起きた。お父さんが石油ストーブに石油を入れる際に引火し、かなり大きな炎が出た。私が「爆発するかもしれない」と言うと、お父さんはストーブを外に運び出した。幸い火は消えたが、お父さんはショックだった様子で、夜も、もうろくしたんだな、と自分に言い聞かせるように話していた。

25日（月曜日）、7時に起きると、お父さんはもう朝食中だった。一畑バスはストだった。8時半頃まで、お父さんは年をとったとか、身を軽くすべきかとか話していた。私は近くの石油スタンドまで見送りした。お父さんはそこからハイヤーで駅に向かった。この日は私は夕方までぶらぶらしていた。夜は本を読んだ。

26日(火曜日)、9時前に起きた。昨夜寝る前に用意しておいたゴボウを使って、きんぴらにした。おいしかった。午前中は執筆作業、午後はパンを食べてから自転車で松江市街に出た。小さいときに住んでいた南田町の周辺をぐるぐる走ってみてから、今井書店でカフカの『アメリカ』を買う。あと買い物しながら帰ってくる。夜はカレーライスを作って食べた。カフカの『城』を読了。ギターを調音しながら、1時間ほど練習。一人になって2日目で非常に落ちついてきた。

27日(水曜日)、7時半に起きて、昨夜のカレーの残りを食べる。ちょっと休んでから近くの畑のうね起こし。午後は執筆しながら小豆を煮て食べる。夕食はシチュー。その後は寝ころんで本を読んだ。一人になってから大便がよく出る。

28日(木曜日)、9時前まで寝た。午前中は執筆。昼、小谷弁護士に手紙を出してから、ジャガイモ、レバー、もやし、黒棒などを買ってくる。午後いっぱい草取り。夕食後は、以前三女(大阪の堺に結婚して住んでいるという人)がいたらしい部屋に残してあった本を五冊ほど持ってきて目を通した。和辻哲郎『人間の学としての倫理学』があった。「人間」をジンカンと読むことを知った。

29日(金曜日)、8時前に起きて朝食後、近くの畑のうねを起こす。正午までやってから戻ってパンを食べ、2時間ほどひさしの下にゴザを敷いて寝ころぶ。午後になって自転車で出てみたが、寒いので引きあげてきて、草取りする。夕食はスープ、炒め物、サバ缶。夜8時半頃になって、二男さんがやってきた。お菓子とにんじんの漬け物を食べながら11時半まで話す。今日は持田の親戚の家に寄って、もち米をもらってきたそうだ。この時彼から聞いた話では、当時彼は27か8で、米子にある鳥取大学医学部の学生だったが、医師免許を取るのかどうかもハッキリしていないのだそうだ。あと2年で留年期限が切れるが、それまでに医師国家試験に受かる自信はあまりないようである。学内の試験にもかなりすべっているようで、会ったときも「公衆衛生」の追試の準備をやっていた。そもそも彼は、たまたま医学部に受かったから入学したというだけで、医師になりたいわけでもないらしい。というわけで、公務員にでもなりたい、と彼自身は言っていた。彼は非常に太っていて、身長は私（163センチ）と同じぐらいだが、体重が76キロだそうで、彼が歩くのを後ろから見ているとズボンがスレて、妙な音を立てるのだった。ちなみに当時私は56キロだったが、これはちょっとやせすぎであろう。現在は64キロ前後である。私は2012年に胃がんになった直前には69キロぐらいあって、体が非常に重かった。

30日（土曜日）、7時に起きる。二男さんはおはぎの準備をしていた。8時過ぎにできて一緒に食べた。その後、二人で枕木山に登った。結構遠かった。戻って、野菜炒めとおはぎを食べてから、一人で近くの畑のうね起こし。6時半に戻って、二男さんの作ってくれた魚料理を食べてから、風呂をたいて入る。あまり疲れを感じない。

5月1日（日曜日）、7時過ぎに起きる。朝食後、二男さんはすぐ帰っていった。朝食後しばらくゴザに寝ころんでひなたぼっこしてから、近くの畑のうね起こし。昼前に帰ってきてパンを食べ、それから2時間昼寝。近くの農協に買い物に行ってくる。夕方雨になった。夕食におからを料理して食べる。食後は寝ころんで本を読んだりギターを弾いたりしてゆっくりした。

2日（月曜日）、7時半に起きたが、雨なので、昼前まで寝直した。十分に寝たので気分はよかった。午後雨がやんだので草取りをしていたら、近所のおじさんが来て、ちょっと立ち話した。夜は冷えて寒くなった。

3日（火曜日）、8時過ぎに起きて、朝食後近くの畑のうね起こし。11時半に区切りがついて帰ってくる。おからを料理して食べたあと、午後も近くの畑のうね起こしを続けた。夕食後執筆。一人の生活がすっかり身についたようで、気分が落ちついているのを感じる。

4日（水曜日）、8時過ぎに起きると雨が降っていた。ゆっくり朝食後ギターの練習をする。昼前に母から手紙が届き、1万円同封してあった。パンを食べ、ポップコーンを作って食べてから、ちょうど雨がやんだので草取りをし、天気がもちそうなので近くの畑に行って、最後のうね起こしをした。クワの動かし方を工夫したらラクに動かせるようになってスピードがあがるようになった。夕食はシチューと酢みそ。7時半頃、真庭弘司先生に電話して、明日訪問することが決まった。真庭先生は、小学校三、四年の時の複式学級の担任である。軍手が破れたのでつぎあてする。

5日（木曜日）、8時過ぎまで横になりながら天気予報を見る。水浴びのあとガスをつけたらつかなかったので、プロパンガス屋に電話すると、11時前にもってきてくれた。昼過ぎにおからを買ってきて料理して、食べる。続いてＮＨＫ教育テレビで「オーケストラの少女」を見た。ネットで内容を見てみたのだが、見た記憶が残っていない。3時過ぎにバスで殿町に出て、古本屋で『毛主席語録』が１２０円と安かったので買った。軍手を買い、一畑デパートでお土産のカステラを買ってから、バスで古志原に行く。ちょっと歩き回って真庭先生の家を見つけた。なんでも先生は校長に就任したばかりだそうで、その緊張のせいでか、一週間前ぐらいから顔面が硬直しているそうで、すごい顔だった。奥さんはもう亡くなって一人暮らしだった。ドライブインに車で行って夕食後、先生の自宅に戻ってちょっと話し、車で送ってもらって9時前に帰ってきた。先生は私と会って懐かしそうだった。私が複式学級にいた頃は、先生は私の家の近くの家の二階を借りて住んでいて、友達を誘って何度も遊びに行った。奥さんが子どもができない体だったことと、小鳥を飼っていて、その鳥かごがぶら下がっていたのをなぜだか妙におぼえている。松江で会った当時、先生は49歳だったが、結果的にはこれが最後になった。年賀状はその後もずっと出していたが、私が沖縄に行ったあとかなりたってから亡くなったという知らせが親族から届いた。先生は島根県益田市の出身である。

6日(金曜日)、8時に起きたが、雨で、朝食後執筆。トイレに入っているときに郵便局が配達に来たようで、午後農協に行ったついでに受け取りに行く。母からの小包で、衣類が入っていた。夕方草取り(この頃から、バス通りの向こうにある畑の草取りを始めていたような記憶が残っている)。夜になって風が強くなった。今日あたりお父さんが帰る頃かなと思っていたのだが帰らなかった。

7日(土曜日)、7時に起きて朝食後洗濯。草取り。昼御飯のあと、買い物してから草取り。今日もお父さんは帰らなかった。

8日(日曜日)、8時に起きる。朝食後東京のお父さん宅に電話してみると、しい子さんが出て、お父さんはもう少し東京にいるとのことなので、一日ぶらぶらしていた。夜、小林旭のビッグショーを見た。

9日(月曜日)、7時半に起きる。朝食後執筆。たぶんバス通りの向こうの畑で草を焼いた。この畑はバス通りの方から右に湾曲していく太めのあぜ道の右手にあって、畑の奥には家が何軒か建っていた。畑は面積が広く、かつ、はえている草の根は深いものが多く、木も混じっていた。草の焼却は、当時は特に許可とかもらわなくても問題はなかった。昼食後農協に買い物。草は燃え続けていたので、時々様子を見に行った。夕方水をまいて火を消した。夕食に、台所に置いてあったクリームシチューを料理して食べた。夜はテレビでチャップリンの「街の灯」を見た。

10日(火曜日)、早く目がさめたときに胃袋が気持ち悪かった。古いクリームシチューがあたったのではないか。10時半まで寝てから11時半に朝食にしたが、シチューは味見するとやはりムカつくので捨てて、パンとカルピス、それに甘夏にした。パンを焼いているときに中海干拓事務所の人が来て、庭を眺めていった。盆栽が好きらしい。昼過ぎも横になって本を読んでいたが、目が疲れた。夕方豆腐を買ってきて、軽い間食後、みそ汁と野菜炒めの夕食を作った。8時に堺の三女の人から電話で、お父さんが今朝9時頃に発ったが、まだ着いていないかと問い合わせがあった。夜9時半頃になってお父さんが帰ってきて、11時半まで話した。お父さんは、遅まきながら送別会を二つほどやってくれるということで東京に行ったのだが、帰ってくるなり、「あちらではもうワシのことなんか忘れてしまったらしい」そういうことで、もう東京なんかに行っても仕方がない、と気持ちが固まったようだった。

〔2〕

11日（水曜日）、昨夜はお父さんが帰ってきて興奮したのかなかなか寝つけなくて、目がさめたのは9時。朝食後お父さんと、とうとうお昼までおしゃべりを続けた。昼食後、お父さんと田んぼだったところに出かけ、草取りとうね作りをした。薄暗くなるまでやって、帰ると7時半だった。風呂たきしてから、お父さんのお土産のういろうを食べ、夕食後風呂に入った。

12日（木曜日）、7時過ぎに起きる。雨が降っていた。朝食後執筆したり、モンテスキューを読んだりした。昼食後も雨が降っていたが、田んぼだったところに行って、私は二列分うねを作った。腹が減った。7時に帰ってきて、風呂たき（昨夜の残り湯を使ったのですぐにわいた）、パン、風呂に入ってから夕食。そのあと10時半まで話した。

13日（金曜日）、8時半に起きる。朝食後一人で田んぼだったところに行って、うね起こしをした。昼食後また行って、もう一つうねを作った。途中お父さんが来た。6時頃先に帰って、仕事着を洗濯してから、風呂たきした。二男さんが来る。三人で食事。その後、風呂に入った。

14日（土曜日）、8時に起きるともうお父さんと二男さんは食べたあとで、一人で朝食。体がだるい。午前中、近くの畑に便所の肥（こえ）をまいてからトウモロコシをまく。昼食後お父さんと一緒に農協に買い物に行ってから、そのあと昼寝した。3時に起きたが、やはりだるいので畑に出るのはやめにする。やがて雨が降り出した。夕方、風呂たき、夕食の支度、夕食。出かけていた二男さんが夕食後に帰ってきた。二男さんと話したが、おもしろみがない。風呂に入って執筆。蛍光灯の玉が一つ切れてしまったので暗い。「審判」を読了。

15日（日曜日）、8時に起きる。快い朝夢を見たようである。朝食後、二男さんはすぐに米子に帰って行った。雨なので、執筆とギターの練習。昼御飯は私が油炒めを作った。お父さんと一緒に、山の方向の家に苗をもらいにいったのだが、まだ10日ぐらい早いそうで、手ぶらで帰る。石垣下の畑の草取りをしながら、うね作りをし、すぐに枝豆をまいた。6時過ぎに終わって、ちょっと牛乳とお菓子を食べてから夕食（私は現在は、牛乳は下痢するので全く飲まないが、当時は普通に飲んでいたんですね）。食後9時までお父さんと話す。カリフラワーを作ってみようか、ということになった。『アメリカ』を読み始めた。

16日（月曜日）、8時に起きる。朝食後、お父さんと一緒に牛糞をもらいに行く。二回往復。昼食後は近くの畑をならし、牛糞をまいてからカボチャの種をまく。5時前に終わる。その後お父さんは一輪車を押して出ていき、私は買い物をしてから風呂をたき、天ぷらを揚げた。お父さんは8時前に帰ってきた。非常に疲れた様子で、これは働き中毒だな。風呂に入ってからチャップリンの「殺人狂時代」を見る。

17日(火曜日)、8時に起きる。朝食後、水田だったところでうねの土を細かくする。昼食後、お父さんのチッキを受け取りに、一人で松江市内に出る。種屋でレタスとカリフラワーの種を買い、今井書店で今西錦司『私の霊長類学』、司馬遼太郎・小田実対談『天下大乱を生きる』等を買ってからバスで松江駅に行き、チッキを受け取ってすぐに帰る。ちょっと休んでから水田だったところに行くと、お父さんがいた。お父さんはトマトの苗を植えていたのだが、近くで百姓している人は、水が多くて病気になる、と言っていた。風呂たき、夕食、風呂。その後、お父さんと11時半までおしゃべり。

18日(水曜日)、8時に起きる。朝食は私が作る。10時から昼前まで、石垣下の畑のうね作り。昼食後、一時間昼寝してからまた続きをする。夕方までに石垣下の畑で残っていた部分はすべて終わった。このあと、水田だったところに便所の肥をかついでいく。お父さんはスイカの苗を植えていたが、私は、水があんなに多くてできるわけはないという意見で、先に帰った。お父さんは頑固で、どうしてもやるというので、勝手にしたらという感じになった。8時過ぎに夕食。その後執筆し、『天下大乱を生きる』を読む。

19日(木曜日)、8時に起きる。朝食は私が作る。9時過ぎてから草焼き。昼食までお父さんは留守だったので、サラダを作った。昼食後も草焼き。お父さんはウリの苗植えをして、夜8時前に帰ってきた。一緒に夕食。

20日(金曜日)、8時に起きて朝食。今朝は朝食の準備ができていた。ちょっと話してから、自転車で松江に出る。お父さんは、また街に出るのか、みたいな顔をした。種屋で小松菜とサラダ菜の種を買い、続いて古本屋、本屋をのぞく。今井書店でスイカ作りの本を立ち読み。千鳥書房で『天皇の軍隊』を買う。2時半に帰ってパンを食べてから、垣根の手前にある畑をうねにしてサラダ菜を一人でまいた。近所の家に籾殻をもらいにいったらヘンなニイチャンがいた。風呂たき、夕食の準備、夕食後お父さんとちょっと話してから風呂。一日元気だった。あまりたくさん食べなかったからではないか。頭も活発に動いていて、次々にいいアイデアが湧き起こる。

21日(土曜日)、7時に起きてゴミを出す。朝食。新聞のチラシによると、農協に麦茶が入ったそうなので買いに行く。私の出したゴミだけが回収されずに残っていたので、豆腐屋でおからを買ったついでにきいてみたら、プラスチックは月二回だけだそうなので持って帰る。お父さんは、挨拶状の印刷を頼みに出かけたようだった。垣根の手前の畑を起こして小松菜の種をまく。まき終えたところにお父さんが帰ってきて、田んぼだったところに苗を持っていったので、あとからついていって見学する。途中、近所の百姓のおじいさんと話す。先に帰ってご飯を炊いた。夕食後、お父さんのわかしたお風呂にはいる。夜は冷えてきた。

22日(日曜日)、7時に目がさめたが、曇っていて寒い。朝食後お父さんは畑に行ったが、私は本を読んだり執筆したりする。昼過ぎ、豆腐と野菜を炒め、帰ってきたお父さんと食べる。3時頃、お父さんと一緒に出て、バス通りの向こうの畑でたきぎ拾いと草取り。一足先に帰ってクリームシチューを作って、お父さんと食べる。夕食後、具志堅用高の世界タイトルマッチを見た。
23日(月曜日)、8時に起きる。朝食後、近所の畑の見学に出かけ、郵便局の近くの畑のおじいさんから、トマトやナスのつくり方や、殺菌について話を聞いた。それから田んぼだった畑に行って、お父さんを少し手伝ってから帰る。おからで昼食を作る。昼食後、バス通りの向こうの畑を耕し、トマトの苗を植える。石垣下の畑にも二本植える。そのあと、カボチャの苗を植える。私からお願いして、屋敷内のゴミだめ跡にもカボチャの苗を植えさせてもらった。

以上が「77年3~5月ノート」を、だいたいそのまま書き写したものである。4月6日に、松江のしい子さんのお父さん宅に着いてから百姓見習い生活が始まった。最初の20日間ほどは、お父さんから言われるままに動いて、それでなかなか快適にやっていた。私にとっては新しい体験だったので新鮮だったし、お父さんの方も定年退職直後で生活が激変した時期だったわけで、いろいろ考えることも多かったようで、毎晩のように夜遅くまで話を聞いた。当初は、農作業もそんなになくて、椎茸栽培のための原木を採取するために山に行ったとき以外は体力もそんなには使わなかった。その後、4月25日から5月10日までの2週間、お父さんは東京と大阪の堺に行って留守で、私は一人で留守番した。この時に私なりのペースができて、それがお父さんが帰ってからも影響した。お父さんが留守中に、近所の人たちともだんだん話をするようになったことも大きかった。お父さんの方は、東京に行ってみてもう忘れられた存在になってしまったと感じ、戻ってきてからは松江での生活に焦点が合ってきて、その結果、百姓見習いのために来た私はいろいろ勉強もできることになって、それはそれでよかったのだが、遊びで農作業をするみたいな感じが薄れて、働き過ぎじゃないかと思えるほどになることが増えていった。畑仕事で疲れても、帰ってきたら食事の準備等ができていて、あとは寝るだけならそれでもいいのだが、お父さんは、特に食事の準備をするだけの余力がなくなり、最初は、私の分担は食後の後かたづけだけということだったのだが、いつの間にか家事一切を私がやるみたいな形に変わっていった。ずるずるとそういう形になっていくのが、私としては不愉快だった。それで迷惑だと、私は口にも出してお父さんに言ったのだが、何度か言っても最初の頃のような分担には戻らなかった。主婦なら、こういう不満はため込むしかないのでしょうね。でも、私は主夫なんかになるつもりはなかった。こういうことからもお父さんとの間に距離ができていくと、お父さんのことをなんでも批判的に見るようになっていった。一番感じたのは、お父さんが頑固で、周囲の人の意見をきかないということである。私が近所の人たちから聞いた話をお父さんに伝えると、そのまますんなりと、そうですか、とはならないことが多かった。また、お父さんの方でも私との距離を感じ始めたようである。私は当時も動くのは大好きで、松江市街には機会があれば喜んで出て行っていたが、そういう私を見て、また遊びに行くのかと、なじるような表情になることがだんだん増えていった。

そういうわけで、これから続けてまとめていく「77年5～12月ノート」の最初の1ヶ月でお父さんと一緒に暮らすのがイヤになり、6月22日に東京に舞い戻ることになったのである。

77年5月24日（火曜日）、7時半に起きて水浴び後、朝食。バス通りの向こうの畑でたきぎ拾いと草取り。昼食後、網戸棚を掃除して、ここにパンを入れるようにした。ネコが入ってきて、かじるようになったからである。3時半に、お父さんから頼まれてピーマンの苗を五本買ってくる。バス通りの向こうの畑に、すぐにうねを作って植える。風呂たき、夕食。豆腐屋の亭主が酔っぱらってやって来たので、私も一緒に話をきかせてもらった。私が何もしゃべりもしないうちから、「人生は軽く生きなきゃいけませんよ、重荷をしょっちゃダメだ、まだ若いのにあんまり考え詰めちゃって、いけませんよ……」と私に語りかけてきたのにはビックリした。そういうふうに近所の人には見えていたのかもしれない。それから彼は話をかえて、ソ連の軍人がミグ25戦闘機に乗って日本に亡命してきた事件で、機体の分解調査を米国も一緒にやるのを日本政府が許したのは、独立国としてあるまじきことで、けしからんという話をした。それからさらに、自分の戦争体験のことを話し始めた。確か、陸軍に入って四年ぐらい従軍したところで、北シナで8月15日になったそうだ。戦争自体については全然しゃべらず、日本に帰ってくるまでが大変苦しかったと話した。徒歩で退却したらしいのだが、水が全然なく、雨も降らず、自分の小便を何度も飲んだのだそうだ。亭主が帰ってからお父さんにきいたところでは、彼は、小学校と旧制中学でお父さんと一緒だったのだそうである。亭主がお父さんのことを「センセー」と言うのは、彼は成績はよかったのに家の事情で高校には進学できず、そのためだんだんぐれてしまったのだという。私は豆腐屋には毎日のように行っていたわけだが、奥さんとあと若い娘さんたちが三人か四人一緒にやっていて、亭主の方は店にはほとんど顔を出さずにぶらぶらしているだけという。豆腐屋の店の土地はもともとお父さんの家の土地だったのを売ったのだそうである。

25日(水曜日)、8時に起きて朝食。お父さんは自転車で印刷所に行った。私は執筆と読書。パンを食べてから昼寝して、3時半頃に起きるとお父さんが帰ってきていた。お父さんが持って帰ってきた挨拶状の宛名書きをする。6時半過ぎに夕食を作って一緒に食べてから、宛名書きの続きをする。

26日(木曜日)、8時前に起きる。朝食後、敷布を洗濯。バス通りの向こうの畑に行って、草取りをする。帰りかけたところで畑の奥の方の家のおじさんが出てきて、どこから来たのかと私にきいた後、私が、随分の草ですねえ、と言うと、おじさんは強くうなずいて、草を取っても左手の水田の向こう側から種が飛んでくるので、すぐに元通りになってしまうのだという。ちょうどお父さんが殺虫剤の話をしていたので、その話をしてみたら、いいのがありますよと言って、トマトとピーマンに殺虫剤をまいてくれた。最近の虫は地面の下にもぐって根を食いちぎってしまうそうで、この畑も放置してもう10年以上になるので、何をやってもできないでしょうね、と言った。何でも知っている人のように思われたので、お父さんにきいてみると農業高校出身で、農業関係の本もたくさん持っていて、ものしりだとのことだった。お父さんがここに豆をまくつもりだと言っていたので、豆もできないっていってましたよ、と言うと、お父さんから一笑に付されてしまった。昼にパンを食べ、ギターの練習をしてからまたバス通りの向こうの畑で草取りをする。買い物して、コロッケを作り、夕食。夜は熊本の森山弁護士や母に手紙を書いた。

27日(金曜日)、8時に起きて朝食後、草取り。昼御飯のあとお父さんは松江市内に出かけた。午後3時頃、知り合いのおじさんがキュウリの苗をもってくる。バス通りの向こうの畑で草焼き。夕方お父さんが帰ってきて、水田だったところにスイカの苗を植えに行った。私は夕食を作って先に食べた。

28日(土曜日)、7時過ぎに起きる。テレビでスペイン語講座を見てから、朝食。その後草取りの続きをしながら草焼き。ネギの植え付けのため水まき。風呂たき、夕食、風呂。

29日(日曜日)、8時前に起きて朝食。草取りと草焼きの続きをする。昼食後昼寝してからたきぎを拾いに行ってくる。夕方、二男さんが鳥大医学部の大学院生の友達を連れてやって来たが、ちょっと話しただけですぐに帰った。ギターの練習後、夕食。夕方から雨になった。風呂に入る。

30日(月曜日)、8時に起きて水浴。お父さんはもう食べ終わっていたので、一人で食べる。雨が降りそうなので、奥の部屋でギターの練習をする。昼に台所に行ったら、お父さんはやはり食べ終わっていたので、一人でパンを食べる。午後、草取りの続きをしてから、5時半に戻り、豆腐を買ってきて炒り豆腐を作る。夕食。夜はテレビでチャップリン監督の「伯爵夫人」(主演—マーロン・ブランド、ソフィア・ローレン)を見る。ネットで検索してみたが、筋は全く記憶していない。

31日(火曜日)、8時に水浴、朝食後、草取りの続きをする。昼前帰ってきて、豆腐とおからを買ってきて、おからを料理して昼食。その後、草取りの続きと草焼き。4時20分頃帰ってきて、買い物をしてから餃子の準備をする。夕食、風呂たきのあと、お父さんの髪を切る。風呂に入る。

6月1日(水曜日)、7時過ぎに起きて、ポリ容器のゴミを出す。テレビでスペイン語講座を見てから朝食。10時頃、一人で出て、バス通りの向こうの畑の草取りの続きをしていたら、奥の家のおばあさんが手招きするので行ってみると、マツバガニとお菓子(ありあけのハーバー)をくれた。お茶を飲みながらちょっと話し、正午のサイレンが鳴ってから帰る。昼食後ギターの練習をしてから、また草取りの続き。5時前に帰る。6時頃、田んぼだったところに行って、お父さんの作業を見た。夕食後、グレープフルーツを食べながらお父さんと話す。それからギターの練習。モンテーニュ『エセー』の一番最後の「経験について」の部分を読んだ。

2日(木曜日)、8時に起きて朝食。雨なので、執筆とギターの練習。昼食後バスで松江市街に出て、千鳥書房で深沢七郎の対談集『盲滅法』と、小田実『「物」の思想「人間」の思想』、今井書店で鯖田豊之『生きる権利・死ぬ権利』(新潮選書)を買う。歩いて天神町の長谷川先生宅に行った。長谷川先生は、小学生の頃仕舞いを教えてもらっていた先生の一人で、呉服屋さんだった。その後、島根大学の先の大内谷まで歩いて(3キロメートルぐらい)、そこからバスで帰った。夕食を作っていると、お父さんが帰ってきた。一緒に夕食。

3日(金曜日)、8時前に起きて朝食。バス通りの向こうの畑で草取りとうね起こしをする。昼食後も続ける。この前のおばあさんに呼ばれて、お菓子を食べながら話す。5時に帰って水浴び。

ギターを練習しているとお父さんが帰ってきた。夕食を作って一緒に食べる。そのあとまたギターの練習。

4日(土曜日)、8時前に起きて朝食。バス通りの向こうの畑でうね作りと草焼き。昼前帰ってちょっと寝る。昼食後出かけようとすると、二男さんが来ていた。5時まで草焼きしながら、うね起こしと草取りをする。帰って水浴後、二男さんと海岸の方を散歩した。川でエビがとれ、それを魚釣りの餌にするのだそうだ。夕食の準備、ギターの練習、夕食。そして風呂に入る。

5日(日曜日)、6時40分に起きて水浴後、8時まで寝ころぶ。朝食後、二男さんはすぐに米子に帰った。よく晴れていたのに、お父さんが、「今日は午前中休みましょうよ」と言う。しかし、私一人でバス通りの向こうの畑に行って、草焼きとたきぎ拾いをする。だいぶやったところで奥の家のおばさんが呼んだので、行ってみると、おばあさんとその息子もいて、三人を相手に話した。なんでも今日は一月遅れの節句だそうで、知らぬ間に私は深沢七郎が書いている「怠け者の節句働き」をやっていたのだった。柏餅二つとコーヒーをもらう。昼前帰って、昼食。ギターの練習。午後2時からまた草焼きと草取りをする。おばさんがまた呼んでくれて、柏餅とコーヒーとトマトを出してくれた。松江商業の娘さんがいた。ご主人とおばあさんは美保関の方に出かけたようだ。5時半に帰って、魚のフライと天ぷらを揚げ、カボチャを煮て、イカの刺身を作っているところにお父さんが帰ってきた。一緒に夕食。植え付けたトマトやキュウリの状態は芳しくないらしい。スイカは一つ枯れたという。カボチャは虫に食われてしまっている。バス通りの向こうの畑の奥に住んでいるおばさんとご主人の話では草負けするそうで、柿の木は、小さいのが一本、10個ぐらいい い実がついたそうだが、大きな木は実が小さくて渋く、ダメだというし、枝豆も、昨日お父さんがまいたらしいが、よく手入れしないと草負けして実がならないということだった。

6日(月曜日)、8時に起きて水浴び。晴れていたが蒸し暑く、梅雨入りしそう。朝食後、垣根の手前の畑をちょっと草取りしただけで、すぐに家に入った。お父さんは山に竹を取りに行って留守なので、一人でパンを食べる。昼寝してから、夕方、ゴミだめ跡近くに植えたカボチャの周辺を掘り起こし、ゴボウを植えたところの草取りをする。ネコにサバの頭を切ってやった。夕方7時にテレビのスペイン語講座を見ながら風呂たき。夕食。きんとん豆をポットで柔らかくすることにし、熱湯をわかして準備する。風呂に入る。

7日(火曜日)、6時頃起きて、7時頃ポットの豆を鍋に出し、7時半に水浴び、朝食。豆を煮て、砂糖を入れる。朝食後、ゴボウの横にニンジンのためのうねを作る。2時に昼食。その後はぶらぶら。夕食の準備、夕食、ギターの練習。この家に深沢七郎の『人間滅亡的人生案内』が置いてあったので読み始める。読みながら、すごく笑った。

8日(水曜日)、7時半に起きて、テレビのスペイン語講座を見る。朝食後、洗濯。寝ころんで本を読む。昼過ぎ、昼食の準備を手伝いに行くと、ちょうどお客さんが来て2時に帰った。その後、昼食。バス通りの向こうの畑で草取り。またおばあさんに呼ばれて、今日はカステラ、トマト、大福。ちょうど植木屋さんが来て、この人も一緒に話して面白かった。たきぎを積んで持って帰る。

夕食の準備をして、夕食。

9日（木曜日）、5時半に立って、木戸を開けたが、8時までまた寝た。晴れていて、非常に蒸し暑い。お父さんが留守だったので、電気釜にスイッチを入れて、寝ころんでいた。9時頃一緒に朝食。ちょっと休んでから、トマトに竹の支柱を立てる。近所のおじさんがわき芽の摘み方を教えてくれた。正午になって、夏みかんと牛乳のあと、昼食。2時まで昼寝。垣根の手前の畑の草取りをしてから小松菜を漬ける。あと執筆。夕方、風呂たき、夕食の準備。最近トラ猫が来るので、魚やご飯をやるようになっている。かわいい。7時半に夕食。執筆、風呂。

10日（金曜日）、8時前に起きて水浴。お父さんはまだ寝ていたので、みそ汁を作る。朝食後、雨なので11時まで寝る。そのあとギターの練習。昼食後、横になってごろごろしていた。3時半になってちょっと雨がやんだので、自転車で島大の方に出て、ナガサキヤで五寸ニンジンの種を買い、島大でカレーを食べて帰る。帰ったらまた雨になった。小雨の中でニンジンの種まき。執筆。夕食の準備、夕食。夜は蚊帳の準備をして、蚊帳の中で寝た。

11日（土曜日）、7時過ぎに起きて水浴後、テレビのスペイン語講座を見る。お父さんが留守だったので、一人で食べて、10時まで寝る。11時頃トイレに行くとお父さんは帰っていて、朝食だか昼食だか分からないものをもう一回食べる。1時半までぶらぶらしてから自転車で出て境港の対岸まで行く。片道45分ぐらい。渡し舟で境港側に渡り、町をぶらつく（自転車は渡し舟に乗せずに行ったということか?-）。今西錦司『進化とは何か』、中根千枝『家族を中心とした人間関係』を買う。あんパンと天ぷらを買って、待合所で食べてから、渡し舟で戻る。4時半頃帰る。ちょうど雨になった。夕食の準備をしてから夕食。

12日(日曜日)、8時に起きて、朝食。トマトの支柱の竹が逆さになっていて縁起が悪いとお父さんが言うので、別の竹にかえる。お父さんと一緒にバス通りの向こうの畑に行って、草の根っこをとりながら耕す。クワでは根の先まで届かないことが分かったので、スコップで土を起こし、クワでそのかたまりを崩してねっこを拾い、同じ場所にさらにスコップを入れて、ちょうどスコップの倍ぐらいの深さのところまで起こして根っこを拾った。そういうやり方だと昼までにたった1平方メートルぐらいしかできなかった。そこへ昼で戻るらしいお百姓さんが通りかかり、彼が持っていた備中鍬でやって見せてくれた。備中鍬を使うと根っこが自然に浮かび上がってきて能率的に作業ができるのが分かって、感心した。このお百姓さんは、「はじめから全部取ろう、なんて考えん方がいいですよ。大きいのを拾っとけば、耕しているうちに少しずつ減ってきますけん」とすすめてくれた。右手の方でうねの土を細かくしていたお父さんがやって来たので、私が「備中鍬だといいみたいですよ」と言い、お百姓さんも、「備中鍬だと軽いですよ」と言ったのだが、お父さんは何も言わずに備中鍬を手にとって試してから、何も言わずにまたもとの場所に戻っていった。このお百姓さんはその後私に、彼の畑に植えているサツマイモについて話をしてくれた。あまり肥えていない痩せ地で、しかも地面が少し傾斜しているような場所で作ると甘いイモができるのだそうだ。ついでに、カボチャの人工授粉は朝9時までにやらないといけないと私は聞いていたので、なぜなのかきいてみたら、この人も、理由は分からないが昔から同じように教えられてきたという（ネットで検索してみたら同じような記事がいくつか見つかった）。昼に帰って、昼食の準備をして昼食。ギターの練習をしてからまた同じ畑に行って、5時まで続きをする。帰って水浴びしてからビールを飲む。7時半まで寝る。お父さんが作ってくれたソバを食べる。

13日（月曜日）、9時前に起きて、もうお父さんは出かけていたので、自分で散髪。水浴のあと、朝食。カボチャを煮たりして昼食の準備。昼食。畑に出たが、風が強く、目が痛くなるので、すぐに帰る。お父さんが備中鍬を買ってきた。農協で3500円したそうだ。備中鍬はお父さんが使ったので、私は牛糞を埋め込むのに使ったホークで代用した。軽くて使いやすい。なお、備中鍬はお父さんには使いにくかったようで、2、3日で使わなくなったので、それ以降は私が使っていた。この日、深沢七郎の『人間滅亡的人生案内』を読み終わった。非常によかった。夕方、夕食の準備をすませて、テレビスペイン語講座を見る。夕食後、ギターの練習。

［3］

14日（火曜日）、4時半に目がさめた。考えた結果、ここに来てから3ヶ月目の7月6日をメドに、お父さんとの関係を明確化する作業をすることに決めた。8時半に起きて、朝食後畑で根っこを取りながら耕す。午後2時になってもお父さんはまだやっていたが、先に帰って、パンを食べ、自転車で松江市内に行った。今井書店で、小倉朗『日本の耳』（岩波新書）、今西錦司『生物の世界』（講談社文庫)、古本屋で深沢七郎『東北の神武たち』(新潮文庫)を買う。南田町の、昔住んでいたあたりに行って、小学生の頃住んでいた家の隣の野津さん宅を訪ねた、とあるが、記憶が残っていない。野津さんのおじさんは歯医者さんだった。6時半に帰って、ご飯を炊き、カボチャを煮て、エビなどを天ぷらにする。夕食後、「戦うには敵がいる」のノートを書き始めた。

15日(水曜日)、7時に起きて、テレビのスペイン語講座を見る。朝食後、バス通りの向こうの畑で根っこ取りの続き。2時に帰って昼食後、昼寝。庭の野菜に水をまいてから、朝酌まで自転車でサイクリングした。朝酌には、松江に住んでいたときに結構何度も父と釣りに行った。当時は海岸だと思っていたのだが、グーグルの地図を見ると、大橋川に面している。水が透明で、ハゼが泳いでいるのが目で見えて、いくらでも釣れた。帰って夕食の準備をする(フライ、カボチャ、おから、アサリのつゆ、インゲン)。夕食後執筆したが、そのあとよく寝つけず、2時半頃まで本を読んだり、トイレに行ったりした。

この時考えていたことが、原稿用紙で30枚ほどの分量にまとめてある。これまで日記式に述べてきたことが基礎になっているが、簡略にまとめてみたい。

お父さんと仲が悪くなった直接の原因は、スイカやウリを植える場所のことで意見が対立したからである。つまり、お父さんは田んぼだったところに植えようとしたのだが、私はそれに反対したのである。議論をしている最中にお父さんは自分の意見通りに植えてしまった。

田んぼだったところにはじめて行ったのは4月17日で、お父さんが上京する1週間前だった。土手からおりてここに行ってみると水が抜けきっていなくて、ビチャビチャだったので土をひっくり返し、溝を掘った。2日後の4月19日も同じような作業をしたが、この時に通りかかったお百姓さんが水を抜くための溝のつなぎ方を教えてくれた。

お父さんが帰ってきた翌5月11日の午後、お父さんと一緒にここに行って、手をつけずに残っている部分もひっくり返しましょうか、と言ってみたら、お父さんは、それよりはすでにひっくり返した部分を耕して早く使えるようにしたいとのことだった。お父さんが帰ってきたばかりでだるそうだったので、私がこの作業をやった。草が生えたままの状態で土をひっくり返したものだから、その草も取り除かなければならず、意外に時間がかかって、結局四つのうねを作るのに翌々日までかかった。クワではうまくいかないので、スコップでやった。うねを作っていたら土がまだよく乾いていないのに気がついた。地面は一応乾いているのだが、地表に出ない部分はまだたっぷり湿っていて、特に用水路際のところは地下から水が浸透してくるためか、ビチャビチャに近かった。

うねができあがってから、何を植えるつもりなのか、お父さんにきいたら、田んぼだったところは土地が肥えているのでスイカ、ウリ、トマト、ナスなどにするつもりだ、と。ところが、これらはいずれも水気を嫌うもので、私が松江市内の本屋で買ってきた家庭園芸の本（お父さんの家にはこの種の本が全くなかったので、お父さんもこの本をよく読んでいた）を見ると、水が多いと病気になる、と書いてある。私が近所のお百姓さんや、松江市内の種屋できいた結果をまとめると、田んぼだったところで作れないことはないが、滞水すると病気になるので、排水に十分注意する必要があり、雨が降ってもすぐに水が流れてたまらないようにする必要があるとのことだった。そして、これまで水に浸かっていた土は酸性になっているので、石灰や草木灰で中和してやらなければならないとのことだった。

私はお父さんに、今のままではダメだろうからもう少し乾くのを待ち、溝も傾斜をつけたらどうかと言い、でもそれでは時期が過ぎてしまうので、今年は水気に強いもの、たとえばサトイモ、ニンジン、カボチャにしたらどうかとも言った。スイカやトマトは石垣下の畑などでいいのではないかとも私は考えていた。水気の問題はお父さんも内心いろいろ考えていたようだが、湿っていてはダメと言ってもその程度がよく分からないし、夏のカンカン照りの時にはむしろ好都合じゃないか、と。それに対して私は、夏の話の前に梅雨が乗り切れるかどうかが問題じゃないか、と言った。

こういう話しをしているときにお父さんはいきなりスイカとウリの苗を植えてしまった。続いてトマト、ナス、キュウリも植え付けた。これには腹が立った。何と言ってもお父さんの畑なので、とにかく一言ぐらい何か言ってからにしてくれれば私も手伝うつもりでいたのに、いきなりこのようにやられると協力しようという気持ちが失せてしまった。それで、この田んぼだったところについては手伝わないことに決め、ちょっと後になってお父さんから、手伝ってください、と頼まれたときに、手伝わないと答えた。お父さんの方はそのとき何も言わなかったと思う。

植え付けた苗は、梅雨に入った段階で、スイカは一五本のうち五本ぐらいが枯れ、ウリは十本ぐらいのうちの二本が枯れたが、その他はトマト、ナス、キュウリを含めていずれも育っていた。

土地が肥えているというのは確かなようで、トマトなどは茎が太い。トマトの場合、苗を植え付けてから葉の下の方が黒ずんで、病気になったのではないかと思ったのだが、その後うまく根がはったようだった。

手伝いはしなかったが、気が向いたときに、田んぼだったところにいって、お父さんの作業を見学した。しかしお父さんが迷惑そうな顔をするので、あまりしばしば行くことはしなかった。見たところお父さんはスイカで一番苦労しているようで、苗が枯れるとすぐに新しい苗を買ってきて植え替え、意地でも作ってみせるぞという気持ちが顔に出ていた。しかし、なかなかうまくいかない様子だったので、私は、水を抜くための溝のつなぎ方を教えてくれたお百姓さんのところに相談しにいったらどうですか、と勧めてみた。この人もお父さんと同い年で、旧制中学まで一緒だったそうで、地元の大学で農業を勉強し、その後途中で兵隊に取られたようだが、ずっと百姓をしていたとのことだ。すごく姿勢のいい人だった。お父さんの話では、今では一般的になっている稲の殺菌消毒もこの人がまず最初にやり出したそうで、相談するにはうってつけと思われたが、お父さんはなかなか腰を上げなかった。ところがある日、行ってきましたよ、と。この人はわざわざ現場を見に行ってくれてから、アンモニア水をまいてやればよい、と教えてくれたそうで、お父さんはさっそく言われたとおりにやっていた。その後はお父さんは、何から何までこの人に相談するようになって、しょっちゅう行っていたようである。

私としては、その後田んぼだったところの手伝いをしようと思い直したことはなかった。そのため、お父さんがスイカなどに夢中になればなるほど、私は別の場所でやるケースが増えた。当然、共通の話題も減った。お父さんが私と視線が合うのを避けるようになったこともあって、家の中でも別々にいることが増えた。それでも食事はだいたい一緒にしていたのだが、お父さんは目を全然上げず、腰を丸めるようにして口に食べ物を入れるのである。時たま私の方から話しかけることはあったが、決まってトゲのある返事が返ってきた。こうして、私のお父さん離れが始まった。

私が夕食の準備をほぼ毎日するようになったのはこの頃、お父さんの帰りが遅くなる日が増えてからである。私の方ではその反面、やることの選別を意識的にやり始めて、お父さんだけに関係することはやらないようにしていった。お父さんはヘビースモーカーなので、毎日二回ぐらいは捨てないと灰皿はすぐにいっぱいになるのだが、私は放置することにした。お父さんのいる部屋の掃除もやめた。お父さんだけが入るときの風呂たきもやめた。私は、大きな洗濯物がたまっているとき以外は風呂に入らず、水浴びだけの習慣だったからである。

しかし、お父さんとの関係をハッキリさせようと6月14日の早朝布団の中で考えた一番の理由は、やっぱり何の話もなく、ずるずると夕食づくりをまかされるようになったからである。親切にしてあげると全く際限のない人だと思った。

お父さんは何か頼むときに、「失礼ですが」とよく言う。散髪を頼むとき、敷布の洗濯を頼むときなど本当に失礼だと思っている様子だった。しかし私に言わせると、これらは全然失礼ではない。わざわざ高い料金を払って床屋に行くのはバカらしいし、どうせまとめて洗濯機でやるので敷布が一枚や二枚増えたところでどうってことはない。私がお父さんを失礼な人だと思い、ほとんど怒ってしまいそうになるのは、なし崩しに私の領域に侵入してくることだった。お父さんの侵入の仕方はいつでも決まっていて、正面からいきなりということはない。しかしいったん私の仕事ということになってしまうと、それをやらないとお父さんの機嫌を損ねてしまうのを何度も見せつけられてきた。散髪させたり、敷布の洗濯をさせるのが失礼だというなら、なぜ掃除をさせたり、ゴミ捨てに行かせるのが失礼でないのか？　それは、掃除やゴミ捨ては私のやることという了解ができてしまっているからである。散髪だって、二度、三度と回を重ねていけばいつの間にか失礼ではなくなってしまうであろうし、敷布についてはすでにそのようになっていて、ごく当たり前の顔で私に手渡すようになっていた。そしていったん私の仕事である、ということになってしまうと、失礼も何もなくなって、今度はやらないことが私の怠慢であるということになってしまう。

こういうことになるのは結局、私のやるべき仕事の分担がハッキリしていないからである。やって来た当初は、お父さんに惹かれて来たのか、それともただ百姓見習いをやってみたいということだけだったのか、私にもハッキリとはわからなかった。松江に来る前にしい子さんの家族探検みたいな感じになっていたことから考えると、そのルーツを知りたいという気持ちもあったのは確かである。来る前の段階では私は、お父さんは年齢の差を超えて、友達みたいな人と考えていたのだろう。だから仕事をするにしても、それは契約で決まるような仕事ではなかった。ところが、6月14日の段階ではもう、そんな感じではなくなってしまっていた。百姓仕事は実際にやってみたら楽しく愉快で、もっと続けてやりたいと思っていたが、お父さんとの関係は感じが変わってしまった。

近所の人たちからは、私はお父さんの教え子ではないか、と思われていたようである。バス通りの向こうに住んでいて、私にうまいものを食べさせてくれたおばあさんは、お父さんのことを「あんたの親分」と言い、親指を立ててみせたが、お父さん自身にも案外、子分を養っているという意識はあったのかもしれない。しかし、お父さんの気持ちがどうであれ、私の方では今まで通りの曖昧な関係のままではやっていけないと考えたのだった。

当時の私の懐具合だが、お父さんが上京中だったときを除いて、私が散財するのは本代、バス代、通信費、間食代などで金額的には本代が一番大きかった。近くに図書館はなかった。着いたときに5万円ぐらい持っていて、その後、こちらからは何も言わなかったが、母が1万円ずつ二回送ってくれた。6月15日に数えてみたら3万円足らず残っていたので、結局2ヶ月と1週間で4万円使ったことになる。このうち、お父さんが上京中に一人で生活していたときの費用は1万円ぐらいだったので、お父さんと一緒にいて私だけで使うのは月1万5000円ぐらいになる。15日の夜の段階では、これを小遣いとしてお父さんに要求したらどうかと考えた。そうすればいい意味の距離が取れるのではないかと思ったのである。お父さんにはあらかじめ予告して、考えるゆとりを与えるのが公平なやり方だと思って、早めに私の提案を話しておこうと決めた。

15日の夜はいろいろ考えたせいでなかなか寝つけなかったのだが、私の提案でうまくいくだろうと思っていた。というのは、14日に松江駅の方に遊びに行くときに、お父さんの方から「小遣いをあげましょうか？」と言ったからである。13日に私がお父さんに、禁煙することにしましたよ、と言ったら、どうしてときかれたので、お父さんの吸い方がまずそうなので吸うのがイヤになったから、とも言えず、小遣い銭がなくなってきたからと答えたためであろう。別に金欠状態になっていたわけでもないので、そのときはお父さんの申し出を断った。

16日（木曜日）、7時に起きて水浴。朝食の準備をして朝食。雨が降っていたので、話をしておくことにし、まず、小遣い銭をいただきたいと言うと、これについては、お父さんも気にしていたそうで、いくらぐらい必要か、というので、当面1万5000円から2万円ぐらいあれば、と伝え、その後についてはこれから考えます、と。これに続けて、

「料理のことなんですけどね、僕がここに来ているのは百姓見習いをするためで、料理人としてではないので」

と言ってから、

「今のオジサンの帰宅時間だと、オジサンが食事の準備をするとどうしても9時とか10時になっちゃいますからね、まあ、たまにならいいですが、毎日ってなると遅すぎて、結局僕がやるしかないじゃありませんか」

私がこう言うと、お父さんには衝撃があったようで、文字通り顔色が変わった。かなり間を置いてから、お父さんが、

「小遣い銭のことでまとまらない場合はどうしますか？」

ときいてきたので、私は、

「そのときは仕方がないので帰るしかないですね、ここはオジサンの家なんですから」

「そのあと、どうするんです?」

「そんなことまで考えなかったですが、まだ百姓仕事はほんのちょっとしかやっていませんから、できれば続けたいです。ここでダメというんなら、僕の希望では北海道なんか行ってみたいですね」

これはウソではない。北海道にいる友人に手紙を書いて、様子をきいたりしていた。お父さんも、それはいい、という感じで、

「北海道など、広くっていいでしょうね」

と言った。

雨が降ったりやんだりなので、午前中は執筆していた。昼になって居間に行ってみると、お父さんはテレビもつけずに考え込んでいるようだったので、私が昼食の準備をして食べた。昼食後、雨がやんだので、バス通りの向こうの畑に根っこ取りに出かけたが、ちょっとしたらまたザーザー降りになったので帰った。お父さんは夕方になってやっと立ち上がり、庭の草取りをしてから買い物に行って、夕食の準備をやり始めた。7時過ぎに夕食ができた。ごちそうで、味もよかった。しかしお父さんが考え込みがちなので、食後皿を洗ってから、すぐに奥へ引きあげた。

17日(金曜日)、7時に起きてゴミを出す。朝食。朝食後皿洗いに立とうとすると、お父さんが、ちょっと話があるので、とひきとめた。

「ゆうべ考えてみましたけどね、一人でやってみることにしましたから。一人でどうしてもダメなときは、人を雇うなりして何とかやってみますから」

これだと話し合う余地など、もう全然残っていないと即座に判断できたので、

「ああ、そうですか。はい、結構です」

とだけ答えた。

「あっ、それから、7月6日までいていただかなくても、都合のよろしい折りにいつでも帰ってくださって結構ですから」

「いや、7月6日までは何としても頑張りたいと思ってますのでね、それまでは居らせてもらうつもりです」

と、私は笑いながら答えた。

この日は一日中雨が降り続けた。そのため、午前中は執筆と、あと、母と神戸で弁護士をやっている友達に手紙を書いた。神戸の弁護士に書いたのは、彼がこの夏、私の様子を見に行きたいと書いてきていて、お父さんも快諾してくれていたからである。母への手紙は速達で出した。

昼食後、午後も雨はやみそうになかったので、バスで松江市街に行こうと思って出た。バス停でバスを待っていたら、お父さんが出てきて、銀行に入り、出てきてから私に1万5000円くれた。お父さんは、

「今日はワシもちょっと出かけますのでね、夕食は外ででも済ませてください」

と言い終わると家の方に帰って行った。千鳥書房で、関東種八郎さんの『ふるさとの四季』を、今井書店で、邱永漢『食は広州に在り』(中公文庫)を買った。弁当を買って、松江駅で食べてから、バスで6時過ぎに帰った。インゲンとフダンソウを畑から採ってきて、フダンソウはゆで、インゲンやあり合わせの野菜の天ぷらを作っているところにお父さんが自転車で帰ってきた。たぶん持田の親戚宅に行ってきたのだろう。きいてみると夕食はまだだというので、一緒に食べた。食後スペイン語の勉強。

18日(土曜日)、7時に起きて、水浴後、テレビのスペイン語講座を見る。朝食後、この日も雨だったので、午前中は執筆。昼食後、バス通りの向かいの畑で根っこ取り。雨が降り続いていたので早めに引きあげた。

19日(日曜日)、7時半に起きて、水浴、執筆、朝食。昼食をはさんで、夕方5時半まで根っこ取りの続きをする。夕食後、執筆。お父さんはどこかに出かけていったようだった。

20日(月曜日)、7時半に起きて朝食。この日も昼食をはさんで、夕方5時過ぎまで根っこ取りの続きをする。風呂たき、夕食。『家族を中心とした人間関係』を読み終わった。

21日(火曜日)、7時半に起きて水浴、朝食。帰京するまでに区切りをつけようと思って根っこ取りに熱中していたら、いつの間にかお父さんもやってきて、私と並ぶようにして根っこ取りを始めた。イヤだなあ、と思ったが、気にしないようにして、しゃがんで根っこを拾っていたら目の中に土が入った。痛むので目薬をさそうと思い、道具を置いたまま家へ戻った。歩いているうちに、お父さんと並んでやるなんてイヤだ、という思いがほとんどおさえきれないぐらいになった。畑に戻って、また根っこ取りを始めたが、もう我慢できそうにないと思った。それで、今日はもう引きあげようと決め、道具類をかついで、お父さんには何も言わずに家に戻った。

横浜の姉が出産間近で、それで姉のところに行っている母に電話してみた。姉は、今日明日にも出産の予定だそうだが、小平の家にいる弟が6月中にニューヨークに発つことになったそうで、小平の家で飼っている三匹のネコの世話をする者が必要だから是非帰っておいでとのことだった。潮時かなと思い、帰ることに決めた。ただ、20日に母は速達で出して、お金を同封したそうなので、それを受け取ってからにしなさいということなので、今日は荷物をチッキにして送り出すことにし、すぐにその作業を始めた。この家に置いてあった本で、私が愛読していた『家庭料理ハンドブック』と『人間滅亡的人生案内』も、もう誰も読まないであろうと勝手に決めて一緒に詰めた。料理の本の方は、この1ヶ月毎日のようにお世話になってきたが、簡単な料理ばかりなのが気に入っていた。1961年に出版された本である。『人間滅亡的人生案内』の方は、二男さんが買ってきて読んだということだったが、こんなに笑いながら読んだ本は珍しい。東京でもう一度読もうと思って、もらうことにした。昼食前にチッキの荷造りが済んだ。

昼食時にお父さんが、

「根っこ取りってのは、やってみると本当にちょっとしかできないものですねえ」

私は、それには答えないで、

「午後は駅の方に用事がありますので」
と言うと、お父さんは、また行くのか、とでも言いたげな顔をしたが、何も言わなかった。昼食後しばらくしてから荷物を持って出た。お父さんは昼寝中で気がつかなかった。

松江駅でお父さんからもらったお金で切符を買って、チッキの手続きを済ませた。乗車券代が6100円、それにチッキが940円。あとは天神さんのあたりを歩いたりしてから、殿町までぶらついた。とうとうこの町ともお別れだという思いが実感を持って迫ってきた。お父さんからもらったお金を意識的に全部使った。暗くなり始めてからバスで帰った。

夕食の際、お父さんはまだ私が何しに松江駅に行ったのか気づいていないようだった。夜になって、車中のつまみにと思って買ったカワハギを半分ほど出して、仲良くなり始めていた野良ネコにやった。いつもゴミ捨て穴に首を突っ込んで魚の骨をあさっているのに気がついて、1ヶ月ぐらい前から魚の骨だけ別にして皿に入れてやっていた。それだけでは足りないようで、時々家の中に入り込んでパンをかじるので、少し前からご飯も混ぜて、しょうゆで味付けしてやっていた。昔の糸とり機などが置いてある物置を住みかにしているようだった。リュックに荷物を詰めると早々に寝た。

22日（水曜日）、7時前に起きて敷布と枕カバー、それに作業着用に借用していたズボンを洗濯して干す。水浴後、一人で朝食。部屋を掃除し、荷物を詰め終わったときにお父さんが、キュウリを二本手に持って帰ってきた。朝から畑に出かけていたらしい。ほとんど同時に、母の手紙が届いた。とにかくお世話になったのだから、きちんとアイサツをしてから帰りなさいと書いてあった。時刻表を見ると、10時57分発の列車に間に合う。リュックの口を締め、靴下をはいた。

朝食中のお父さんの前に座ると迷惑そうな顔をされたが、かまわず、

「どうもお世話になりました。これから帰ります」

「これからって、いつ？」

「今、すぐ。すみませんが、手紙が来たら、転送をお願いします。ここに転送用の紙を六枚作っておきましたから」

お父さんが何も言わないので、立ち上がろうとすると、

「ワシも駅まで一緒に」

「いや、そんなことされちゃ困ります。一人でいいんです」

「そうですか……それじゃ、バス停まで」

時間に多少余裕があったので、まずバス通りの向こうの畑の奥のおばあさんのところに行って、これから帰る、と言うと、おばあさんは大きな声で「さいならー」と言って手を振った。

それから、お父さんと並んで家を出た。バス停に行く途中で豆腐屋の亭主に会った。しらふだとひどく老けて見えた。また来ると亭主は約束していたのに結局来なかったので、

「とうとういらっしゃらなかったですね」

と言っても、何の反応もなく、亭主はポカンとしていた。

バスが来るまでに10分ほどあったので、できればネコに食べ残しの魚の骨をやってほしいとお父さんに言った。あとは黙っていたら、もうちょっとでバスが来るという時になってお父さんが、

「もうそろそろ職業に就いた方がいいですよ」

こんな時になって何てくだらないことを言う人だ、と私は思ったが、母の手紙を思い出して、感情を入れないように、

「ご意見だけは伺っておきます」

しらけてしまった、と思う間もなくバスがやってきた。岡山経由で夜8時前に東京に着いた。

以上が、松江から東京に引きあげるまでの経緯である。日記が残っていたので、それをたどっているうちにだんだん思い出してきた。

【4】

東京に戻ってから3ヶ月ぐらいは松江に滞在していたときの疲れが出て、心身とも普通ではなかった。そういう時期だった77年6月29日から「メモ1」を書き始めた。「メモ1」は翌78年2月16日に書き終わったが、その後「メモ8」まで書き続けて、78年11月20日にラテンアメリカ縦断旅行に出発した。今読んでみると、この「メモ1」の最初の3ヶ月ほどのところに、心身とも普通ではなかった時期の様子が日記なんかより分かりやすく書かれているので、まずはこれをメインに

読み直して、どんな状態だったか思い出していってみたい。

1977年6月29日　この3日ぐらい奇妙な状態にある。一言で言うと、頭がぼけて、万事ボーッとしている。パトラス（注—イタリアのブリンディッシから船で着いたギリシャの港）のトイレでぶっ倒れたあとによく似ている。しかし当然郷愁はなく、食欲はほぼ平常であり、足がふらつくこともない。急に体を動かさなくなったからかもしれない。しかし、ブロックで運動してみるとますますぼけるので、松江でたまっていた疲れと、帰ってからがむしゃらに書き続けた疲れとが重なって出てきているのかもしれない。後頭部がしびれている。何もやる気が起こらない状態というのは時々経験してきたが、何をやってもイヤというのは珍しく、少々驚いている。音楽が耳に入らない。聴いていても、いつの間にか聴いているのを忘れてしまう。どの本も文字を追う気にならない。一冊ぐらいはあるだろうと、かつて熟読した本を試みに手に取ってみるが、読む気になるどころではなく、やっぱりイヤになる。どうやら人間くさいものはダメなようで、かといって、何か研究したいという意欲もない。万事がバカらしく思われる。このように、日常の動作がすべて夢遊病的になる。それを意識できる程度には頭は働いているから、あまりラクなぼけ方とは言えない。考え事をするほどの気力はないから、寝つきは非常にいい。

外国から4ヶ月か5ヶ月ぶりに帰ってきた時、やはりピンと来なかった。人びとが動くおもちゃのように見えた。生気が感じられなかった。現在はそれ以上にピンと来ないものを感じる。期間的には3ヶ月足らずだが、こんなにもピンぼけになるのだから、東京と外国との距離より、東京と松江との距離の方が大きいとさえ思う。距離が大きいと言うより、異なった違い方なのだろうと思われる。

脳細胞がかなり壊れたような気がする。弱っている。不快だから強くしたい。その意欲が今のところ起こらないから、不快なままボンヤリしている。松江から帰ってきて書いていたのは、オジサンとのことだが、この作業は非常にイヤだった。イヤだけれど今書いておかないとすべて忘れてしまいそうなので、無理して書いた。それがよくなかったのだと思う。やはり、楽しく愉快に書かなきゃウソだ。実際、読み返してみるとおもしろく感じられない。イヤな人のことをことさら書こうなんてバカげている、と書いて、そうかしら、とも思う。よく分からない。

6月30日　「生まれてくるのも死ぬのもたいしたことではない」という考えと、「生きるのはたいしたことではない」という考えとはストレートにセットにできるのだろうか？現在、死ぬのはどうってことない、という感じなのだが、これは本心と言い切れるか？　他方、生きるのは実に面倒でイヤなものと現在は意識されている。買い物には閉口する。

「補聴器をつけない方がのんびりできていい」と思ってしまう。確かにイヤな音が入らない。ハッキリしていることがある。深沢七郎『人間滅亡的人生案内』105頁。

①「なんのために生まれてきたのか誰も知らないのです」これだ、これなら分かる。

そのあと、

②「それは知らなくてもいいのだとお釈迦様は考えついたのです」

①で「知らない」というのは知ろうにも知りようがないという意味に僕は理解したのだった。そういう文脈で読めば、②は、どうせ分からないことをあれこれ考えても仕方がないというように理解できる。同感である。

③「此の世はうごいているものなのだ……そのうごきの中に生まれてきて、死んでいく　その間に生きている……」

④「誕生も死も生活も無のうごきだという解決なのです」

「無のうごき」というのは「意味のわからない、わかろうとしてもわかりようがない」ということだと理解すればもっともなことである。価値判断、つまり、いいとかわるいとかいうのとは全然関係がない。もっと広く、誰が考えようとそれとは無関係に言える。

ということは、僕がどうでもいいと思おうがどうでもよくはないと思おうが、関係のないことである。

③はもし変わらないものがあるなら崩れる命題だが、少なくとも「生まれる」「死ぬ」「生きる、ないし生活する」というのはそれ自体が変化を前提にしている。なるほど、だから動詞になる。

「自然」や「永遠の愛」（わざわざ永遠の、とつけるところをみると永遠でない愛もあるのだろう）は、われわれが変わるものであるのに反し変わらないものとしてとらえられることがあった。形のある個々の自然、つまり人間の環境はすべて変わるわけだから、変わらない自然というのは人間のアタマで考えたマボロシみたいなものである。変わるのが自然ということになる。まったく。愛というのはもともと形のないもののようである。やっぱりマボロシだろうと言ってはいけないのかな。

こうして考えてくると、生きるのと死ぬのとは（もう生まれてはいるから考えたって仕方がない）同じものだ。同じレベルのものである。同じように意味がなく（意味が分からなく）、あれこれいっても同じことである。

ここでおしまいにすると全くスッキリする。一所懸命にやったり、喜んだり、悲しんだり、怒ったり、悔やんだりするのがバカバカしくなるのも当然のことである。

このいわばあたり前のリクツにできるだけ忠実であるのが一番楽であり、したがって、どうしても感情やらなんやらを捨てきれないというのであれば、せめて感情を楽しみながら味わえばよいのだと思う。

「あっ、オレは今怒っているぞ、喜んでいるぞ、悲しんでいるぞ、と他人のように自分を眺めればよいのである。この役割を、これまで「もう一人の自分」に任せてきたのだった。しかし、感情を高ぶらせていることがバカらしいと腹の底から分かってみれば、「もう一人の自分」なんてイキなものも要らない道理だ。

どうせ死ぬのは間違いないのだから、死に急ぐこともないだろう。で、今生きていて、こうだったらいいのだが、というようなことはないか？　ある。絶対にこうでなきゃならんという目標がほしい。でもそんなものはないのだから、生まれる世界が違っていたのかもしれない。万事変わる、ということが分からないと、すごくラクだ。もしサルがその程度の頭なら、「僕はサルに生まれればちょうどよかったのにな」ということになる。万事変わるという呪文から逃れるには、仕方がないから忘れるしかない。愉快な気分になった方が忘れやすい。「わあ、いいなあ」と喜んでいるときに「生まれる世界が違っていた」なんて考えないだろう。

どうも、ろくなことを書いていない。逃げよう、逃げようというコンタンが見え透いている。最良の薬は古来決まっているのですよ、いわく、気分転換。

7月4日 残金がわずかになって、買いたい本が買えない。涙が出た。生きているうちにカネのことで泣くなんてことがあるとは予想外だった。横浜の姉宅に行っている母に電話して、弁護士登録の意志を明らかにした。

7月5日 東京駅近くの小谷弁護士の事務所に行った帰り、電車で、私の座っている前に若い女の人が立った。その腰もとを見ていたら欲情を起こし、ひょっとしたら気持ちの抑制がきかなくなるのではないかと怖くなった。ひょっとしたらブタ箱で寝ることになるかもしれない……でもなぜ僕はこの人に襲いかからなければならないのだろうか、と考えてみたら、襲いかかってみても何も得るところはないと結論が出て、安心したら眠くなった。途中で立って、席を替わってやった。

そしたら、彼女が知的生活のナントカという本を出したので、軽蔑してしまった。バカだなと思った。しかし、アブナイ、アブナイ。当分遠出しない方がいい。気持ちがしっかり落ちつくまで家でゆっくり勉強し、体を鍛えよう。そう思った。

7月19日　姉のところに行って、夜一緒に話した。姉から見ると、私は楽しく愉快にやっているようには見えず、何か非常に苦しんでいて、かわいそうに見えるぐらいで、今後については何もせず、やりたいようにやるのがいいだろうと言い、どうしても働かねばならなくなるまでは無理してまで弁護士登録をすることはないという意見だった。こうやって今まで通りやっていれば年を取るにつれてうまくいくようになるだろう、という非常に楽観的な見通しを姉は持っているらしかった。

7月28日　エドムンド・デスノエス、小田実訳『いやし難い記憶』(筑摩書房)を読んだ。38頁―「彼女(エマヌエル・リバ)は私の頭に突きささるようなことを言った。「昔はいやし難い記憶を持ちたいと思ったの」文明とはそういうものかと思う。つまり、物事をどんなふうにして結びつけるかを知り、どんなことでも忘れないということ。だから、ここでは文明が不可能なのだ。キューバ人はすぐに過去を忘れる。彼らはあまりにも現在に生きすぎているのだ。」

7月29日　頭の方はもう、落ちつきすぎるぐらいに落ちついて、落胆も興奮もなく一日が過ぎる。

夜、『いやし難い記憶』を読み終わった。キューバに行ってみたいと思った。最初の二、三頁を読んで「私」の描写が誰かの文章に似ていると思った。そこで扉を見てみたら、三人の文章が載せられていて、その第一番目がモンテーニュだった。スタンダールの名前も本文中に一ヶ所出ている。「この本には、モンテーニュを愛読するような人が革命の中に放り込まれたらどうなるかという、その状況の面白さももちろんあるが、僕が不思議に思ったのは、こんなにゆったりとしたテンポの文章なのに性的にえらく興奮してしまったことだ。ベットリ精液がこびりついているような感じで、しかもあっさりしている。

8月21日　昼間図書館に行ってから帰ってみると、紙袋が玄関の横に置いてあった。松江の菓子と野菜（スイカ、カボチャ、トウモロコシ）が入っていたので、しい子さんが持ってきてくれたのだろうとすぐに察しがついた。夕方電話したら楽しげな声で、小平の家に来たいというのだが、僕の方は気分が落ち着かず当惑してしまった。それで、国分寺の喫茶店で会った。しい子さんの話では、お父さんはなんとかやっているらしい。僕が手がけたカボチャ、ニンジン、サラダ菜、トマトなどはみな上出来のようである。近所の人ができないといっていた枝豆は、いたずらに葉が茂るばかりでやっぱり実がつかなかったようだ。スイカはよくできているらしい。ウリはダメだったそうである。ネコもなついているとのことだ。その他に、しい子さんがこれから住むところのことをきいて、6時に別れた。

8月24日　図書館から借りて、『カフカとの対話』を再読していたが、とても印象に残る部分が多く、図書館の本なので線は引けないから頁の角を折っていたら折ずくめになった。早稲田の古本屋で見つけたので買い、ついでにカフカの日記も買った。「ゆっくり、急いで」というのは名言だが、今は「ゆっくり」の方に比重をかけることにしよう。疲れがたまって気分が暗い。

8月28日　祖母のところに行って、祖母や叔母さんに、仕事をどうするかについて意見をきいた。「やっぱり何か人のためにやった方が、自分が気持ちがいいだろう」と言われ、何かしらあるんじゃないか、とも言われた。

9月9日　最近新聞の求人の広告欄を見るクセがついた。僕のことより、広告を読む楽しさが先になる。7月に北海道の牧場の広告が二、三件あったが、今は全く出ない。姉のところでとっている日刊スポーツを見た感じでは、スポーツ紙の広告の方に僕の好みの仕事があるかもしれない。

9月19日　母と僕宛のしい子さんのお父さんの手紙が届いた。まあ、元気でやって下さい、とでも言うしかない。こちらは「オジサン」を書き上げるので手一杯だ。

以下に、お父さんの手紙を引用する。

「当地は真夏の日が僅か6日の涼しさの後、9月に入り残暑が続きましたが、今日の敬老の日を境に秋の季節がどんどん進んでいく気配になったと感じます。

度々お便りを頂戴いたしながら失礼ばかりし申し訳ございません。洋様からのお手紙を頂いて直ぐ返事を書いたものの、何かおかしな内容になり出さないでしまいました。

2か月半の間大変骨の折れる仕事をして頂き、まことに有り難うございました。お陰様で作物もよくできましたが、お食べ頂けなかったことを残念に思っております。

お帰りの後、大豆の南の畑を草の根を拾いながら打って、例のお婆さん（宅）の近く僅か残す程度まで進み、7月中頃から小豆を蒔きました。鳩が豆を食べたりで蒔き直しもし、立ったり座ったりで膝が痛くなりました。25、6日になると大変暑くなり、畑仕事は朝夕少し出ることにしました。

サヤ豆、キュウリも沢山なり、スイカは40個位、大きいのは9・5キロありました。味は期待した程ではありませんでした。トマトもよくでき、大きいのは0・5から0・6キロ、今も取れます。ナスも沢山なり、まだ続きそうです。大豆、小豆も立派です。

秋野菜は8月末からかかり、7、8日頃には終わり、昨日玉ネギ、明日葉ネギの種蒔きです。

雨降りの日以外は野良仕事か屋敷回りの手入れをしていますが、僅か300坪ぐらいの百姓が自分の仕事かと思うと空しい気になることもあります。斜陽の極に達した農業では田畑は老人を放牧する場所になっている感じがいたします。自分の運動と仏の供養のためと思っております。

洋さんが農作業に、勉強に、文筆に寸暇を惜しんで意欲的に努力なさった姿が印象的でした。今も独特な人生の軌道を描いて暮らしておられると察しております。すぐれた才能と春秋に富むお方ですから、早く自分の一生の仕事に就かれ、ご活躍なさるよう現世の三途の川を渡って山陰に帰って暮らす老人がお祈りしております。

8月6日から31日まで堺から娘が来て一寸賑やかで、楽もしましたが、再び一人暮らしになり秋の虫の音の中に静かに暮らしております。

また何かの機会にこの辺にお出掛けの節はお立ち寄り下さいますように。皆様のご健康を遙かにお祈りして今日は失礼いたします。」

日付は、手紙の末尾には9月15日、封筒には16日と記されている。

お父さんの手紙は落ちついた内容になっていると思う。トマトやスイカの出来具合を細かく書いてあるのは、どうだ、ちゃんとできただろう、と言いたい気持ちもあったのだろう。私は東京に戻ったあと、7月2日にお礼の手紙を書いたのだが、その返事が「何かおかしな内容になり」結局9月になったのは、お父さんの方も気持ちの整理にそれなりの時間が必要だったのかと思う。当時の私はそういうお父さんの気持ちを慮る余裕もなかった。

お父さんの手紙を受け取ったところで「戦うには敵がいる」は終わっている。当初は「オジサン」という題で書いていて、書き終えたのが1977年10月18日だった。11月14日に題名を「戦うには敵がいる」と決め、雑誌の懸賞に応募するために送った。翌1978年4月7日、懸賞に落選したことを確認した。その後間髪入れずに「透視・第一部」の清書をし始め、5月1日に別の懸賞に応募し、同年7月25日に落選のハガキを受け取ったようである。

懸賞に二つとも落選してがっかりしなかったと言えばウソになるが、尾を引かなかった。というのは、二度目の落選のちょっと後の1978年8月1日に、すでに述べたように友人の小谷弁護士から司法書士試験受験用の解説書執筆を頼まれ、これでラテンアメリカを旅行できるメドが立ったからである。

民法は民法典通りの順番で勉強すると財産法関係のところが非常に分かりにくい。なぜかと言えば、日本の民法典がドイツにならって総則・物権・債権という順で編成されているからである（これをパンデクテン方式と言う）。この方式は、一般的・抽象的規定を個別的規定に先立ち「総則」としてまとめることにより、法典を体系的に編纂することに主眼をおいている。利点としては、体系的に構成されているため、重複を少なくして、条文の数を少なくできるが、欠点として、法学初心者・一般国民にはわかりづらく、使い難いこと、及び、現実の事案に適用する際には必要な条項が散在してしまうということが挙げられる。パンデクテン方式に対比される形式がインスティトゥティオネス方式と言われ、フランス民法典がこの方式である。いくら分かりやすく解説しようとしても民法典の枠組み順を守っていれば限度があるので、その制約をはずし、実際の事例をもとに考えていけばイメージが手っ取り早くつかめる。私が司法試験を受験した際の参考書として使っていた我妻榮『民法大意』（全三冊）はこういう順で述べられていて、当時は民法典の編別にしたがった解説書がほとんどだった中で異彩を放っていた。この『民法大意』を参考にしながら、5日から解説の総論を書き始めた。

その後、沖縄大学の専任教員になってからも、入門の科目やゼミで一番苦労したのが民法の導入部分だった。最初のところで挫折して、その後体系的な意味が分からないままに終わってしまう人が非常に多いのである。法律が実学と言われながら、実際には普通の人にはなかなか理解されがたいのも、体系が取っつきにくいことに大きな理由があり、実際、その後の民法財産法の改正作業でも、そういったことも指摘されていた。

8月18日（金曜日）、解説は、財産法の部分を全部書き終えた。続いて身分法に入る。小谷弁護士は、「僕の目に狂いはなかった」と私をほめてくれた。小谷弁護士は、共著者として名前を出すのにいい肩書きはないかな、と言っていたが、当時私はそういうことには全然興味はなかった（注—後に1979年、沖縄で弁護士登録してから共著の形に修正してくれた）。小谷弁護士は北海道出身で、小学生の時に毎晩のように電報配達をしたとかの苦労人で、私は小谷弁護士から、「働いたらどうだ」としきりに言われた。

8月24日（木曜日）、南米旅行の資金を得るために、解説だけでなく問題作成も引き受けようという気になった。8月25日（金曜日）、身分法の部分も含めて、解説を全部書き終え、翌26日（土曜日）、解説の最後の部分を小谷弁護士に手渡した。問題作成については細かな打ち合わせはしなかったが、小谷弁護士は超多忙な様子で、この仕事も全部私の方に回ってくるのは確実と思われ、結果は予想通りになった。

この日の夕方から祖母宅に行っていた母が夜11時前に帰ってきた。祖母は頭がおかしくなったようだ。昔私も悪者にされて家に入れてもらえなかったことがあるが、今度の悪者は叔母さんで、叔母さんが食べ物に毒を入れると言って、水しか飲まないのだという。これに、遺産関係の裁判妄想が加わり、隣の家の人が毒を盛るという被害妄想もあって、奥の部屋にカーテンを閉めて引きこもっているのだそうである。とにかく食べさせるのと医者にみせるのが先だが、食べなさい、と母がすすめても、お腹がふくれているのも毒を盛られたせいだと言って食べず、東大病院に入院したいなんて言っているそうで、私に祖母を説得してほしいらしい。9月7日(木曜日)、12時過ぎに家を出て祖母宅に着くと、奥の方に祖母が見えたが、ゾッとするほど鋭い目つきで、叔母は二階に追っ払われた。何とか祖母を説得して、医者に来てもらうことについて同意が得られた。それからちょっとして、9月12日(火曜日)朝祖母は亡くなった。当日の午後7時半頃坊さんが来て、通夜が始まった。近所の奥さんたちがかなり来て、居間はいっぱいになった。翌日の午後1時過ぎから2時まで坊さんのお経、それから火葬場に行き、一時間ほどで帰る。叔父は統合失調症で、祖母が死んでも叔父は訳が分からないのじゃないかと思っていたが、母の話では、人の言うことはちゃんと分かるのだそうで、祖母が死んでお金がいることになったので、叔母が「浩ちゃん(注—叔父の名前は浩張)おカネある?」ときいたら、30万円ポッと出したそうな。わからんもんですね。

葬式の時は、叔父は喪主としてちゃんとアイサツも述べた。

9月16日（土曜日）午後新宿で小谷弁護士に会うと、解説の総論を80枚に縮めてほしいということで、依頼主の要望だから仕方がないのでOKする。帰宅後寝るまでには縮小作業を終えた。翌日、松戸近くの五香の小谷弁護士宅に届けた。

9月27日（水曜日）、我妻榮『民法案内Ⅵ』を読み始めた。この本は司法修習生のときに買った。根抵当法をこれで勉強するつもりだったが、あまり必要がなかったのと、活字が小さくて読みにくかったのとでつんどくままになっていた（注─『民法案内』の最初の巻からⅣかⅤまでは父が持っていて、司法試験の際にも使ったのだが、その後の巻はまだ出版されていなかった）。解説の各論を書きながら『民法案内』をちょいちょい参照してみて、他の法律書にはない活気を感じた。分からないままにしていたところが分かるし、「なぜ」がちゃんと書いてあるのである。

9月30日（土曜日）、国分寺の図書館で上野英信『出ニッポン記』を借りてきた。こんなにおもしろいとは思わなかった。内容もさることながら、文章が、マジメなのにふとおかしくなるところがあって笑い出す。いかにも自然で力んでいない。目が痛くなるとどんな本でも読みやめることにしてはいるが、この本はなかなか離せなくて苦労した。最初に借りてきたとき、この本のボリュームに圧倒されたが、いったん読み出すと、まだ半分だが、終わってしまうのが心配になる。10月3日（火曜日）になると、おもしろいなんて感じじゃなくなってきた。壮絶である。この日、「爆弾男」の章まで読んできて、海外移住事業団の面々のやり口には腹が立った。10月4日（水曜日）「出ニッポン記」を読み終わった。おしまいほどすばらしかった。上野氏の文章のおかしみは、彼自身の性格のせいもあるが、彼が取材対象とした炭坑出身者の面白さにあると思った。つまり、さんざん痛めつけられたときに彼らに残った彼らしさがひょこっと、奇妙な形で飛び出すわけである。川筋気質というやつ。この本を読んでルポのコツみたいなものも分かった。まず対象への長年にわたる情熱がなきゃダメである。そして、それが十分具体的であること。そして、よくきくこと。

10月7日(土曜日)、八重洲ブックセンターに行って、義井豊『中南米バックパッキング一人旅』(三修社、1977年)を買う。有楽町のイエナにも行ってみた。『South America on $10 & $15 a day』しかなかった。内容は具体的でいいのだが、ホテルのランクがちょっと高すぎる(中級の下ぐらい)ので、買わずに帰った。帰ってから寿里順平『スペイン語コーヒーブレイク』を読み終わった。この本は難しいスペイン語が沢山出てくるので、無理だと思ってつんどくままになっていたのだが、スペイン語の力がついてきたのか、スラスラ読めた。

この夜、「座禅していて、南米旅行から帰ったら沖縄でイソ弁をやってみたいと思った。」と「メモ7」に書いている。これを読んで、「そうだったのか」と非常に驚いた。ラテンアメリカに行く前から、このように沖縄に行きたいという気持を持っていたことがハッキリとした。『出ニッポン記』を読んで考えたことだったに違いない。

『出ニッポン記』の最後の方の「落穂移民」の章に、上野氏が訪問した1974年当時、ボリビアのサンファン移住地には医師がおらず、1週間に二回オキナワ移住地から医師が来ていたことが述べられている。サンファンは、九州の元炭鉱労働者が多数入植していた移住地であるが、たまたま近くにオキナワ移住地があり、オキナワには三人の医師が常駐していたので、サンファンを支援するのも困難ではなかったらしい。オキナワからサンファンに行くのは、近いといっても160キロあるので、結構時間がかかる。上野氏がオキナワを訪問すると、ここにも元長崎の炭鉱離職者が三家族いたという。

私は、1978年11月から翌79年3月までのラテンアメリカ縦断旅行の際は、ボリビアのラパスには行ったが、当時、オキナワ移住地はジャングルみたいなところと思っていたのでサンタクルスに向かう勇気はなく、アルゼンチンに南下したのだった。ただ、この旅行中もあちこちで沖縄移民に会い、お世話にもなっている。

その後沖縄に住むようになってから、1985年度に沖縄大学を一年間無給休職してブラジルに住んだが、この時ブラジル在住の沖縄移民と接する機会があり、とくにペンション荒木に泊まっていた二世の人たちや、一世の奥間邑盟さんなどとは親しくなった。そして、ブラジルにはその後10年間ぐらい、毎年のように通っていたのだが、当時はブラジルのことを研究したいという気持ちが強かったので、沖縄移民や日本移民の問題には深入りするのを避けていた。移民の皆さんと接していて、一世と二世の考え方の違いには驚かされることが多かった。

2008年に、娘の沖縄移民研究につきあって、一緒にブラジル・アルゼンチンでの沖縄移民100年記念集会に行った際、ボリビアのオキナワ第一移住地にもはじめて行った。この時は日帰りだったのだが、2013年に再び行ったときは、娘の他に野里寿子さんも一緒で、野里さんの夫の叔父家族がオキナワ第一移住地に住んでいたので5日間泊めてもらい、サンフアンも見学することができた。今、新型コロナ禍で、そもそも海外に出ることもできずにいるが、ボリビア・パラグアイ間のバスに興味があり、可能ならばまた行ってみたいと考えている。

話を戻して10月9日(月曜日)、小谷弁護士に電話して、私が勝手にこしらえた問題ができたことを伝えると、ちょうどよかったと彼は言い、使ってくれることになった。全く嬉しくなった。夕方彼と会って話したが、私が沖縄で弁護士登録したいと言うと彼はビックリして、登録は東京にしろと何度も言った。

10月10日(火曜日)、30歳になった。別に何の感慨もなかった。解説の執筆や問題作成をしていて、聞こえが悪くなっているのに気がついた。やっぱり仕事に熱中すると耳は悪くなるのである。姿勢が崩れてしまうからだろうか。幸い、解説の各論仕上げはすでに担保物権の終わりまで来ていた。

10月15日(日曜日)、解説各論の身分法はきっちり30枚で仕上げられた。小谷弁護士と打ち合わせながら仕上げをした結果、最終的に解説の分量は、総論の終わりまでで100枚ぐらい、各論が、総則はたぶん60枚超、物権73枚、債権63枚、身分法30枚で、合計326枚あまりとなった。よく書いた。

『中南米バックパッキング一人旅』は、ユーラシア横断旅行で重宝した『アジアを歩く』と同様に貧乏旅行者向きの内容で、大変有益な情報が得られた。メキシコから南下してボリビアで終わっている。この本のあとがきに、言葉が通じなくったっていいんだ、と書いてあるが、読んでみると言葉が通じないつらさであふれている。そのためむやみと緊張していて、読んでいて疲れる。この本の著者はマトモというより、自分でマトモなんだと思っているタイプのようで、話して意気投合できるかどうか疑わしい。

10月19日(木曜日)、補聴器の音量を上げても音がわれてしまって聞き取りにくいので、音の高さをドライバーで調整した。すると音量を上げなくてもよく聞き取れるようになった。旅行に行くときは調整用の小さなドライバーを持っていく必要がある。

10月20日(金曜日)、担保物権の問題作成を全部終えた。問題づくりをして、非常に勉強になった。ゆっくりして、寝ころんで『エセー』や中南米関係の本を読む。航空券のことを弟にきいたら、『シティロード』に載っているキャンセルチケット専門の旅行会社の広告を見せてくれた。

10月26日(木曜日)、米田有記『南アメリカ人間旅行』(あすなろ社、1978年)を読み終わった。内容の充実したおもしろい本で最後まで楽しかった。『中南米バックパッキング一人旅』との感じの違いには驚かされた。やっぱり著者の性格が違うのだろう。『南アメリカ人間旅行』の方は仕事という大義名分がある。さらに米田氏は、とにかくスペイン語が通じるようにと、メキシコで頑張って勉強した。私としては米田氏の方にずっと好感を持てた。孤独のにおいがない、というより、楽しさがあふれる孤独、とでもいった雰囲気がある。機会があれば会ってみたい、と書いてあるが、今日まで会っていない。

10月27日（金曜日）、寿里順平『スペイン語続コーヒーブレイク』を読了。

11月2日（木曜日）、新聞の朝刊を読んだらドル防衛で円が暴落したというニュースが載っていた。今度のドル防衛が強い政策であるらしいのと、いずれ円が回復するにしてもあと2週間内にどう変わるか分からないので、ドルを早く買っておくべきだと判断し、アメックスで2000ドル買った。うち500ドルは現金である。38万円弱。そのあと、渋谷の旅行代理店TOMに行って、ロサンゼルス往復（行きは11月20日の大韓航空、1年間オープンで、帰りは中華航空）のチケットを17万5000円で買い、うち14万円を支払った。数年間、英語はほとんどやらずにスペイン語の勉強ばかりしていたため、フッと思い浮かぶ単語もだんだんスペイン語が多くなり、英語の方は自信がなくなってきた。口にスラスラ出てこなくなっていた。それで、中南米旅行も、いきなりスペイン語圏に飛び込みたいと思っていたのだが、安い航空券はロサンゼルスまでのようで、仮に中南米のどこかまで飛行機で行くにしてもロサンゼルスでドルで買った方が安上がりらしい。この日買った切符もロサンゼルスまでである。かくして、メキシコに入るまでに少なくとも1日は英語をしゃべらなければいけないことになった。小さい町ならいいが、ロサンゼルスはバカでかい町のようで、弟にいろいろきいてみても迷子になるのは確実とさえ思われた。でも、それで不安になるかというと、全然ならず、出発まであと17日ぐらいあるわけだから、英語の勘を取り戻し、とくに口が動くようにし、ロサンゼルスについての情報もできるだけ仕入れようと考えた。とにかくメキシコ国境まで行ければいいのである。こういう風にゆったりした気持ちでおれるのは生まれつきではなく、この4年間の修養の賜物というべきだろう。私は変わった、それもすばらしい具合に変わったと感じることができた。英語の勘を取り戻すために、カトマンズで買った『城』の英訳本を読み出した。

叔母が祖母の死亡前後に世話になったお礼ということで母と私に10万円ずつくれた。母は要らないというので、結局20万円全部を私が使えることになった。

11月4日（土曜日）、新大久保駅からすぐのところにある石井スポーツで寝袋を買った。店においてあったので一番軽くて小さいのは、中国製の「天山」という寝袋で、1万3800円。フランス製のはそれより大きめで2万円台。フランス製の方はたぶん冬山登山用だろう。店の人も「天山」をすすめてくれたので、こちらに決めた。有楽町に出て、Dr. West's の米国製歯ブラシを買ってから、銀座の補聴器屋に行く。耳かけ補聴器が、音量を大きくするとピーピー鳴って閉口していたが、これは耳に当てる部分がだんだん縮んでかたくなるからだそうで、これを交換してもらい、電池とコードを買い、それにラテンアメリカ地域も入ったシーメンス社の住所録をもらう。あと、高田馬場の本屋で米国西部のガイドブックを買った。

11月5日（日曜日）、叔母のところにおカネをもらったお礼を言いに行ってから、帰りに小金井の西友でズボンを買った。腰回りの寸法が分からなかったので直接測ってもらうと76センチだった（注―現在は85〜88センチぐらいだから、相当やせていた）。目覚まし時計も買った。それから隣の書店でメキシコ・グアテマラのガイドブックを買う。

11月9日（木曜日）、秋葉原で、短波が入るナショナルの1万4800円の携帯ラジオを、千円まけてもらって買った。

11月12日（日曜日）、石井スポーツに行ってリュックを買った。ほぼ希望通りのものがすぐに見つかった。8900円。水色と赤の二色あったので、水色にした。あと、武蔵小金井で小物をいろいろ買ってから帰る。

11月13日（月曜日）、鳥大生だったたしい子さんの弟さんから便りが届いて、9月30日に卒業したそうだった。簡単な返事をした。

11月15日（水曜日）、小谷弁護士から解説と問題作成の原稿料を受け取った。ゲラの校正は、旅行出発前に間に合えばやることになった。ガイドブックは、本屋に行くたびに買うので、五冊になった。メキシコは類書が多いが、南米の下半分が極端に少ない。

11月19日（日曜日）、出発前夜、荷物をリュックに詰めたら、手提げカバンは別にして14キロちょっとになった。やっぱり本が重い。思い切って手提げカバンもリュックに詰めたら随分縦長の荷物になったが、運ぶにはこの方がラクである。シティエアターミナルまでこうやって行こうと思った。

第5章　まとめにかえて――深沢七郎あれこれ

本書の「まえがき」にも書いたように、私は２０１９年11月から２０２０年の7月まで１９９０年代の「日常の記」をほぼ読み直したあと、１ヶ月ほど間をおいて、２０２０年8月から「透視・第一部」を読み直し、その後引き続き１９７８年11月にラテンアメリカ縦断旅行に出発するまでの時期の原稿や日記、メモ等の記録を読み直してまとめてきたのだが、「透視・第一部」を読み直す直接のきっかけになったのは、深沢七郎のことを調べていたら、「透視」という言葉が出ているのを発見し、私も「透視」と題して書いたことがあったなと思い起こしたからである。

7月27日から、私が毎日書いている原稿で十四回ほど深沢七郎のことを書いたのは、友人の野里寿子さんから、その直前にいろいろまとめていた仏教関係の話はもう切り上げてくれと言われたためである。野里さんから、文学関係の誰かを取り上げてほしいというご希望があり、彼女がちょうど養老孟司『身体の文学史』（新潮文庫）を読んでいるところだということだったので、それなら深沢七郎だろうとすぐに思った。養老氏は深沢七郎の『楢山節考』を高く評価していて、そして、深沢七郎と三島由紀夫とを対照させるような内容の論考を展開している。

家の中を探してみたら、「深沢七郎の衝撃　現代日本文学のトリックスター」という特集を載せた『ユリイカ』１９８８年10月号（青土社）が本棚に見つかった。ここに収録されている植田康夫「長き流浪の果てに」によって、深沢七郎の死に際のことをはじめて知った。深沢七郎は１９８７年8月18日午前6時、埼玉県菖蒲町の自宅リビングルームで床屋用の椅子に座ったまま死んでいた。

享年73歳だった。深沢七郎は1961年の「風流夢譚」事件後流浪していたが、1965年（51歳）11月8日、埼玉県菖蒲町に〈ラブミー農場〉を開き、「晴耕雨音」の生活が始まった。しかし、1968年10月狭心症の発作を起こし、枕許に酸素ボンベを置いての寝たきり生活となり、百姓生活は一時中止となった。1970年11月25日に三島由紀夫が自決したが、当時「スポーツ・ニッポン」に連載していた「怠惰の美学」で、「死ぬってことは、自然淘汰ってことですね」云々と書いた。1971年10月1日、東京都墨田区東向島に今川焼の店「夢屋」を開店した。

私が深沢七郎の影響をとくに強く受けたのは、1977年4月6日から6月22日まで、松江市の中心部から6キロぐらいのところで百姓見習いした時の前後である。私は、百姓をするということにはもちろん興味はあったのだが、基本的には、愛読していた深沢七郎が農業をやっていたので、そのまねをしたのである。だから弟から借りたギターも持っていき、『深沢ギター教室』（光文社カッパブックス）を教本にして練習した。深沢七郎は「人間滅亡教祖」だと自称していた。もう生まれてしまっているので仕方なく生きているが、生きるのはめんどうで、迷惑なことだ、と彼は言い、うまいものを食うと楽しいから生まれてきてよかったというのは原因と結果を混同しているので、もう生まれているのだから楽しまなければ損だというだけのことだし、セックスが楽しいというのも、そのために生まれてきたと言うのはおかしいじゃないか、と。そして、人間が増えると生活がやりにくくなり、生存競争がのさばるので、人間の数は少なければ少ないほどいい、と言う。「流浪の手記」は「風流夢譚」事件後北海道を流浪していたときの記録であるが、深沢七郎は北大のクラーク博士の胸像を見て、案内してくれた人にクラーク博士のことをはじめて聞き、「ツマラナイことを言ったものですねえ、クラーク博士は、ココロザシ大ナレなんて、そんなことを言う人は悪魔のような人じゃないですか、普通の社会人になれというならいいけど、それじゃァ、全世界の青年がみんな偉くなれと押し売りみたいじゃァないですか。そんなこたァ出来やしませんよ。そんな、ホカの人を押しのけて、満員電車に乗り込むようなことを」これで人間滅亡教というのがどんなものか、一目瞭然であろう。彼は、結婚はしなかった。飽きてしまって続かない、所詮女はみんなビフテキだと言うのだが、それより責任を持たされるのがいやなのだろう。子どもなんか生まれたらますます大変で、32か3頃には絶対結婚はしない、子どももつくらないと決めたのだそうだ。

深沢七郎は1914（大正3）年生まれで、山梨県東八代郡石和町（現笛吹市石和町）に生まれ、旧制日川中学校（現山梨県立日川高等学校）卒業とある。勉強は出来なかったので甲府の中学には行けず、百姓の子ばかり通う田舎の学校だった。小学校の頃は健康に問題はなかったのが、15、6のときに柔道や器械体操をやって胸を打ち、それから弱くなって、肋膜をやった。それで丙種から丁種になって、徴兵されずにすんだのである。「おれは40くらいまでしか生きないな」と思ったそうである。あと、目やにが出て涙が出る病気があり、だから一時はまったく見えない時期があったのである。だからだろう、本はあまり読まず、中学の頃からギターに熱中した。そして、友達の百姓家に行って、おばあさんの話を聞くのが好きだった。

1953（昭和28）年にギターのリサイタルをやったときに日劇で演出をやっていた丸尾長顕氏

に会い、翌1954（昭和29）年、「桃原青二」の芸名で日劇ミュージックホールに出演した（石和の桃山が深沢七郎の自慢で、武田泰淳や井伏鱒二を案内して桃林の中でギターを弾いたことからこの芸名をつけた）。1956（昭和31）年に姨捨山をテーマにした『楢山節考』を中央公論新人賞に応募、第一回受賞作となり、三島由紀夫らが激賞して、ベストセラーになった。舞台は甲州ではなく、信州ということになっている。深沢七郎の母親は1949年10月6日に72歳で死んだが、肝臓がんで、最後はものが食べられず餓死のような状態だったといい、『楢山節考』のモチーフは母親が死んだときから胸中にあったのだという。「思い出多き女おっ母さん」というエッセイで、死ぬちょっと前の9月18日の彼岸の入りの日に母親から「わしが変わった姿になっても、泣いたりしてはダメだよ」と言い渡され、彼岸中に雨が降って菜の種がそろって芽が出たと言うと「見たいよう」と母親は言い、彼は背におぶって菜のところまで連れていったが、母親が苦しいのを我慢しているように思ったので帰ろうとすると、背の方から彼の目の前に見せるように手を出して、「前へゝ」と手を振って指図するので、彼はもっと前へ〳〵と進んだのだそうで、これは『楢山節考』で、山へ行ったおりんがものも言わず前へ〳〵と手を振るところと同じだ。彼は母親に病名を告げる勇気もなかった。そのように心優しい人がどういう思いで姨捨山の話を書いたのかなあ、と私は引っかかった。そういう疑問を持ってユリイカ特集号の『楢山節考』に関連する部分を読んでいたら、赤坂憲雄「異相の習俗・異相の物語」という論考があった。赤坂氏は論考で、『楢山節考』の最後の方に出てくる裏山の唄を取り上げている。「お姥（んば）捨てるか裏山へ／裏じゃ蟹（かに）でも這ってくる」という唄と「這って来たとて戸で入れぬ／蟹は夜泣くとりじゃない」という唄である。唄の趣意─村では昔は年寄りを裏山に捨てたが、あるとき、捨てられた老婆が這ってもどってきた。家の者らは「這ってきた、這ってきた、蟹のようだ」と騒ぎ、戸を閉めて中へ入れなかった。小さい子どもは本当に蟹が這ってきたと思い込んだ。老婆は一晩中、戸の外で泣いていた。それを聞いて子どもが「蟹が泣いている」というので、家の者は「あれは蟹じゃないよ、あれは鳥が啼いているのだ」とごまかした。

この唄からすれば、遠い楢山に老人を棄てる習俗＝楢山まいりの以前に、村のすぐ裏山に老人を棄てる風習があったことになる。赤坂氏は、楢山まいりを「現在」とすると裏山に棄てる形式の姥棄ては「過去」のことで、裏山に老人を捨てる形式の姥棄てを物語の中の「過去」として否定し、物語の「未来」に向けて、楢山まいりという新たな姥棄て譚を作り出したと言えるのではないか、と言う。2011年の東日本大震災の後、娘と一緒にレンタカーで東北を回ったときに遠野にも行ったが、そのときデンデラ野に行ってみた。ここが姥棄ての場所ということで行ったのだが、そのとき、姥棄てと言っても高い山の中にあるのでもないし、村からそんなに離れていないことにビックリした。そして、姥棄てというのにデンデラ野からは人骨は見つからないそうで、恐らくデンデラ野で死んでいった老人達は、家族の手によって引き取られ、自らの土地に埋葬されたのだろう。これと対照的に『楢山節考』では姥棄ての地が山の奥深くの秘境的な山中他界へと移されている。そこは神の棲む山として信仰されながら、数も知れぬカラスが屍肉をついばみ、白骨が山肌のあちらこちらに散乱する荒涼とした葬地として書かれている。前近代の伝承世界を忠実に再現するかのように見せかけながら深沢七郎はどういう「未来」を志向したのであろうか？

ユリイカ特集号に川村湊「「生まれ変わり」と「転生」三島由紀夫と深沢七郎」という論考が収録されている。川村氏は、近代日本で「転生」や「生まれ変わり」に最初に関心を持ったのは帰化日本人の小泉八雲（ラフカディオ・ハーン）だったと言う。八雲は東洋人の考え方と西洋人の考え方との間で根本的に違っているのは「前世の観念」だとし、その前提には「人間の霊魂が無限に無数なものの複合体であるという観念」があり、無限で無数のものの離合集散が人間の「生」と「死」ということになる、と。深沢七郎の『笛吹川』には生まれ変わりの話が何度も出てきていて、生まれ変わりというのはごく自然で、当然で、誰一人疑う者はなかったかのように書かれている。たとえば新潮文庫版・33頁に、「ギッチョン籠のキヨ」が死んで「鶴やんのボコ」に生まれ変わったとあるが、鶴やんのボコが自分はキヨであったというわけではない。小泉八雲は『椿説集記』から抜き出した転生の事例を「勝五郎の転生」（『仏の畠の落穂』所収）として書き留めているそうだが、それは勝五郎が前世の記憶を持っていたからで、つまり、勝五郎の事例が有名になったのは、「前世という観念」というのは普遍的であったが、「前世の記憶」は決して普遍的ではなかったからである。

三島由紀夫の『豊饒の海』がまさに勝五郎タイプの転生の物語である。しかし、このような「個」的な転生事例はむしろ特殊で、『笛吹川』で書かれているように「死」と「生」が時間的に踵を接するということにだけ根拠を置いたアナーキーな観念ではないか？　川村氏は、深沢七郎も過去の「記憶」に拘った人だと言うが、これは、たとえば彼がおいしい今川焼の味や自家製味噌に固執したことに通底する。そしてその記憶というのは、転生を「個我」の再生ではなく「無限で無数のもの」の離合集散ととらえるような把握によって裏打ちされていたということである。川村氏はさらに、深沢七郎の「記憶」は未来に対する「透視」がどんなものかも決めているとし、短編「無妙記」から、どの人もみんな白骨になるという文章を引用をしている。

私は難聴になって以来つまずくことが多く、いやな思い出がたくさんたまっていくので、それを書くことによって解放されるみたいな感じで書き始めた。「記憶」するためではなく「忘却」してもいいようにするためである。何度も何度もそういう記録を作っているうちに長くつながったものが出来て、それをまとめたときに「透視・第一部」と題したのであった。それを記したノートは、あまり思い出したくもないし、触れたくもない部分だった。これも、人工内耳のおかげで普通に会話が出来るようになった今なら、冷静に再読することが出来るかもしれないと思って、読み直し始めたのだが、読み直してみたら、およそ「透視」というにふさわしくない内容であった。上の方から鳥瞰するみたいな、そんな格好のいい見方はできずに、ゆくえが分からない歩みを続けていた。

年代記ということでは、ガブリエル・ガルシア＝マルケスの『百年の孤独』は、すごく引きこまれた記憶がある。似たような名前の人物が次から次へと出てきて、相互関係を理解するのが一苦労だったが、読んでいて面白い話が多く、飽きなかった。これは内容のボリュームで読ませる話だなど思った。

奥崎謙三『宇宙人の聖書!?』(サン書店、1976年)に「風流夢譚」が収録されているので再読してみた。「左慾」による天皇と皇后、皇太子と皇太子妃の処刑の場面が登場し、主人公が皇太后を殴る、罵倒するといった内容が含まれている。なぜそういったものを深沢七郎が書いたのかはよく分からないが、これによって殺人事件まで起きてしまうとは予想もしていなかったのは確かである。でも、皇室のことをこんなに軽いノリで平然と書けるというところは普通の「庶民」とは全然別種のものを感じる。これについては、ユリイカ特集号に収録されている中沢新一「方言論―『笛吹川』について」の末尾に、『笛吹川』には「武田家」という百姓たちにとっての超越者が登場するが、その武田家は滅亡し、その後甲州は天領になったので、ほかの地方のような近世の大名文化が育つことはなく、だから中沢氏は子どもの時、「甲州は縄文時代からいっきに御一新になった国柄だから」と自嘲ぎみに大人たちが話しているのをよく聞いたことが書かれている。今の日本の庶民文化というのは江戸時代に端を発しているものが多いから、このような歴史状況は影響が大きく、こういう土地柄だったからこそ深沢七郎のような作家が生まれ得たのかもしれない。こういう点は、沖縄もある意味似ている。沖縄は統一されたのが遅く、それも、近代になるまで日本とは別の王国だったので、沖縄の人たちの多くは、日本の庶民なら持っているような皇室イメージを持っていないように見えるからである。

作家としての深沢七郎は『楢山節考』『笛吹川』だけで終わるのかと思っていたら、1980年に『みちのくの人形たち』（中央公論社）が出た。再読してみてすごい傑作だと思った。この作品は1980年4月に川端康成文学賞を受賞したが、深沢七郎は辞退した。彼は川端康成が嫌いで、川端が死んだときその祝いに赤飯を炊いたのだそうである。ところが、この作品が翌1981年9月谷崎潤一郎賞に選ばれ、こちらは受けた。深沢七郎は目が悪いので、谷崎の『春琴抄』を読んで感動したのである。

1983年に『ちょっと一服、冥土の道草。』というエッセイ集が出た。バカ笑いしながら読んでいたら、妻が、1ヶ月に一回ほど開かれていたおばさま方の読書会で読む本に選んで、私に解説せよと言ってきた。十人余りのおばさまたちが机を囲んでいる席で、具体的なことはもう忘れてしまったが、私は深沢七郎の生き方を擁護するような話をした。参加者の一人は、家族に見られないように隠れてこっそり読んだとか言っていた。1985年10月『極楽まくらおとし図』（集英社）が出たそうだが、私は知らなかった。この年私はブラジルに行っていたからである。1987年3月『夢辞典』（文藝春秋）が出たので買ったが、つんどくままになった。それから5ヶ月後に深沢七郎は亡くなった。2005年に『生きているのはひまつぶし　深沢七郎未発表作品集』（光文社）が出た。11節に分けてあるが、各節のはじめに挿入されている写真がどれもすばらしい。第IX節「喰う」で深沢は、「三島由紀夫は少年文学」と書いている。

あとがき

先日、岡山大安寺高校の卒業生名簿作成のための手紙が届いたが、現在消息不明の人の一覧表も入っていて、そこに「大倉正丈」という名前を発見して、しばらく見つめた。

しい子さんのお父さんについては、百姓見習いで松江に行ってから25年ほどたった2003年5月24日（土曜日）、当時島根大学で教えていた友人の小川竹一氏を訪ねた際に、小川氏と一緒に訪ねていった。お父さんは家の前の畑を手入れしていた。レンタカーを近くの農協に停めて、家に上がって話した。肺炎で、4日間も倒れていたのを発見されて病院に運ばれたそうだが、見たところ元気を回復したようで、以前に比べればやせはしたが、体が軽くなってかえってよかったんではないかとさえ思われた。話に一区切りついてから一緒に畑に出て、そこで立ち話した。かつて耕していた時のことを思い出して懐かしかった。お父さんと再会したときにはもう、感情的なわだかまりとかは全くなくなっていたし、今考えると非常にいい経験をさせてもらったのは確かである。お父さんが亡くなったと聞いたのはそれから何年かたってで、しい子さんが教えてくれた。もう90代に入っていたはずだ。今は、私に農業体験の機会を与えてくれたお父さんに感謝の気持ちでいっぱいである。

ラテンアメリカから帰ってきたあと、私は沖縄に行って就職し、なんと大学で定年まで働くことができたが、司法修習修了後に無理して就職をしなかったことが非常に生きていると思う。たとえば、しい子さんのお父さんのところで百姓見習いをした時は、当時は対面でならばともかく聞き取れたので、難聴であるがゆえのトラブル自体は少なかったが、考えてみれば、難聴でなければ百姓見習いなどそもそもするはずもなかったのである。聞こえる範囲でなんとか生きていこうじゃないか、という覚悟のようなものが私のうちにできるのをじっと待っていたような気がする。沖縄でもそういう覚悟のもとに暮らすうち、10年ほどたった時点でようやく「日常」ないし「日常生活」というものが感じ取れるようになり、やっと自分の過去について「透視」もできるようになってきた。


その後私は定年のちょっと前にとうとう失聴し、本書でも書いたように、定年直後の2014年に人工内耳をつけてもらった結果、現在は弁護士の仕事なども再びこなせるようになっている。失聴した段階で、これで人生もおしまいかといったんは観念したので、私にとっては非常に大きな変化だった。新型コロナ禍でほとんどの人がマスクをかけるようになった結果、唇を読み取ることができなくなり、不便を感じることが多くなってはいるが、再び会話を楽しめるようになっている。

人工内耳をつけるのと同時に私は身体障害二級の認定を受け、聴覚障害者仲間との交流が始まったことは、別の意味で大きな変化だった。その結果、まえがきにも書いたように要約筆記者養成講座を担当させてもらえるようになったし、2019年2月10日には沖縄国際大学で開催された「聴覚障害者当事者研究」というテーマの講演会（沖縄県難聴・中途失聴者協会（現・NPO法人美ら島きこえ支援協会）主催）に参加して、宮城教育大学の松﨑丈先生と滋賀県立聾話学校の西垣正展先生の講演を拝聴することもできた。このときはじめて、「当事者研究」というのが「障害や問題を抱える当事者自身が自らの困りごとに向き合い仲間とともに研究すること」だとも知り、その後も「当事者研究」を意識しながら、聴覚障害者仲間との交流や学習を続けてきたことが本書の執筆を後押ししてくれた。現在は、人工内耳をはずせばただちに音のない世界に戻れるという「サイボーグ人間」さながらの状況もまた面白い状況だな、と思えるようになっている。

最近、國分功一郎・熊谷晋一郎『〈責任〉の生成―中動態と当事者研究』（新曜社、2020年）を読み、これと関連する國分氏の他の著作も何冊か読んで、これまでの私の自分づくりについて改めて考えさせられた。私は基本的に、他人との距離さえうまくとれれば「普通の人間」になれるはずと思って生きてきたのだが、本書の原稿を読んでみて、社会関係と並んで、自分自身の主体づくりや、マイペースを作るための時間的な環境づくりが大切な要因だったことを痛感した。

本書の編集も『旅の表層』までと同じく落合絵理さんにお願いした。今年に入って落合さんとメールでやりとりするうちに本書をまとめてみようという気持ちになったので、たんなる編集以上にいろいろお世話になった。

２０２１年６月26日　那覇にて

組原　洋

著者紹介

組原　洋（くみはら　ひろし）

弁護士・沖縄大学名誉教授
1948年鳥取市生まれ、1972年東京大学法学部卒業、1974年司法修習修了
著書
『オランダ・ベルギーの図書館』（共編著・教育史料出版会，2004年）
『学力世界一を支えるフィンランドの図書館』（共編著・教育史料出版会，2008年）
『旅の深層―行き着くところが、行きたいところ　アフリカ、ブラジル、ダバオ回遊』（学文社，2013年）
『旅の反復―世界のウチナーンチュを訪ねて　父と娘の旅道中―』（同、2018年）
『旅の表層―ユーラシア大陸横断、ラテンアメリカ縦断、そして沖縄　港にたどり着くまで』（同、2018年）
『現代沖縄農業の方向性　序論』（共編著・沖縄地域学リポジトリ、2017年）
『現代沖縄農業の方向性　本論１』（共編著・沖縄大学地域研究所、2020年）
などがある。

而立への旅
「見えない障害」――中途難聴とともに歩んだ青春

2021年10月1日　第1版第1刷発行

組原　洋 著

発行者　田中　千津子
発行所　株式会社 学 文 社

〒153-0064　東京都目黒区下目黒3-6-1
電話　03（3715）1501 ㈹
FAX　03（3715）2012
https://www.gakubunsha.com

印刷所　新灯印刷

ISBN978-4-7620-3100-7

旅の深層

行き着くところが、行きたいところ
アフリカ、ブラジル、ダバオ回遊

組原　洋　著

定価1100円　ISBN978-4-7620-2390-3　四六判　216頁

なぜ私は旅を続けるのだろうか。さまざまな旅を続けてきた筆者のアフリカ中央部（1981）、ブラジル（1985）、アフリカ南部（1994）、ダバオ（1999）、４つの旅に焦点を当てた旅行記。

旅の反復

世界のウチナーンチュを訪ねて
―父と娘の旅道中

組原　洋　著

定価1320円　ISBN978-4-7620-2759-8　四六判　264頁

世界中に分布する、海外に移住した沖縄の人々（ウチナーンチュ）。ハワイ、ラテンアメリカ諸国、そしてタイのチェンマイ…、本土から沖縄に移住した著者が、ウチナーンチュとの間に生まれた娘とともに彼らを探し訪ねる。

旅の表層

ユーラシア大陸横断、ラテンアメリカ縦断、
そして沖縄　港にたどり着くまで

組原　洋　著

定価1320円　ISBN978-4-7620-2818-2　四六判　272頁

難聴だった著者は25歳の時、ユーラシア大陸横断の旅に出る。さらにラテンアメリカ縦断ひとり旅を続けるうちにたどり着いたのが港・沖縄。「行き着くところが、行きたいところ」スタイルの旅を生きてきた著者の「修業時代」。